오빠? 3
도망칠 수 있을 줄 알았나요,
전생 따위로
Even if you can escape with reincarnation, my brother?

“이번 영왕전으로, 다들 지 군을
무시할 수 없게 되잖아?”
“……그럴지도 모르지.”
“그러면 다들 내버려 두지 않을 거야.”
“혼담이 들어올 거란 말이야……?”
“그래서 있지, 먼저 선언해 두기로 했어.
—지 군은 내 거야, 하고.”

"있잖아, 엉터리 아가씨."
"언제까지 그렇게 부르려는 거냐고……."
"지 군을 좋아해?"
"흐극."
"……그런 거 아니야. 몇 번이나 말했잖아?"
"그렇구나. 뭐, 어느 쪽이든 상관없지만."
"뭐야, 느닷없이……."
욕탕에서의 싸움

"필."

"응."

이런저런 말이 머릿속을 스쳤다.
전생을 포함해 다양한 기억이 주마등처럼 스쳐 지나갔다.
무슨 말을 해야 할지.
나는 필에게 무엇을 바라는지.
그것을 찾고, 찾고, 찾아서—.
—마침내 찾아냈다.

"나와 같은 인생을 살아 줘."

"……나여도 괜찮아?"

"필을 원해."

너를 원한다. 네가 좋다.
이 기적을, 누구보다도 너와 함께 누리고 싶다.
그렇게 말하자 필의 눈에 커다란 눈물이 맺혔다.

"그렇구나…… 나를 원하는구나…… 그렇구나……."

라켈은 최초의 위치에서 한 발짝도 움직이지 않았다.
완승이자 낙승. 싸움조차 되지 않았다.
나는 이때 내 스승의 압도적인 강함을 처음으로 목격했다.
"이렇게, 간단히……."
"……진짜로……?"

"너희는 물러나 있어."
"—【절적의 허혈】【뇌정의 군배】 합령술 《우레망치》.
돌려줄게…… 다섯 배로."

Contents

Even if you can escape with reincarnation, my brother?

전생 따위로 도망칠 수 있을 줄 알았나요, 오빠? 3

Even if you can escape with reincarnation, my brother?

저자
카미시로 쿄스케

일러스트
키린 카케루

옮긴이
송재희

황금의 소년기:
영왕결전 편

Character List
등장인물 일람

- 잭 리버 ………………………… 전생자
- 필리네 포스포드 ………………… 잭의 소꿉친구 · 사매
- 라켈 …………………………… 정령술 학원 교사 · 잭의 스승

- 엘비스 쿤츠 윈저 ………………… 라에스 왕국 제3왕자 · 잭의 클래스메이트
- 아젤레아 오스틴 ………………… 잭의 클래스메이트
- 루비 버그슨 ……………………… 잭의 클래스메이트
- 가웨인 맥도넬 …………………… 잭의 클래스메이트

- 툴라 클리즈 ……………………… 정령술 학원 학원장 · 영세영왕
- 클라이브 클리즈 ………………… 툴라의 남편

- 칼럼 리버 ………………………… 잭의 부친
- 매들린 리버 ……………………… 잭의 모친
- 체르노 포스포드 ………………… 필리네의 부친

- 라비니아 피츠헤르베르트 ……… 라에스 왕국 후작 · 원로원 의원
- 아론 ……………………………… 라비니아에게 고용된 정령술사
- 메이지 사우스올 ………………… 9단술사 · 『신멸귀살』
- 브래들리 모그리지 ……………… 9단술사 · 『무투신사』
- 덴홀름 바스테도 ………………… 9단술사 · 『철의 장군』 · 가웨인의 스승
- 호제아 버그슨 …………………… 8단술사 · 루비의 스승
- 앨빈 마그난티 …………………… 8단술사 · 염신천조류 사범 · 아젤레아의 스승
- 에드워즈 윈저 …………………… 라에스 왕국 왕태자

- 비프론스 ………………………… 정체불명 · 암흑가의 브로커

- ■■■■ …………………………… 잭의 전생에서의 여동생

이전 줄거리

여, 어서 와. 한동안 안 보이던데. 좀 심심했어. ……하, 농담이야, 농담. 여러 인과를 도느라 심심할 틈이 없었지.

응? 아아, 걱정하지 마. 기억력은 좋은 편이야. 지금까지의 전개도, 나는 확실하게 기억해. ―당신은 어때? 미심쩍어? 어쩔 수 없지. 이번에도 살짝 훑어 주기로 할까. 늘 그렇듯 필요 없다면 흘려들어.

이건 무지막지하게 위험한 여자에게 걸린 불쌍하디불쌍한 남자의 이야기야.

5년이나 여동생에게 감금당한 끝에 이세계에 전생한 잭 군도 순식간에 아홉 살이 됐고. 도적단을 통째로 괴멸시킨 실적을 올려서, 왕도 레이나디아에 있는 정령술사 교육 시설 · 정령술 학원에 입학했어.

학원에는 왕국 전체에서 신동이 모여. 하지만 잭은 천하의 치터, 전생자님이야. 라켈에게 수행받은 보람이 있어서, 사매인 필과 함께 신입생의 정상에 섰어. 하지만 그 전에 인생 첫 라이벌이 앞을 가로막았지.

엘비스 쿤츠 윈저. 라에스 왕국 제3왕자이자, 정령 서열 9위 〈방관하는 소란의 파이몬〉의 『본령 빙의자(루스트)』. 진정한 재능만으로, 전생자의 어드밴티지를 최대한 활용 중인 잭에게 필적하는 초천재야.

이 외에도 슬럼가에서 자란 소녀 · 루비, 기사 같은 소년 · 가웨인, 그리고 반장 기질의 아가씨 · 아젤레아라는 클래스메이트와 함께, 잭은 학원 생활을 즐기게 돼.

하지만! 그곳은 성격 나쁜 할망구— 퉅라 클리즈가 운영하는 학교야. 평범하게 지낼 수 있을 리가 없지. 정령술 학원은 일상적으로 암투와 정보전을 되풀이하는, 음침한 자들의 소굴 같은 곳이었어. 잭도 필과 콤비를 짜고, 천재 왕자 엘비스를 공략하기 위해 클래스메이트와의 염탐 싸움에 매진해 나가게 돼.

뭐, 결론부터 말하면 잭이 이겼는데, 자세한 경위는 직접 떠올려 줘. 중요한 것은 그 후의 이야기야. —왕도에 온 잭에게는 학원 입학 말고도 또 다른 목적이 있었어.

바로 『그녀』. 잭과 필을 납치한 도적이 말했던 존재야.

그 실마리를 엘비스가 알고 있었어. 라에스 왕국의 암흑가를 통치하는 『길드』의 왕. 누구나 알지만 아무도 모르는 정체불명—.

일명 『비프론스』.

그에 더하여, 도적이 납치한 아이를 사려고 한 사람이 라비니아 피츠헤르베르트라는 거물 귀족이라는 것도 알게 되고 현재로 이어지는 거지.

……응? 엘비스가 필을 좋아하게 되어 버린 거? 아아, 그러고 보니 그런 일도 있었지. 잊고 있었어.

……각설하고.

지금부터 하려는 건 지난번처럼 내 추측을 포함한 얘기야. 역시 신경 쓰이는 부분이 있단 말이지. ―다시 한번 말하는데, 필요 없다면 흘려들어.

신경 쓰이는 건 물론『여동생은 현재 어디에 있는가?』야.

아무래도 학원에 있는 잭의 동향을 정확하게 파악하고 있는 것 같긴 한데. 그렇다면 학원 내에 있는 누군가로 전생한 걸까? 아니, 그건 좀 성급한 생각이야.

왜냐하면 말이지. 지난번에 그 스토커 여자가 인과의 관측면에 얼굴을 내비친 것은 총 세 번이었잖아? 기억나?

첫 번째는 잭이 전투과 2급 시험을 치를 때.

두 번째는 잭과 엘비스의 급수전이 시작될 때.

세 번째는 잭과 엘비스의 급수전이 끝났을 때.

사실 이 세 번의 타이밍에는 공통점이 있어.

―세 번 모두, 외부인이 교내에 있는 상황이었어.

전투과 2급 시험 때는 학원의 학생 외에도 많은 귀족이 시험을 관전하고 있었어. 급수전 때는 잭의 책략으로『교외의 업자가 두 사람의 시합을 쇼로 만들려 한다』라고 툴라가 증언했어. 그렇다면 당연히 외부인이 시합을 관전해도 이상하진 않잖아? 경마를 즐기려면 말이 달리는 걸 직접 봐야지.

즉, 그 스토커 여자는 마치 학원 내에 있는 것처럼 굴었지만, 실은 학원 밖에 있을지도 모른다는 거야.

정말이지, 사람을 즐겁게 하는 재주가 있다니까. 구역질이 나지만. —어쨌든 그러면서 잭이 학원에 들어가도록 손 쓸 수 있는 권력을 가진 존재라는 거야. 뭐, 흔한 일반 시민일 가능성은 사라졌다고 생각해도 되겠지.

우리는 지켜볼 수밖에 없어.

설령 동생의 정체를 알아내더라도 그걸 잭에게 가르쳐 줄 수는 없어.

그래도, 보고 있는 것에는 분명 의미가 있어.

페이지를 넘겨야 소설이 앞으로 나아가는 것처럼.

다 생각났어?

그럼 됐고. 나는 슬슬 들어갈게.

자, 인과를 이어서 보기로 할까—.

믿기를. 무엇도 헛되지 않았다. 없었던 일이 되지는 않았다.

황금의 소년기: 영왕 결전편

Even if you can escape with reincarnation, my brother?

영왕의 노래

『× 군, 요즘 쌀쌀맞아.』

학교 수돗가에서 수도꼭지를 위쪽으로 돌려 물을 마시고 있으니, 어느새 옆에 있던 아이가 재미없다는 듯 말했다.

나는 팔로 입을 닦으며 대답했다.

『……여자랑만 노는 것도 이상하잖아.』

『그렇다고 하더라~ 나는 잘 모르겠지만.』

초등학생도 고학년이 되면 어른처럼 굴레가 생긴다.

특히 남녀 사이에 명확하게 선을 그으려고 하는 풍조는 뿌리 깊다. 여자랑 노는 녀석은 연약한 놈이라는 분위기가 남자들 사이에 감돌기 시작하는 것이다. 그게 아니더라도 여자랑 친한 남자는 놀림당한다. 그게 기분 나빠서, 나는 소꿉친구와 조금 거리를 두고 있었다.

『주위 사람들이 하는 말 같은 건 신경 쓰면 안 돼. 아~무것도 못 하게 돼서 재미없어져.』

『딱히 신경 쓰는 건 아니야. 그저 일일이 반론하는 게 귀찮아서 그래.』

『반론 안 하면 되잖아.』

『헛소리를 듣고만 있는 건 짜증 나잖아. 그 녀석들, 너까지 무시한다고.』

『흐응~?』

『뭐, 뭐야.』

『아니, 꽤 소중하게 여기고 있구나~ 싶어서.』

요즘 옆집 아이는 버릇이었던 텔레비전 흉내를 별로 안 내게 되었다.

뭔가 어른스러워졌다고 할까— 조금 멀어진 느낌이 들었다.

단순히 내가 거리를 둬서 그런 게 아니라…….

『뭐, 나에 관한 건 상관없어.』

『상관없지는 않지.』

『그게 아니라. 이런저런 사정이 있다는 걸 나는 이해해 줄 수 있으니까 상관없다는 거야. 하지만 ××는 안 그렇잖아?』

『××……? 아니, 동생과는 집에서 얘기하는데.』

『학교에서는?』

『학년이 다른걸. 오빠가 굳이 교실에 찾아오는 것도 이상하잖아.』

나라면 무진장 창피할 거다.

옆집 아이는 「음~」 하고 어렵다는 듯 침음을 흘렸다.

『뭐…… 일단 좀 신경 써 줘. 걔는 오빠를 아주 좋아하니까.』

그렇게 말하고서 옆집 아이는 떠났다.

신경 써 주라고 해도 말이지……. 그 녀석, 집에서는 평범한데.

—그것은 닳아 해진 기억의 단편.

—매미 소리가 들리던 열한 살 여름에 있었던 일.

◆

건너편의 풍경을 거꾸로 비추는 신기루가 하늘을 찌를 듯이 길어졌다.

인과시로 관측 · 개변된 초밀도 대기— 철조차 부수는 경도를 가진 신기루 검.

그것이 나타나자마자 발랄한 실황 중계가 투술장에 울려 퍼졌다.

『나왔습니다아—!! 윈저 신 2단의 비장의 카드, 미라주 소오오오오오오오드!! 지난번 초단전에서도 수많은 프로를 쓸어 넘겼던 필살기!! 이번에야말로 첫 히트가 나올 것인가—?!』

신기루 검이 아래로 휘둘리는 모습은 마치 탑이 무너지는 것 같았다.

1개 소대조차 짓밟을 수 있는 검의 표적은, 그러나 단 한 명의 소녀였다.

발치까지 내려오는 은발. 기껏해야 열두 살로 보이는 어린 외모. 시장에서 부모의 손을 잡고 까불대며 걸어가더라도 아무런 위화감이 없을 모습이지만— 제1투술장에 모여 있는 모두가 알고 있었다. 저 가냘픈 외모는 엄청난 사기임을.

정령술사계 최대 최강의 칭호인 영왕을 33년이나 방어하고 있는 괴물.

정령술 학원의 원장이자, 모든 정령술사의 대사조.

툴라 클리즈 영세영왕.

—세계 최강의 정령술사.

클리즈 학원장은 육박하는 신기루 검 앞에서 한 발짝도 움직이지 않았다.

신기루 검의 위력은 지대하다. 입학하고 2년 반, 다섯 번에 걸쳐서 엘비스와 싸운 내가 보기에, 저 검 앞에서 도망치지 않는 것은 자살 행위다.

그런데, 움직이지 않았다.

아무런 무기도 들지 않고, 여유롭게, 샤워라도 하듯이 그 자리에 서서—.

노래했다.

"— 뒤집힌 하늘에 뜬 흰 구름 —"

"— 진정한 모습을 나타내소서 —"

투명한 느낌을 주는 노랫소리가 울려 퍼짐과 동시에.

키잉, 키잉, 키잉—!

금속이 어는 듯한 소리가 노랫소리에 섞이더니 신기루 검이 풀어졌다.

그래, 풀어졌다. 끈이 실로 돌아가듯 스르르—. 여파 같은 것이 관객석까지 미쳤지만, 학원장은커녕 투술장의 바닥도 멀쩡했다. 신기루 검의 지대한 위력이 발휘되기 전에, 한순간에 완전히 해체되어 버린 것이다.

엘비스의 몸이 경직됐음을 멀리서도 알 수 있었다. 눈앞의 현상을 분석하기 위해 의식이 내면으로 향한 것이다.

나도 반사적으로 생각했다. 방금 그건 혹시 신기루 검 자체에 간섭한 건가? 학원장의 정령술—【청정의 성가】로!

—젠장! 실제로 싸우고 있는 엘비스라면 더 자세히 알고 있을 텐데……!

"분해 보이네, 지 군."

"마지막 직접 대결에서 이겼다면 내가 1등이었어. 그 같잖은 페인트에 걸리지만 않았어도……!"

이 엑시비션 매치는 매년 여름, 단급위전의 인터벌 기간에 열리는 이벤트 중 하나다. 최근 1년간 2단으로 오른 재학생 중에서 최고의 성적을 거둔 학생이 뽑혀 학원장과 싸울 수 있었다.

만약 그때 내가 엘비스의 페인트를 간파했다면 학원장 앞에 서 있는 사람은 나였을 거다. 현 영왕과 직접 싸울 수 있는 기회는 이때가 아니면 거의 없는데……!

엘비스는 한순간의 경직에서 해방되어 정면에 있는 학원장을 응시했다.

그 순간, 대기가 학원장이 있는 곳을 으깼다.

『크레이터 크리에이터어어어어어어!! 먹혔나요오오오?!』

—틀렸다. 바닥만 으깨졌을 뿐이다. 크레이터만을 남기고 떠난 학원장은 가볍게 스텝을 밟고 있었다.

하지만 엘비스는 손을 늦추지 않았다.

재차 굉음을 내며 신기루 검을 휘둘렀다.

아레나 바닥을 훑는 듯한 횡베기 일격. 피하려면 몸을 숙이거나 점프하거나 양자택일이다. 하지만 학원장은 기압 공격을 피한 직후라서 충분히 움직일 수 있는 자세라고 할 수 없다!

또 정령술로 없애려 들까? 그 방법밖에 없을 터다.

그런 내 예상을, 학원장은 간단히 뛰어넘었다.

학원장이 몸을 오른쪽으로 휙 기울였다.

직후, 이번에는 왼쪽으로 발을 쓱 옮겼다.

그저 그것뿐.

그 동작만으로— 거대한 신기루 검을 빠져나가 버렸다.

일순 이해하지 못했다. 하지만 이론적으로 말이 되는 가능성은 하나밖에 없었다. 신기루 검의 초질량을 늘 유지해 둘 수는 없다. 엘비스는 공격하는 순간에만 검의 질량을 유효화한다.

그 타이밍을, 틀었다.

누구나 할 수 있는 간단한 페인트만으로!

—흡사 무도 같았다.

엘비스가 저렇게나 필사적인데, 학원장은 우아하게 춤추고 있는 것 같았다.

"— 땅이여 갈라져라, 끝까지 갈라져라 —"

"— 별이 그 몸을 모두 태우기 전에 —"

쩌적쩌적쩌적!! 하고 아레나 바닥에 균열이 생겼다. 투술장 밑에 거대한 두더지라도 있는 것 같았다. 하지만 깊이 갈라진 균열 속에 실체가 있는 것은 전혀 없었다. 바닥이 혼자 갈라진 것이다. —마치 입을 벌린 것처럼.

—타닥!

균열에 담긴 어둠 속에서 하얀 불꽃이 작게 튀었다.

타닥, 타닥, 타닥— 그것은 순식간에 수를 늘렸다.

—흡사 분화 같았다.

균열 안쪽에서 진홍색 불길이 대지를 가르듯 솟구쳤다.

『으악~! 나왔습니다! 나왔어요! 클리즈 영왕의 《홍염》입니다!! 시설을 부숴서 눈물 흘리게 될 사람은 본인이시라고요, 학원장님~!!』

툴라 클리즈의 정령술【청정의 성가】— 그 힘은 본래 소리를 조종하는 것이다.

하지만 학원장은 그것을 독자적인 힘으로 승화시켰다.

소리란 곧 공기의 진동이다. 공기의 진동을 조종할 수 있다면 다른 물질의 진동도 조종할 수 있다.

그런 논리로, 소리를 조종하는 정령술을 진동을 조종하는 정령술로 진화시켜 버린 것이다.

바닥을 진동시키면 균열이 생긴다.

분자를 진동시키면 열이 발생해 불꽃이 생긴다.

마치 세계의 섭리에 손을 넣어 마구 휘저으며 놀고 있는 것 같지 않은가.

그게 바로 최강의 정령술사, 툴라 클리즈다.

균열에서 치솟은 불길이 뱀처럼 엘비스에게 육박했다.

엘비스는 방어를 택하지 않았다. 아니, 택하지 못했다고 해야 할 것이다. 그 자리에 정지하는 것 자체가 엄청나게 큰 리스크다. 설령 불길을 막아 내더라도 틀림없이 두 번째 공격이 온다!

엘비스의 몸이 위쪽으로 튀어 올랐다. 그 발밑을 불길이 핥았다.

공중에 있는 인간은 보통 무방비하다. 하지만 예외는 있다.

엘비스는 허공을 박찼다. 아무것도 없는 공중을 발판 삼아 상공에서 학원장에게 쇄도했다.

마치 내《신천웅》같은 그 움직임은 저 녀석이 나를 흉내 내서 만들어 낸 기술이었다. 발밑의 공기를【쟁란의 왕권】으로 굳혀서 발판으로 만들었다. 즉, 저 천재 왕자에게는 이제 대지조차 필요 없었다.

『윈저 2단! 하늘에서 영왕에게 육박합니다! 접근하면 《홍염》은 쓸 수 없죠! 실로 타당한 한 수입니다! 하지만 영세영왕에게 통할까요?!』

신기루 검을 들고 쇄도하는 엘비스를 보고서, 학원장은 맞받아치는 자세를 취했다.

품에서 막대기 모양의 물건을 꺼내는가 싶더니 그것을 촥 펼쳤다.

그건 쇠부채였다.

그 우아한 도구가 영세영왕의 손에 들리면 검보다도, 창보다도 흉악한 무기가 된다는 것을 이곳에 있는 모두가 알고 있었다.

"— 바람이 불고 새가 지저귀네 —"

"— 흔들리는 꿈결 속에서 —"

노래하며 춤추듯이.

한 손에 든 쇠부채를, 쇄도하는 엘비스를 향해 부쳤다.

투술장이 흔들렸다. 그것이 굉음 때문임을 깨닫는 데 약간의 시간이 필요했다.

세계가 삐걱거렸다. 학원장의 쇠부채가 만들어 낸 방대한 진동파가 공간을 짓눌러 쪼개며 엘비스를 덮쳤다!

『《공진》 작렬—!! 윈저 2단, 움직임이 멈췄습니다—!!!』

온몸에 진동파를 맞은 엘비스는 전신의 근육이 순식간에

마비되었을 터다.

게다가 저 녀석은 나와 달리 부유 능력이 없다. 어디까지나 자신이 만든 발판을 밟아서 뛰고 있을 뿐이다.

그러니 중력을 따라 떨어질 수밖에 없다.

—학원장이 대기 중인 지상으로.

"큭…… 아아아아아아아아아아아아아아아아아아아아—!!!"

엘비스답지 않은 포효가 울려 퍼졌다.

그리고 움직였다. 어색하게. 마비됐을 터인 엘비스의 팔이!

왼손이 위로 들렸다.

왕의 눈이 그 연장선상에 있는 대기를 관측했다.

몇십 미터에 걸쳐 풍경이 반전되었다.

그리고— 오른손에서도.

반전된 풍경이 막대 모양으로 뻗어 나갔다.

"이도류……?!"

저 녀석, 저런 일을 할 수 있었던 건가?! 온존해 뒀던 것인지, 아니면 지금 만들어 낸 것인지. 어쨌든 엘비스 쿤츠윈저의 가장 강력한 공격인 것은 틀림없다……!

가위표를 그리듯, 신기루 검 두 자루를 휘둘렀다.

대기가 으르렁거렸다. 조금 전의 진동파를 뛰어넘는 방대한 위력이 세계를 휘젓고, 폭풍 같은 바람이 관객석을 덮쳤다. 터져 나왔을 터인 비명마저 촛불처럼 지워진 굉음 속에서 보이지 않는 칼날이 소녀에게 달려들었다.

그래도 툴라 클리즈는 역시 물러나지 않았다.

휙.

손목으로 부채를 돌리며 영왕은 노래했다.

"— 깃드소서, 불멸의 새여 —"

"— 날개에 음률을 휘감고 —"

굉음 속에서 어째선지 노래만이 영롱하게 울렸다.

그 노래에 호응한 것처럼, 그것은 아지랑이처럼 일렁이며 은발 소녀의 뒤에 섰다.

타오르는 불꽃을 두른 거대한 날개.

죽음과 삶을 반복한다는 불사조.

정령 서열 37위—〈덧없는 불멸의 페넥스〉.

우웅, 하는 소리가 들렸다.

학원장이 든 쇠부채가 초고속으로 진동하기 시작한 소리였다.

얇은 쇠를 여러 겹 접어서 만든 부채—.

그것은 때로 방대한 진동파를 뿌리고—.

그것은 때로 온갖 것을 잘라 낸다.

—이른바 고주파 블레이드.

저 쇠부채는 고속으로 진동함으로써 어떤 도검보다도 예리한 칼이 되는 것이다.

—스잉.

내 귀에 들린 것은 그런 조용한 소리였다.

하지만 일어난 현상은 소리만큼 얌전하지 않았다.

학원장이 쇠부채를 휘두른 그 연장선상— 제1투술장의 지붕 일부가 순식간에 잘린 것이다.

마치 날아간 것 같았다.

너무 예리해서 잔해는커녕 먼지 한 톨 떨어지지 않았다.

그리고 한발 늦게 신기루 검 두 자루의 정중앙이— 틀어졌다.

그것도 한순간이었다. 잔상에 불과했다.

신기루 검 두 자루는 단칼에 양단되어 이미 부서진 뒤였다.

남은 것은 중력을 따라 낙하하는 소년 한 명뿐.

—관객 대부분은 그렇게 생각했을 것이다.

온갖 살상 행위를 무효화하는 『무혈진』이 이 학원을 보호하지 않았다면, 양단된 것은 신기루 검뿐만이 아니었으리라.

시합은 이미 끝난 것이다.

—엘비스의 몸이 힘을 잃고 아레나 바닥을 굴렀다.

『윈저 2단, 영력 고갈(엘리멘트 아웃)!! 튤라 클리즈 영세영왕의 승리입니다!!』

터져 나온 환호성에, 은발의 영왕은 양손을 흔들어 여유롭게 응답했다.

그것을 보고 나는 참고 있던 숨을 뱉으며 등받이에 체중을 맡겼다.

설마 엘비스가 아무것도 못 할 줄은 몰랐다. 상대가 영왕이긴 하지만, 이렇게나 차이가 나는 건가.

"……마지막에 성급했어."

함께 시합을 본 라켈이 불쑥 말해서 나는 수긍했다.

"맞아. 노래를 듣고 나서 움직여야 했어."

"응. 학원장은 노래로 자신의 행동을 미리 선언해. 그러니까 철저히 그걸 듣고 나서 대처하면 이론적으로는 반드시 이길 수 있어. ……그럴 테지만."

"어째선지 그게 안 돼서 저 사람은 최강인 거지……."

그 노래는 정령술 발동을 위한 루틴이다. 학원장의 정령술은 간섭 대상이 너무 광범위해서 그걸 한정하기 위해 저렇게 노래해야 했다. 노래하지 않고 사용하면 무질서하게 주위를 파괴한다고 했다.

이렇게나 알기 쉬운 약점이 있는데, 툴라 클리즈는 계속 최강이었다.

그건 정령술이 아닌 다른 부분에 강함의 원천이 있음을 의미했다.

정령술뿐만 아니라 시합 전의 정보전도 포함한 전략성을 중시하는 이 학원의 이상을, 학원장은 몸소 보여 주고 있었다.

……갈 길이 멀구나.

그렇게 생각하지만, 희망은 있었다.

그런 생각이 든다는 것은 아직 한계가 오지 않았다는 말이니까.

"여, 애송이들. 시합은 즐겁게 보았느냐?"

학원장의 목소리가 귓가에서 들렸다. 본인의 정령술로 목소리를 전달하고 있는 것이다.

"나는 50년쯤 이 학원에 있는데, 기쁘게도 학생의 수준은 해마다 오르고 있다. 여기 있는 엘비스 쿤츠 윈저가 좋은 예지. 그와 함께 범죄율도 내려가는 추세라, 영왕으로서, 학원장으로서, 충분히 일했다고 자부한다. ……그나저나 다들 알겠지만, 올해도 『영왕전』이 코앞으로 다가왔다."

뜬금없이 화제가 전환되어 관객석이 술렁거렸다.

프로, 아마추어를 불문하고 최강의 정령술사를 정하는 대회인 『영왕전』은 단급위전을 쉬는 여름에 열리는 것이 통례였다.

구체적으로는 앞으로 약 한 달 후.

나처럼 학생도 일부 참가하기에 준비에 쫓기고 있는 참인데…….

"나는 『영왕』 자리에 30년 넘게 앉아 있었다. 이건 전적으로 아직 『다음 세대』가 준비되지 않았다고 생각했기 때문이다. 내가 이 학원에서 교사가 되었을 무렵에 이 나라의 정령술사는 실로 빈약했다. 화려함만을 추구한 실속 없는 정령술밖에 못 쓰는 멍청이들이 대다수였어. 그런 정령술로는 정말로 실전적인 기술을 가진 녀석에게 대항할 수 없다. 나는 이 나라 술사의 인식을 근본적으로 바로잡기 위해 영왕이 되었다. 그리고 30년을 들여 그 목적은 달성되었다. 제군은 교활한 범죄 술사에게 대항할 만한 힘을 확실하게 갖추고 있다. —그러므로 이 자리를 빌려서 보고하고 싶은 것이 있다."

설마설마 싶었다.

학원장이 이어서 하려는 말을, 나는 눈치채고 말았다.

분명 모두가 그랬을 것이다. 관객석이 별안간 술렁거렸다.

그리고 그 술렁거림을 긍정하듯이— 확실하게, 영왕은 선언했다.

"—나, 튤라 클리즈는 현시점부로 영왕의 칭호를 반환한다! 올해 영왕전에서 차기 최강을 정하도록!!"

대리 영왕 전쟁

“으음…… 오늘 이렇게 모여 주셔서 진심으로—.”

“답답하게 굴지 말자고, 아가씨! 잭과 왕자님의 승단을 축하하며~!”

“어? 아, 으음…… 거, 건배~!”

건배! 하고 여러 목소리가 함께 울렸다.

여기저기서 이야기꽃이 피어나며 소란스러움이 공기를 채워 나갔다.

승단이나 승급을 축하하는 파티는 우리 세대에서 이미 통례가 되어 있었다. 단급을 올리기 위해 치열하게 싸우는 학생들도 이때만큼은 한숨 돌리며 나이에 걸맞은 아이로 돌아간다. 늘 기숙사 안뜰에서 하는지라 관계없는 녀석들까지 몰려드는 게 옥에 티지만.

“지 군! 고기 가져왔어~!”

과즙이 든 머그잔을 들고 우두커니 서 있으니, 필이 양손에 그릇을 들고서 달려왔다.

그러자 옆에 있던 엘비스가 멈칫하며 몸을 굳혔다.

“오~ 땡큐.”

“에헤~ 승단 축하해, 지 군.”

“절반은 네 공로잖아? 콤비로 싸우고 있으니까.”

"응~? 그럼 상 받고 싶어~."

"아유, 착해라."

"에헤헤~. 아! 안 돼, 안 돼! 나는 단순한 칭찬에 만족하는 그런 저렴한 여자가 아니야!"

열한 살이 된 필은 알 수 없는 자존심을 어필하게 되었다. 예전에는 금세 헬렐레했는데, 이제는 아주 살짝 새침하게 굴 때도 있어서 나로서는 조금 서운했다. 뭐, 반면 남들 앞에서 키스해 달라고 조르는 일은 없어졌으니, 굳이 따지자면 기쁜 일이다.

"아, 맞다. 엘비스 군도. 축하해! 자, 고기."

"으, 응……. 고, 고마워……."

엘비스는 고기가 든 그릇을 어색한 동작으로 받았다. 필은 그걸 눈치채지 못하고 생글생글 웃고 있었다.

엘비스의 마음은 이제 전투과 S반이 다 아는 사실이었다. 나도 일일이 트집을 잡지 않는다. 엘비스가 나이에 걸맞게 구는 얼마 없는 부분인지라 오히려 안심이 될 정도다. ……뭐, 이렇게 여유를 부릴 수 있는 건 내가 동정해 버릴 만큼 필이 상대를 안 해 주기 때문이지만. 후후후……(우월감).

"—아이참! 루비! 어째서 늘 항상 내가 총무인 거야?!"

인파 속에서 익숙한 목소리가 들린다 싶더니, 아젤레아와 루비가 우리 쪽으로 걸어오며 뭐라 뭐라 언쟁을 벌이고 있었다.

"아니, 그 왜, 그렇잖아. 결국 네가 가장 인망이 있잖아."

"어……? 그, 그래?"

"그럼, 그럼! 믿을 수 있는 사람은 아가씨뿐이야~!"

"뭐, 그렇다면 어쩔 수 없네!"

"이해해 준 거야? 근데 있지, 그 인망을 봐서 부탁할 게 있는데—."

루비가 뭔가 불온한 거래를 제시하려고 했을 때, 거목 같은 장신이 뒤에서 쑥 나타났다.

"그쯤 해 둬, 버그슨."

"응? 뭐야, 등신아. 방해하— 흐악?!"

가웨인은 루비를 한 손으로 번쩍 들었다.

"내, 내~려~놔~!! 내려놓으란 말이다!"

"클래스메이트를 이용해서 불온한 꿍꿍이속을 챙기려 드는 걸 그만둔다면 내려 주지."

"알았어! 알았다고! 알았으니까 고양이처럼 들지 마!"

루비의 발은 땅에서 30센티미터 정도 떠 있었다. 이 두 사람은 원래부터 키 차이가 났지만, 요 2년 사이에 그 차이는 더 벌어져 있었다. 우리는 다들 아직 140센티미터 수준에서 놀고 있는데 저 녀석은 170쯤 되니까 말이지. 동갑인데…… 혼자만 고등학생이잖아.

가웨인은 루비를 땅에 내려 주고 아젤레아에게 말했다.

"미안, 오스틴. 늘 귀찮은 역할을 떠맡기는군."

"어? 아냐아냐, 괜찮아! 나한테만 부탁할 수 있는 일인걸!"

아젤레아가 가슴을 쭉 폈다. 그러면서 나이에 걸맞지 않은 둔덕이 출렁거렸다. 원래부터 발육이 좋았던 아젤레아는 성장하면서 더더욱 여성스러워졌다. 근데 저 녀석, 나쁜 남자한테 걸리는 타입이잖아……. 가웨인도 뭔가 말하고 싶은 듯한 얼굴이었다.

다 같이 우리에게 온 세 사람은 저마다 축하의 말을 건넸다.

"승단 축하해, 잭. 일단 말은 해 둘게."

"축하해~. 뭐, 예정대로라는 느낌인가?"

"외람되지만 축하드립니다, 전하."

이번에 나와 엘비스는 2단이 되었다. 졸업 요건인 초단이 됐을 때는 좀 더 성대하게 축하해 줬었지만, 솔직히 말해서 이번에는 예정된 결과였다. 우리에게 2단이 될 실력이 있다는 것은 모두가 알고 있었다.

그리고 우리에게 있어 서로의 승단급을 축하하는 건 반년마다 있는 관례였다. 이번 학기에 세 사람은 1급에서 못 올라갔지만, 다음 학기에는 초단 승단을 축하할 수 있을 거다. ……그렇게 믿고 싶다. 그도 그럴 게 1급은 졸업이 코앞이라 필사적인 녀석들의 소굴이니 말이지…….

"그러고 보니 왕자님. 왕자님은 그 얘기 미리 들었었어?

학원장의 그 발언."

한차례 축하를 끝내고 잡담으로 이행하자 곧장 오늘의 가장 뜨거운 화제가 튀어나왔다.

『영왕』 칭호의 반환.

다음 영왕전에서 새로운 영왕— 최강의 정령술사를 결정한다는 선언 말이다.

"아아, 응. 출전자로서 들은 게 아니라 왕족으로서 살짝 들었어."

"뭐야. 겉으로 드러나지 않았을 뿐이지, 뒤에서는 진즉에 움직이고 있었던 건가."

"그야 그렇지. 학원장님이 혼자 결정해도 될 일은 아니니까."

"응? 그래?"

"당연하지! 명색이나마 『왕』이라는 이름이 붙는 칭호인걸!"

아젤레아가 흥분한 기색으로 말했다.

영왕의 칭호는 말하자면 전투력의 증명일 뿐이다.

하지만 한편으로 이 나라에는 정령술사로서의 명성이 귀족 사회, 더 나아가 국정에서의 발언력에도 영향을 끼치는 문화가 있었다. 영왕이 바뀐다는 것은 33년이나 변함없었던 정치상의 파워 밸런스가 근본적으로 재정립된다는 말이었다.

"우리끼리니까 하는 얘기인데…… 올해 영왕전은 상당히

거칠어질 거야."

엘비스는 조금 진지한 음성으로 그렇게 말했다.

"학원장님은 지금까지 영왕으로서 절대적 중립을 유지하며 어느 정치 세력에도 가담하려고 안 했어. 그걸 답답하게 여기던 유력 귀족은 많아. 그런 사람들의 후원을 받아서, 평소에는 나오지 않던 강자가 여럿 출전할 거야. 나도 왕족의 권위를 짊어지고 출전하게 되겠지. 아젤레아 양이나 가웨인 군, 그리고 잭 군도, 곧 집에서 연락이 올 거야. 학생이라고는 하지만, 『영왕』이라는 패를 얻을 가능성은 조금이라도 높은 편이 좋으니까."

우리가 얼굴을 긴장시키는 한편, 루비만이 태평하게 웃었다.

"귀족님은 좋겠네. 그쪽만 뭔가 재밌어 보이잖아."

"아니, 아마 루비 양한테도 남의 일은 아닐 거야. 너희 스승님인 버그슨 8단은 이런 일이 있으면 반드시 제자를 보내니까."

"아…… 그 영감탱이라면 그럴 것 같아. 하지만 어차피 늘 하는 엿 먹이기잖아? 편하게 생각해도 돼. 그치? 필!"

루비는 이 자리에서 유일하게 평민 동료인 필에게 어깨동무를 했다.

하지만 필은 반응하지 않았다.

"……응? 필?"

"에헤헤~ 영왕의 아내인가~."

뺨에 손을 올리고서 몸을 배배 꼬고 있었다.

"……야, 잭. 이미 네가 우승한다는 전제인데."

"그러네……."

"후후. 기대에 부응해야겠어, 잭."

여, 열심히 하겠습니다…….

"잭 군, 잠깐만."

파티 도중에 아주 잠깐 할 일이 없어졌을 때, 엘비스가 나를 불렀다.

인파 속에서 벗어난 나는 소란스러움을 조금 멀찍이 느끼며 엘비스에게 용건을 물었다.

"단도직입적으로 말할게."

"그래. 뭔데?"

"신 영왕 획득을 위해 움직이는 귀족 중에 라비니아 피츠헤르베르트가 있어."

동요를 간신히 억눌렀다.

여기서 다른 사람이 나를 보고 이상하게 여기는 건 좋지 않다.

"라비니아 피츠헤르베르트라면……."

"그래. 3년 전, 네가 없앤 도적단이 납치한 아이들을 팔

아넘기려고 했던 상대. 팔이나 다리가 없는 아이를 사들여 저택 안에서 예뻐한다는 소문이 있는 악취미 여후작이야."

엘비스의 음성은 평온했으나, 라비니아를 경멸하고 있음을 똑똑히 알 수 있었다.

온화한 엘비스가 이런 태도를 보이는 것은 극히 드문 일이었다.

"피츠헤르베르트 후작가는 대대로 원로원 집안이라고 했지? 국정에 직접 참견할 수 있는 얼마 없는 초상류 계급이야. 영왕을 수하에 둬서 뭘 하려는 거지……."

"그야 모르지. 그보다 중요한 건 피츠헤르베르트 후작 본인이 영왕전을 위해 『와인관(臥人館)』에서 나온다는 거야."

"……그게 왜? 집에서 나오는 게 그렇게 중요한 일이야?"

"중요해. 우리는 라비니아 피츠헤르베르트의 악행을 거의 확신하면서도 지금껏 그 여자를 벌하지 못했어. 왜냐하면 모든 일이 피츠헤르베르트 가문의 저택—『와인관』 안에서 일어나고 있기 때문이야."

"……! 그런가. 원로원 의원의 저택은 영지로 취급해……!"

원로원 의원을 비롯해서, 지방 영지를 받지 못해 왕도에 주재하는 귀족은 여럿 있다. 그런 귀족의 저택은 부지가 그 귀족의 영지로 취급되었다.

그리고 영지 내에서 일어난 범죄에 대한 재판권은 전부 영주가 갖는다.

즉, 저택 부지 내에서 무슨 일이 벌어지든, 그걸 탓할 권리는 국왕에게도 없는 것이다. 피해를 보고 있는 것이 왕도나 다른 영지의 백성이더라도.

"우리는 2년 전부터 『비프론스』의 그림자를 쫓았어."

『비프론스』.

정체불명의 불법 브로커.

도적단 『진홍의 고양이』를 통해 필과 나를 습격했을지도 모르는 인물.

"『비프론스』를 잡기 위한 최단 루트는 『비프론스』와 연줄이 있는 것 같은 라비니아로부터 정보를 알아내는 거야. ……하지만 지금까지는 그 기회를 만들 수 없었어."

"어쩔 수 없지. 상대는 원로원 의원이야. 왕족이라고 해도 섣불리 자극할 수 없잖아."

"응. 그래서 구실이 필요해. 꼬치꼬치 취조하기 위한 구실이."

……무슨 말을 하고 싶은지 슬슬 알겠다.

"이번 영왕전이 그 기회라는 건가. 라비니아가 자신의 저택에서— 안전권에서 나온 순간, 별건으로 체포해서 신병을 확보해 두자는 거지?"

"그런 거지. 그러면 비프론스에 관한 정보를 캐낼 수 있고, 구류 중에는 저택의 통치권을 잃으니까 아이들을 도와줄 수도 있어."

“그렇게 잘 풀릴까? 저택 밖에서 범죄를 저지르는 게 전제인 작전이잖아.”

“물론 믿는 구석이 있으니까 이렇게 얘기하고 있는 거야.”

엘비스는 한층 더 목소리를 낮추고 말을 이었다.

“(……왕도에서 카지노가 금지라는 건 알지?)”

“(그래. 카지노뿐만 아니라 도박 전반이 금지잖아. 불법 카지노가 어딘가에 있다는 소문은 들었지만.)”

“(맞아. 있어, 불법 카지노. 그것도 이 학원에, 여름에만 열리지.)”

……이 학원에? 여름에만……?

“(……영왕전으로 도박을 하는 무리가 있는 거야?)”

“(예상은 가잖아? 너랑 내가 맨 처음 싸웠을 때도 그런 게 있었을 거야.)”

그때의 축제 분위기는 내가 작전의 일환으로 만든 거지만, 도박하는 무리가 있다는 얘기를 필과 루비에게 확실히 듣긴 했다.

“(그때는 재미 삼아 하는 놀이 같은 거였지만, 영왕전으로 하는 도박은 더 뿌리가 깊어. 일부 상급 귀족이 합동으로 주최하거든. 학원의 일부 관계자도, 영왕전을 주최하는 정령술사 길드도, 당연히 한몫 거들고 있어. 여름에만 엄청난 액수의 돈이 이 도박장에서 움직여.)”

“(……그걸 쑤시자고? 라비니아 한 명을 잡기 위해?)”

엘비스는 진지한 얼굴로 고개를 끄덕였다.

"(영왕전 도박을 주관하고 있는 건 민주파 귀족— 즉, 우리 왕족으로부터 권력을 옮기고자 하는 파벌이야. 그걸 내가 공격하면 정치적인 내분 상태가 돼.)"

"(그럼 어쩌려고? 다른 누군가에게 실행 역할을 맡길 거야?)"

"(그건 힘들어. 체면상 가능한 건 어디까지나 왕도의 법률을 정당하게 이행하는 것뿐이야. 재판권을 가진 우리 왕족이 아니면 맡길 수 없어.)"

"(그럼 귀족 사회가 엉망진창이 될 것을 각오하고서 하겠다는— 아, 그런가.)"

나는 말하는 도중에 이해했다.

"(엉망진창이 되는 건 똑같아. 새로운 영왕이 태어나니까…….)"

"(맞아. 영왕이라는 명분만 있다면 놀이터를 없앤 것 정도로 불만이 나오진 않을 거야.)"

엘비스는 슬쩍 입꼬리를 올렸다.

"(지금 왕권파 귀족들과 교섭 중이야. 만약 파벌 중 누군가가 영왕의 칭호를 손에 넣는다면 다 같이 협력하자고 말이야.)"

"(……아마 민주파도 그러고 있겠지.)"

"(물론이지. 그러니까—.)"

엘비스의 눈이 한층 진지하게 빛났다.

"(—올해 영왕전은 우리 왕권파와, 라비니아를 포함한 민주파의 대리전쟁이 될 거야.)"

대리전쟁.

무거운 울림을 지닌 그 말이 내 속에 묵직하게 가라앉았다.

"(……그럼 지금부터라도 실력을 갈고닦아야겠네. 그 대리전쟁이란 것에 조금이라도 공헌할 수 있도록.)"

"(그렇지. ……하지만 그 전에 한 가지 문제가 있어.)"

"(문제?)"

"(왕권파와의 교섭이 그다지 원활하지 않아.)"

나는 눈썹을 찡그렸다.

"(왜? 그저 누군가가 영왕을 쟁취하면 연대하자는 얘기잖아?)"

"(민주파의 도박장을 공격하는 것 말이야. 협력하자고 하면서 멋대로 그런 짓을 하면 이후의 관계에 금이 가. 협력하거나 묵인하겠다는 언질을 먼저 받아 둬야 해.)"

귀찮은 얘기다. 귀족답지 않은 우리 아버지조차 평소에 이런 귀찮은 일을 하고 있다고 생각하니 존경하는 마음도 다소 싹텄다.

"(한 방이 더 필요해. 귀족들이 민주파와의 대결을 결단하도록 만들 한 방이.)"

"(생각해 둔 건 있어?)"

"(응. 지금 이렇게 너한테 얘기한 건 그것 때문이기도 해. 이건 우리만 할 수 있는 일이거든.)"

그리고 엘비스는 별일 아니라는 것처럼 말했다.

"(잭 군. 나와 함께 노예가 되어 주지 않을래?)"

와인관의 꾐

그 저택은 생김새가 기묘했다.

대문에서 봤을 때 왼쪽 끝에 입구가 있고, 거기서 회색 벽이 오른쪽으로 뻗은 길쭉한 건물이었다. 건축 이론을 의도적으로 무시한 듯한 위화감이 그 저택을 모로 누운 인간처럼 보이게 했다.

그래서 이 저택은『와인관』이라고 불리고 있었다.

라비니아 피츠헤르베르트의 저택이었다.

"가자."

거만하게 우리를 끌고 가는 남자는 엘비스가 찾아낸 불법 상인이었다.

우리는 이 녀석의『상품』이었다.

내 왼쪽 소매가 바람에 흔들려 엘비스가 오른쪽 눈에 찬 안대에 닿았다. 고객 취향의『가공』은 루비에게 부탁했다. 그 녀석의 현재 실력이면【홑겹의 안계】로 팔 한쪽과 눈 하나를 간단히 숨길 수 있었다. 보고 만져도 들키지 않을 터다.

—라비니아 피츠헤르베르트의 범죄 증거를 손에 넣는다.

그러려면 녀석 취향의 아이로 위장하여 녀석의 저택에 직접 잠입하는 것이 가장 확실했다.

불법 상인이 비뚤어진 형태의 노커로 현관문을 두드리자

노집사가 나와서 맞이했다.

저택이 드러누운 인간이라면 현관이 있는 곳은 입 부분이었다.

그렇다면 그곳을 지나는 우리는 오후의 간식거리인 거겠지…….

라비니아의 집무실은 저택의 안쪽에 있다고 했다. 노집사의 안내를 따라 걸어갔다.

방 배치는 이상하지만, 그림과 조각이 장식된 호화로운 복도는 평범한 귀족 저택 같았다. 이 저택에 신체 일부가 없는 아이들이 수집되어 있다니, 미리 들은 게 없다면 생각도 못 할 거다. 하지만 반대로 그걸 염두에 두고서 보니, 창문과 창문 사이에 아무렇지 않게 놓여 있는 소녀 조각상도 왠지 꺼림칙하게 보였다…….

여러 문 앞을 지나치자 한층 큰 문이 나왔다.

문 위에 있는 팻말에 『목의 문』이라고 쓰여 있었다.

"여기까지가 『두관(頭館)』입니다."

노집사가 말했다. 인체에서 따온 이름이 붙어 있는 건가. 그렇다면 이 앞은 『동관(胴館)』인가? 다른 문은 보이지 않았다. 아무래도 이 『목의 문』을 지나야만 다른 건물로 갈 수 있는 구조인 듯했다.

『목의 문』을 지나 또 복도를 똑바로 걸어가니 이번에는 『허리의 문』과 맞닥뜨렸다. 그렇군. 여기서부터는 『각관(脚

館)』이란 거구나.

『각관』의 가장 안쪽까지 긴 복도를 나아가자 마침내 집무실에 다다른 듯했다.

노집사가 노크하고 우리가 도착했음을 보고했다.

"아아…… 들어와."

음울한 인상을 주는 여성의 목소리가 문 너머에서 대답했다.

노집사가 문을 연 방으로 불법 상인이 들어갔고, 뒤따라 들어간 나는 살짝 얼굴을 찡그렸다.

이 방— 뭔가 기분 나쁘다.

특별히 이상한 물건이 있는 건 아니었다. 이상한 냄새가 나는 것도 아니었다. 평범하게 테이블과 소파, 선반 등이 놓여 있을 뿐이었다.

그런데 왠지 거슬렸다. 굉장히 불편하고 짜증이 났다.

어째서지? 의문스러워서 관찰하자 이유를 알 수 있었다.

이 방은…… 철저히 좌우 비대칭이었다.

테이블은 변과 각이 제각각인 비뚤어진 삼각형이었고. 소파는 등받이의 높이가 고르지 않았으며, 배치 방식도 평행이 아니었다. 선반은 왼쪽 끝과 오른쪽 끝의 높이가 아주 살짝 달랐다. 애초에 방 자체가 미묘하게 찌그러져서 사다리꼴에 가까운 형태를 이루고 있었다. 그리고 물론 방의 가장 안쪽에 있는 책상은 중앙에서 아주 살짝 왼쪽으로

치우쳐진 위치에 놓여 있었다.

평범한 인간이 편안하게 느끼는 형태나 배치를 모조리 배반한 방이었다. 만약 이 방에 온종일 있는다면 나는 짜증이 나서 물건에 화풀이해 버릴지도 모른다.

그런 방이, 하필이면 집무실이었다.

가장 집중력이 필요한 방을 일부러 이렇게 만들다니…… 그것만으로도 이 저택의 주인이 얼마나 비정상적인지 전해지는 것 같았다…….

그 주인이 안쪽의 책상 앞에 앉아 있었다.

그 옆에 얼굴의 오른쪽 절반을 가면으로 가린 기묘한 남자가 주인을 수행하듯 서 있었다.

우리를 데려온 불법 상인이 두 손을 비비며 머리를 숙였다.

"항상 이용해 주셔서 감사합니다. 짐지럭스 상회입니다. 새로 들어온 상품을 소개해 드리러 왔습니다."

책상 앞에 앉아 있는 여성이 펜을 놓더니 남자를 보고 미소 지었다.

이 비틀린 방에서 그 미소만이 얄궂으리만큼 반듯했다.

"기다리고 있었어. 그래, 이때를 기다리고 기다렸지. 이번 달에도 와 줘서 고마워. 진심으로 감사해. 『그녀』에게도 말해 주겠어?"

"예, 그럼요, 물론이죠. 『왕』께서는 앞으로도 애용해 달라고 하셨습니다."

“그럴게. 내 미학을 알아주는 건 『그녀』밖에 없는걸. 그럼 볼까…….”

여성— 라비니아 피츠헤르베르트가 일어나더니, 문밖에서 들었던 음울한 목소리가 거짓말이었던 것처럼 즐겁게 우리 앞으로 왔다.

“이게 이번 달 아이들이란 거지?”

오싹하게 등에 소름이 돋았다.

라비니아는 가면을 쓴 것처럼 미소 지은 채 엘비스와 나의 전신을 핥듯이 뜯어보았다.

“흐응?”

대수롭지 않게 다가온 손을 반사적으로 뿌리칠 뻔했지만 꾹 참았다.

라비니아는 가느다란 손끝으로 내 뺨을 쓱 쓸어내리나 싶더니, 그대로 결손된 (것처럼 보이는) 왼팔로 손을 가져갔다.

단면을 문지르며 만졌다.

왼팔은 공간을 통째로 위장했기에 감각은 없었다. 하지만 내 안쪽을 만지는 것 같아서 역시 기분이 좋진 않았다.

내가 끝나자 이번에는 엘비스 차례였다. 안대를 벗기고 손상된 (것처럼 보이는) 오른쪽 눈을 자세히 관찰했다. 역시 루비의 정령술은 완벽해서, 위장을 눈치챈 것 같지는 않았다.

"후후."

라비니아가 갑자기 웃음을 흘렸다.

그리고 쑥! 하고 엘비스의 바지에 오른손을 집어넣었다.

"*%&$#%$*&&#$?!?!?!"

엘비스는 순식간에 얼굴이 새빨개져서 말로 표현할 수 없는 소리를 냈다. 참지 못하고 라비니아의 손을 빼내려고 했지만, 그러든 말든 라비니아는 바지 속을 계속 만지작거렸다.

우와아…… 주물럭거리고 있어…… 직접…….

라비니아는 한동안 엘비스의 그곳을 만지작거리다가 만족스러운 표정으로 바지에서 손을 뺐다. 그리고 그 손의 냄새를 킁킁 맡았다.

"좋네…… 좋아. 아직 완전한 수컷이 되지 못한 이 냄새……."

그리고 손끝을 날름 핥았다.

그걸 보고, 주저앉은 엘비스가 흠칫 떨었다. 히, 히익…….

"살게, 둘 다. 무척 마음에 들었어. 대금은 늘 하던 방식으로 전달할게."

"매번 감사합니다!"

무, 무척 마음에 들어 버렸다……. 아니, 성공이지만…… 성공이긴 하지만…….

필…… 나 깨끗하게 돌아갈 수 있도록 힘낼게…….

"아론. 이 아이들을 컬렉션룸으로 데려가. 새로 만든 쪽으로. 이전 방은 이미 꽉 찼으니까."

"이것 참……. 나는 하인이 아닌데 말이지."

얼굴 절반을 가면으로 가린 남자가 체념한 듯 한숨을 쉬었다.

하인이 아니라고……? 보디가드나 뭐 그런 건가.

"자, 애송이들. 걸어가."

반가면을 쓴 남자가 우리의 머리를 잡고서 앞으로 밀었다. 그렇게 안 해도 걸을 수 있다고.

집무실을 나가기 직전에, 나는 방 안쪽에 있는 선반을 힐끔 보았다.

……서류는 아마 저기 있겠지.

긴 복도를 되돌아가며, 나는 머리를 꾹꾹 누르는 반가면 남자를 흘낏 올려다보았다.

졸려 보이는 인상을 주는 왼쪽 눈과 가면 안쪽의 오른쪽 눈.

그 눈에 깃든 차가운 빛을, 나는 놓치지 않았다.

그 빛을 보고 내가 연상한 것은 예전에 목숨 걸고 싸웠던 여도적 비키였다.

저 차가운 눈빛은…… 살인을 일상적으로 하는 자의 눈빛이다.

결국 우리는 두관까지 돌아와서 컬렉션룸이라는 곳에 들어가게 되었다.

그곳은 장난감과 책이 대량으로 있는, 조금 널찍한 아이방 같은 느낌의 방이었다.

다만 묘한 점이 하나 있었다. 커다란 유리판이 방을 가로지르고 있다는 점이었다. 마치 쇼케이스 같다고 생각했다.

다른 사람은 없었다. 엘비스와 내가 이 방의 주민 1호와 2호인 것 같았다.

반가면을 쓴 남자가 떠나고 나서, 우리는 작전 회의를 시작했다.

"집무실 안쪽의 선반이지?"

"아마도. 거기가 아니어도 집무실 어딘가에는 있을 거야."

라비니아가 인신매매를 한다는 걸 증명할 서류— 그걸 가지고 돌아갈 수 있다면 일단 미션 클리어다.

"밤을 기다리자. 그때쯤 되면 루비 양의 정령술도 풀릴 거야."

"그렇지. 정령술이 안 풀리면 난 왼팔을 못 쓰기도 하고."

남이 내 팔을 만져도 통과된다는 것은 내가 팔로 뭔가를 만져도 통과된다는 말이다.

"……그 전에 라비니아가 와서 우리를 맛있게 잡아먹진 않겠지?"

"그런 일은 없을 거라고 믿고 싶어……."

엘비스는 의기소침하게 양손으로 고간을 가렸다.

—그리고 밤.

이라고는 해도 창문이 없는지라 체내 시계였다. 저녁밥인 듯한 식사가 나오고 시간이 상당히 지났으니 심야인 것은 틀림없었다. 사용인도 모두 잠들었을 것이다. 다행히 이 시간까지 라비니아는 나타나지 않았다.

자, 지금부터 시작이다.

당연하지만 문은 잠겨 있었다. 다른 루트로 방에서 탈출하자.

와인관은 기본적으로 벽돌로 지어져 있었다. 도적에게 납치당했을 때처럼, 나에게 벽돌이나 돌로 만들어진 벽은 존재하지 않는 것과 같았다.

"옆에도 방이 있어. 『왕안』에 걸리는 게 없는 걸 보면 아무도 없는 것 같아."

엘비스의 능력 중 하나인 『왕안』은 대기 상태를 직접 본다. 공기의 흐름을 보면 저택의 구조는 물론이고 어디에 어떤 사람이 몇 명 있는지까지 전부 알 수 있다. 이런 상황에서는 반칙인 성능이었다.

나는 최대한 조용히 벽의 벽돌을 빼내서 옆방으로 가는 길을 만들었다.

엘비스와 함께 벽을 지난 다음, 일단 원래대로 되돌려

뒀다.
옆방은 어두웠다.
달빛조차 들어오지 않아서, 어둠에 눈이 익은 상태여도 엘비스의 얼굴을 발견하는 게 고작이었다.
"아마 어딘가에 양초랑 촛대가…… 여기 있다."
잠시 후, 엘비스가 촛불을 켰다. 오렌지색 빛이 어둠을 몰아내면서 방을 조금 넓게 둘러볼 수 있었고—.
나는 마침내 알아차렸다.
바로 근처에 커다란 유리판이 있었다. 조금 전의 방에도 있었던— 쇼케이스 같은 유리판이.
그 너머에…… 진열되어 있었다.
아주 많은— 어린아이가.
우리 또래거나 혹은 더 어릴까. 정확히 알기 어려운 이유가 어둠 때문만은 아니었다.
어떤 아이는 팔. 어떤 아이는 다리.
어떤 아이는 눈. 어떤 아이는 귀.
다들 뭔가를 잃어서 **좌우 비대칭**인 실루엣이 되어 있었다.
이곳은— 또 다른 컬렉션룸인가……!
밤이 깊었을 텐데 아이들은 대부분 깨어 있었다. 불빛을 알아차린 아이들이 우리 쪽으로 다가왔다. 그 모습은 어딘가 수족관의 물고기를 연상시켰다.
사이에 유리판이 있어서 만질 수는 없었다. 도움을 구하려는 걸까. 그렇더라도, 이번에는 『진홍의 고양이』 때처럼 도와줄 수는—.

"저희는 행복해요."

별안간 한 아이가 그렇게 말했다.

"매일 즐거워요.", "저희는 만족해요.", "쭉 여기서 살고 싶어요.", "라비니아 님이 사 주셔서 기뻐요.", "감사합니다.", "감사합니다.", "감사합니다……."

아이들이 저마다 이곳 생활이 얼마나 멋진지를 이야기했다.

하지만 그 목소리에는…… 감정이 조금도 담겨 있지 않았다.

"그게 무슨 말이야……."

나는 텅 빈 말을 반복하는 아이들에게 비틀거리며 한 걸음 다가갔다.

"그럴 리가 없잖아……? 이런 곳에 갇혀서 행복할 리가 없어……!!"

"힉!"

잔물결 같았다.

내가 아주 살짝 언성을 높인 순간, 아이들이 일제히 물러났다.

"저, 저희는 행복해요.", "정말이에요.", "거짓말이 아니에요.", "믿어 주세요……!", "미…… 믿어 줘요……!", "시,

싫어어어어어……!", "정말로, 행복하니까……!", "안 돼…… 안 돼……! 안 돼, 안 돼, 안 돼……!", "바……『박제』로, 만들지, 말아 주세……!"

……박제? —사체를 방부 처리하는 그 박제?

나는 뒤를 돌아보았다.

어렴풋한 촛불의 범위에, 그것은 간신히 들어와 있었다.

—소년, 조각상.

자세히 보니 그것도 한쪽 팔이 없어서 좌우 비대칭이었다. ……그러고 보니 비슷한 소녀 조각상이 복도에도 놓여 있었다…….

……설마, ……설마!

나는 그 조각상으로 달려가 손으로 감촉을 확인했다. 진짜 피부와는 전혀 다르게 딱딱했지만— 이건. 혹시—.

"진짜, 인 건가……?"

당돌해 보이는 얼굴— 잔뜩 일그러진 표정.

"이거…… **진짜 어린아이**를 박제한 거야……?!"

빼빼 마른 앙상한 몸을 보면 그다지 유복한 가정은 아니었을 것이다.

하지만 그래도, 한쪽 팔이 없어도, 씩씩하게 살았으리라.

몸 곳곳에 남은 상처를 보면 훤히 알 수 있었다.

—분명 이 아이는, 라비니아에게 반항했다.

말을 듣지 않았다.

그래서…… 더는 절대 반항하지 못하도록…… 이렇게…….

나는 홧김에 소리 지르고 싶은 것을 간신히 참았다.

은밀히 행동 중이었다. 그런 짓은 할 수 없었다.

그래도. 그래도, 어떻게 이런……!!

"엘비스. 너…… 용납할 수 있어?"

감정을 배출할 곳을 찾듯이, 나는 엘비스의 얼굴을 보았다.

"용납할 수 있냐고, 이런 일……! 용납할 수 있어……?!"

"……용납할 수 없어."

조용히, 담담하게…… 하지만 확실한 감정이 느껴지는 목소리로, 엘비스는 대답했다.

"그러니까 한시라도 빨리 자료를 찾아내자. 그러지 않으면 저 아이들을 도와줄 수도 없고, 그 아이를 애도할 수도 없어……."

"……그래."

나는 깊이 호흡하여 뜨거워진 머리를 식혔다.

라비니아 피츠헤르베르트…… 멀쩡하게 죽을 생각은 안 하는 게 좋을 거다.

심호흡을 반복해서 겨우 머리가 식었을 때.

—자박.

""……?!""

발소리……?!

우리는 눈짓을 주고받고서 잽싸게 주위를 살폈다. 엘비

스가 방의 가장자리에 있는 나무 상자를 가리켰다. 우리는 그리로 달려가 안이 비어 있는 것을 확인하고 재빨리 들어가서 숨었다.

"(좁아……!)"

"(쉿……!)"

젠장, 땀내 나네! 이런 건 필이랑 해야 하잖아! 왜 굳이 사내 녀석이랑 같은 상자에 들어가야 하냔 말이다!

그런 불만도, 문이 열리는 소리가 들림과 동시에 날아갔다.

—자박.

—자박.

뭐지, 이 발소리……. 신발을 안 신고 있나……?

나무 상자의 측면에 작은 틈이 있는 것을 발견한 나는 밖을 엿보았다.

발소리의 주인이 랜턴을 들고 있는지, 어렴풋한 불빛이 이동하고 있었다.

발이 보였다. 역시 신발을 안 신고 있었다.

그보다…… 작다?

마치 어린아이 같았다. 야간 순찰 중인 경비원으로는 도저히 안 보였다…….

살짝 몸을 움직여서 좀 더 위쪽이 보이도록 각도를 조정했다.

랜턴의 희미한 불빛이 비추고 있는 것은—.

“(저게 뭐야……?)”

떨리는 목소리로 그렇게 중얼거린 사람은 엘비스였다.

나도 심정은 똑같았다. 소리 내지 않을 수 있었던 것은 엘비스보다도 『저것』에 관해 아주 약간 더 알고 있었기 때문이었다.

뾰족한 귀와 코. 두발이 없는 머리. 원시인 같은 차림새. 어린아이보다도 왜소한 체구.

그리고— 초록색 피부.

내 지식에 의하면, 저것은 이런 이름을 가진 존재였다.

“(고블린……?!)”

고블린이었다.

한참 예전…… 현대 일본에서 살았던 전생의 기억. 게임 같은 데서 여러 번 보았던 고블린과 아주 비슷한 모습이었다.

내가 알기로 이 세계에 몬스터는 없다.

코끼리염소(비누사) 같은 건 있지만, 그건 굳이 따지자면 말이나 낙타와 같은 동물의 일종이었다. 인간에게 예외 없이 악의를 가지고서 공격해 오는 괴물(몬스터)은 동화나 신화 속에서만 볼 수 있었다.

하지만 그렇다면 저건 뭐지? 엘프나 용인족 같은 이인종?

아니, 그런 수준이 아니잖아.

적어도 왕도의 주민다운 문명의 흔적은 느껴지지 않는다…….

—자박, 자박.

고블린은 맨발로 발소리를 내며, 방을 둘로 나누는 유리판 앞까지 이동했다. 건너편에는 『컬렉션』인 아이들이 있었다.

“저희는 행복해요.”, “저희는 만족해요.”

아이들은 우리에게 그랬던 것처럼 고블린에게도 행복을 주장했다.

이상하다고 생각 안 하나? 혹은 많이 봐서 익숙한 건지. 아니면…… 눈앞에 있는 괴물 같은 모습을 인식할 여유조차 없는 건지.

고블린이 아이들의 말을 이해한 것 같지는 않았다.

흐아암~ 하고 크게 하품을 한 번 하고서 발길을 돌려 입구로 돌아갔다.

그 모습을 보고, 나는 우리가 위험한 상황에 처했음을 깨달았다.

“(큰일이야……. 저 녀석, 순찰병이야.)”

“(어……? 아, 응. 그래 보이네…….)”

“(바보야! 정신 차려! 저 녀석이 여기 왔다는 건, 이제 우리가 있던 방을 순찰하러 간다는 거야!)”

“(아.)”

우리가 방에 없다는 걸 알아차리면 아마 소동이 벌어질 거다. 그러기 전에—.

“(―해치울 수밖에 없어.)”

나는 입구로 돌아가는 고블린을 응시하며 중얼거렸다.

“(……알았어.)”

엘비스도 각오한 목소리로 대답했다.

여기 있는 사람이 아젤레아가 아니라 다행이다.

그 녀석은 분명 저런 괴물이어도 목숨을 뺏는 걸 주저할 테니까.

―제2의 엄마였던 아넬리.

―여도적 비키.

나는 이미 그런 감각을 잃어버렸다.

“(무기는 가져왔어?)”

“(작은 단검 한 자루를 가져오는 게 한계였어.)”

“(나도.)”

당연하지만 새벽의 검은 가져올 수 없었다. 엘비스도 신기루 검은 너무 강력하여 여기서는 쓸 수 없었다. 전력이 반감 수준을 넘어 대폭으로 떨어지지만, 한 마리 정도라면…….

“(내가 못 움직이게 하고 입을 막을게.)”

“(알았어.)”

“(3초 후에 뛰쳐나간다. 3, 2, 1―.)”

지금이야, 라는 말은 하지 않았다.

나무 상자의 뚜껑을 열고, 둘이서 일제히 뛰쳐나갔다.

고블린이 눈치채고 뒤돌았지만, 목소리를 내는 것보다도

내가 입을 막는 쪽이 더 빨랐다.

나와 접촉하여 무게가 지워지면 제대로 움직일 수 없다. 뒤에서 제압하는 것은 간단했다.

그런 내 쪽으로, 단검을 든 엘비스가 돌진해 왔다.

소리다운 소리는 나지 않았다.

그저 제압한 고블린의 등으로 툭, 하는 가벼운 충격만이 전달되었다.

그것만으로도 작은 몸에서 힘이 사라졌다.

내 품속에서 고블린의 몸이 주르륵 흘러내렸다.

"……후우."

엘비스가 한숨을 쉬고 단검을 가볍게 휘둘렀다.

어두워서 잘은 안 보이지만 비말 같은 것이 튀었다.

"의외로 간단했네."

나는 완전히 절명한 고블린을 내려다보고 중얼거렸다.

"응. 움직이지 못하도록 한 게 좋았던 걸지도 몰라. 이 작은 몸으로 요리조리 움직였다면— 어?"

안도의 색을 띠려던 분위기가 날아갔다.

고블린의 사체가 마치 녹아내리듯이…… 바닥에 스며들어 사라져 버렸기 때문이다.

남은 것은 고블린이 들고 있던 랜턴과 허리에 차고 있던 조잡한 몽둥이뿐이었다.

"뭐야, 이거……."

나는 몇 번째인지 알 수 없는 말을 흘렸다.

몬스터의 사체가 사라지다니— 이런 건, 마치 게임 같지 않은가.

"밖을…… 확인해 보자."

엘비스가 신음하듯 말했다.

"이상해……. 이 저택은 어떻게 되어 먹은 거야……?"

그리고 우리는 신중하게 문을 열고 복도로 나갔다.

라비니아에게 끌려갔을 때. 그리고 컬렉션룸으로 이동할 때. 우리는 이 와인관의 모습을 보았다. 세련된 인테리어. 푹신푹신한 카펫. 그건 확실히 사람이 쾌적하게 생활하기 위한 공간이었다.

하지만 지금 눈앞에 펼쳐져 있는 광경은 확연하게 달랐다.

—섬뜩하게 맥동하는 벽.

—울퉁불퉁하여 걷기 어려운 바닥.

창문은 하나도 보이지 않았고, 공기는 탁했다. —마치 어떤 거대한 생물의 몸속 같았다.

와인관은 낮에 봤을 때와 딴판으로 달라져 있었다.

문이 공간을 초월하여 전혀 다른 곳으로 이어졌다고 하는 게 그나마 더 믿을 만했다. 불과 몇 시간 만에 평범한 저택이 이렇게 달라져 버릴 리가 없다…….

"……! 잭 군, 일단 방으로 돌아가자!"

엘비스에게 떠밀려서 다시 컬렉션룸으로 돌아왔다.

엘비스는 아주 살짝 문을 열고 그 틈으로 밖을 엿보았다.

"복도 건너편에…… 보여?"

나도 따라서 살펴보니 확실히 보였다.

뭔가…… 커다란, 사람 실루엣이 있었다.

정말로 컸다. 키가 2미터는 되지 않을까?

절그럭…… 절그럭…… 실루엣이 걸을 때마다 묵직한 금속음이 들렸다. 손에 큼직한 검이 있었고, 그 끝이 바닥에 그륵그륵 끌리고 있었다…….

절그럭거리는 건 갑옷 소리인가? 거한이라서 키가 큰 거고? 여기까지는 그래도 사람의 특징이다.

하지만 딱 하나, 명백한 이상이 있었다.

그 실루엣은— 머리가 없었다.

"듀라한……?"

"북방 나라의 민간전승에 나오는 녀석이지? 책에서 본 적 있어……."

고블린에 듀라한.

존재하지 않을 터인 괴물이 활보하는 의문의 폐쇄 공간.

내 머릿속에는 이 현실을 설명할 수 있는 가설이 하나 떠올라 있었다.

"엘비스…… 이건, 정령술이야."

"설마……! 실재했다는 거야?!"

"그렇게 생각할 수밖에 없잖아."

너무 희소하여 우리 정령술사 내에서도 도시 전설로 취급되는 그것.

그래서 나는 나 자신을 믿게 하려고 말했다.

"—서열 21위 〈모락스〉의【시련의 미궁】."

고블린이 남긴 몽둥이와 랜턴이 내 시야에 들어왔다.

"미궁(던전)을 만들어 내는 정령술이야……."

와인관의 미궁

우리가 놓인 상황을 인식한 직후, 어디선가 섬뜩한 목소리가 들렸다.

『—미궁의 법을 따르라. 법은 만인에게 평등하다.』

그리고 눈앞에, 마치 공간 뒤에서 배어나는 것처럼, 다음과 같은 문장이 나타났다.

첫 번째 법칙: 목숨에 제한은 없으니, 죽음은 새로운 시작이다.

두 번째 법칙: 밤에 제한은 없으니, 아침은 굴복 너머에서 기다린다.

세 번째 법칙: 짐승은 종소리와 함께 탄생하며, 결코 절멸하지 않는다.

네 번째 법칙: 거수(巨獸)를 토벌하라. 그리하면 미혹은 사라진다.

"이건……『미궁의 법』?"

"이 던전의 규칙이란 건가……?"

문장은 녹아내리듯이 금세 사라져 버렸다. 하지만 눈을 감자 똑같은 문장이 앞에 떠올랐다.

“정말 특수한 정령술이야……. 타인에게 이렇게나 지배력을 발휘하다니…….”

똑같은 일을 시도한 엘비스가 눈을 뜨고 신음하듯 중얼거렸다.

나는 끙 소리를 냈다.

“지금 있는 세계에 간섭하여 현상을 일으키는 다른 정령술과는 근본적으로 달라……. 이건 굳이 따지자면 자신의 세계에 타인을 끌어들이는 느낌이야.”

“정령술 학원의 『무혈진』과 조금 비슷하려나. 결계 타입이라고 할까…….”

“『법은 만인에게 평등하다.』”

나는 섬뜩한 목소리가 했던 말을 되뇌었다.

“제한 없이 타인에게 규칙을 부여할 수 있지는 않을 거야……. 정령이 그렇게 편리하게 사람에게 힘을 빌려주지는 않을 테니까. 그렇지? 엘비스.”

“응. 정령은 세계에 법을 부여하는 존재— 과도한 불균형을 용납하지 않아. 이렇게 규모가 큰 정령술이라면 술자에게도 반드시 뭔가 제약이 발생할 거야.”

“그게 바로— 이 법칙인가.”

눈을 감고 다시 네 가지 『미궁 법칙』을 보았다.

“미궁에 법칙을 만드는 것. 그 법칙을 도전자에게 보여주는 것. 그게 【시련의 미궁】의 제약이란 거지?”

“아마도. 이 법칙이 술자에게 아주 불리하게 작용하더라도 절대 무시할 수 없을 거야.”

“어떻게 생각해?”

나는 간결하게 엘비스에게 물었다. 법칙이라고 하면서도 문장은 어딘가 추상적이었다. 하지만 해석할 수는 있었다. 그 해석을 엘비스와 공유해 둬야 했다.

“『목숨에 제한은 없으니, 죽음은 새로운 시작이다』— 이건 아무래도 『죽어도 되살아난다』라는 말처럼 보이는데…….”

“내가 보기에도 그래. 다음 법칙인 『밤에 제한은 없으니, 아침은 굴복 너머에서 기다린다』는 미궁에 도전하는 한, 시간은 흐르지 않는다는 의미인가? 단, 포기하면 적용되지 않는 거지.”

“『짐승은 종소리와 함께 탄생하며, 결코 절멸하지 않는다』— 짐승이라고 하면 아까 봤던 고블린 같은 게 떠올라. 그런 괴물들이 일정 시간마다 계속 태어난다는 말일까.”

“『거수를 토벌하라. 그리하면 미혹은 사라진다』— 이게 탈출 조건인가.”

거수— 즉, 보스 몬스터려나. 그걸 해치우면 된다는 거지?

우리는 인식을 공유하고 자신의 몸을 체크했다. 몸 자체에 달라진 점은 없었다. 하지만—.

“—칫. 단검이 없어…….”

“나도. 무기는 지참할 수 없다는 거려나.”

"보여 준 것 말고도 자잘한 규칙이 더 있는 모양이야."
무기 지참이 금지된 걸까, 아니면 무기를 장비하는 것 자체가 금지 행위일까?
주위를 둘러보니, 아까 해치운 고블린이 가지고 있었던 조잡한 몽둥이가 바닥에 굴러다니고 있었다.
직접 확인해 보자 싶어서 몽둥이를 주웠다.
붕붕 휘둘러 보았다.
단검처럼 사라질 것 같지는 않았다.
"무기는 현지에서 조달하라는 건가 봐."
"그렇구나……."
엘비스는 마찬가지로 고블린이 남긴 랜턴을 주워 들고서 고개를 끄덕였다.
"근데 잭 군, 중요한 보고가 하나 있어."
"뭔데?"
"『왕안』을 쓸 수 없어."
뭐라고?
엘비스는 눈을 감으며 말했다.
"정확히는 범위가 한정된 느낌이려나……. 같은 방 안이나 벽 하나 너머라면 간신히 알 수 있어. 아이들의 존재를 감지하지 못했을 때부터 이상하다고 생각은 했지만……."
"『왕안』을 쓸 수 있다면 미궁이 성립되지 않으니 말이지. 그걸 위한 제한인가……."

현재로서 내 【자립의 투익】에 제한이 걸린 것 같지는 않았다. 하지만 그럴 수도 있다고 각오만큼은 해 둬야 할 듯했다.

나는 엘비스를 향해 고블린의 몽둥이를 던졌다.

"이건 왜?"

"네가 써. 네 기술은 대부분 군대를 상대로 쓰는 기술이잖아. 나는 도수공권으로도 싸울 수 있어."

"나 자신이 한심하네. 위력만 추구한 대가인가……."

"전쟁을 상정한 스타일이니 어쩔 수 없지. 왕족으로서는 옳은 일이야."

"잭 군은 냉철하구나. 이런 상황인데."

"이런 상황이라서 그래. 당황하지 말 것, 혼란스러워하지 말 것, 생각하기를 게을리하지 말 것— 학원에서 철저히 주입받은 것들이지."

이런 상황에 대처하기 위해서 우리는 그 음습한 단급위전을 싸워 왔다.

나는 혈관처럼 맥동하는 천장을 올려다보고 말했다.

"술사는 누구일 것 같아?"

"그 녀석이겠지. 반으로 갈라진 가면을 쓰고 있던 사람. 본 적 없는 술사였어. 라비니아는 대체 어디서 데려온 걸까……?"

상황은 정리됐다.

목적은 여전히 변함없다.

“컬렉션룸이 그대로 남아 있으니, 집무실이 그대로 남아 있을 가능성도 있겠지?”

“안 남아 있다면 『거수』라는 걸 쓰러뜨려서 미궁을 해제하면 그만이야.”

“맞아. 그럼 갈까!”

우리는 각오를 다지고서 캄캄한 미궁에 발을 들여놓았다.

우리는 끈적하게 느껴지는 탁한 공기를 헤치며 미궁의 복도를 나아갔다.

미궁은 어디든 풍경이 비슷하여 방향을 잃기 좋았다. 하지만 컬렉션룸의 위치 관계를 볼 때, 아무래도 방 배치는 원래의 와인관과 별로 다르지 않은 듯했다. 일부 공간에는 샹들리에나 선반 등의 가구가 반쯤 미궁에 먹힌 형태로 남아 있기도 했다.

하지만 본래 현관문이 있던 곳은 벽이 가로막고 있었다. 나아갈 수 있는 곳은 안쪽— 이 『두관』에서 『동관』과 『각관』으로 향하는 통로뿐이었다. 라비니아의 집무실도, 아마 거수라는 녀석도, 각관의 최심부에 있을 것이다.

우리는 랜턴으로 어둠을 몰아내며 거대한 창자처럼 길쭉한 통로를 걸었다.

도중에 고블린과 조우하여, 마주치자마자 해치워서 몽둥이를 하나 더 입수했다. 이런 조잡한 무기여도, 들고 있으면 그것만으로도 마음이 든든했다.

하지만 역시 몽둥이로는 한계가 있었다.

"칫! 단단해……!"

목 없는 기사의 갑옷을 후려친 몽둥이가 가볍게 튕겨 나와서, 나는 거리를 뒀다.

똑같이 몽둥이를 든 엘비스도 이를 갈며 목 없는 기사를 응시하고 있었다.

"이런 무기로는 저 갑옷을 당해 낼 수 없어……!"

"급소를 노리려고 해도 머리가 없어서야—."

목 없는 기사는 검을 들고 똑바로 빠르게 돌진해 왔다.

나는 옆에 있는 엘비스의 어깨를 잡고 외쳤다.

"결정타가 없어! 일단 도망치자!"

"아아, 정말! 신기루 검을 쓸 수 있었다면……!"

부유하여 부리나케 도망치자 절그럭거리는 발소리는 점차 어둠 속으로 사라졌다.

"따돌렸다……. 젠장, 좀 더 제대로 된 무기가 있다면 좋을 텐데……."

"저 기사의 검을 쓸 수 있다면 딱 좋을 텐데 말이지……."

"하지만 그러려면 저 기사를 해치워야 해. 결국 원점이야."

지금은 피하며 갈 수밖에 없을 듯했다. 다행히 기사의

발소리는 요란했다. 적을 감지하는 능력도 낮아서, 접근을 알아차리고 피하는 건 어렵지 않았다.

고블린과 목 없는 기사 외에도 몬스터는 있었다. 예를 들면, 채찍을 든 돼지 같은 괴물 · 오크라든가, 창을 들고 돌진해 오는 돌 인형 등등. 전부 무기를 가지고 있었지만, 기사의 갑옷을 뚫을 만한 무기는 아니었다. 경험치가 들어오는 것도 아니고, 기본적으로 전투는 피했다.

그렇게 나아가니 문에 다다랐다.

『목의 문』— 동관으로 가는 유일한 문이었다. 그 문 앞만큼은 천장이 교회처럼 높았고, 둥근 기둥이 균등하게 늘어서 있었다.

목의 문은 정면에 있었다. 하지만 그 앞에 커다란 장애물이 있었다.

키가 4미터는 될 법한 외눈 거인이었다.

"사, 사이클롭스……?!"

"온다! 피해!"

문 앞에 양반다리로 앉아 기다리던 녀석은 우리를 보자마자 느릿하게 일어나 **그것**을 머리 위로 들고 돌렸다.

—부웅, 부웅.

거대한 질량이 허공을 갈랐다. 거인의 머리 위에서 원을 그리고 있는 것은 역시나 거대한 가시철구였다. 거인의 손에서 뻗어 나온 쇠사슬에 연결되어 원심력을 한껏 모으고 있었다.

모닝스타.

성벽도 간단히 뚫어 버릴 엄청나게 큰 철구가 우리에게 날아왔다. 공격 동작이 작았다. 원심력을 이용하기 때문일까. 하지만 나도 엘비스도 바로 간파하고 몸을 피했다. 조금 전까지 서 있었던 바닥에 철구가 절반 정도 박혔다.

나는 노리기 어렵게 이리저리 뛰면서 외눈 거인의 육체를 관찰했다. 몸 전체가 근육질이라 몽둥이 정도로는 도저히 상처를 낼 수 없을 것 같았다. 피부보다 부드러워 보이는 곳은—.

"—눈알! 이겠지!"

나는 내 체중을 없애고 바닥을 박차, 거인의 얼굴을 절반 정도 차지하는 외눈을 향해 뛰었다.

키가 4미터는 됐다. 원래는 공격하기도 힘들 것이다. 하지만 내게는 【자립의 투익】이 있다. 신체가 어려도 높이는 문제가 되지 않는다—!

—그랬어야 했다.

"어?"

갑자기 속도가 훅 떨어졌다.

무겁다. 몸이— 무겁다?!

커다란 손에 붙잡힌 것처럼, 나는 급속히 실속하여 무방비하게 바닥으로 추락했다. 전신이 바닥에 세게 부딪히고,

오랜만에 느끼는 충격에 눈앞이 하얘졌다.

【자립의 투익】이, 사라졌다.

제기랄— 나한테도 있었던 거다! 엘비스와 같은, 미궁의 제약이! 이렇게까지 높이 날았던 적이 없어서 눈치채지 못했다!

"잭 구—."

엘비스의 목소리를, 땅울림 같은 포효가 지웠다.

쿵! 바닥이 흔들렸다.

가물거리는 초점을 다잡고 겨우 몸을 일으켰을 때, 이미 거인의 발끝이 앞에 있었다.

돌진. 나에게. 도망—칠 수 없다.

감각이 날아갔다.

촉각이, 통각이, 육체를 두고서 어딘가로 날아가는 감각.

그걸 끝으로 그 뒤는 암흑이었다.

이 감각은, 내가 두 번째로 겪는 감각이었다.

"——."

서서히 눈을 뜨자, 뿌연 시야에 맥동하는 천장이 잡혔다.

—어?

나는 차가운 바닥에서 등을 떼어 내듯 천천히 몸을 일으켰다.

주위를 둘러보니, 쇼케이스 같은 유리판 안에 아이들이 있었다.

컬렉션룸—.

나는 내 몸을 내려다보고 더듬더듬 만져서 확인했다. 오체 모두 무사했다.

"살아 있어……."

조금 전에 거인과 충돌해 날아갔던 일이 마치 꿈 같았다.

현실감이 없는 이런 감각도 역시 두 번째였다.

"……!"

바로 옆 바닥이 갑자기 어둠 같은 것에 휩싸여서, 나는 황급히 거리를 뒀다.

하지만 어둠 속에서 스며 나오듯 떠오른 것은 엘비스였다.

"으……응……."

엘비스는 천천히 눈을 뜨더니, 역시 나처럼 몸을 일으켜 주위를 둘러보고 당혹스러운 표정을 지었다.

"어…… 어라……? 나는……."

"너도 거인한테 당했어?"

"어? 아…… 맞아……. 거인의, 철구에—."

엘비스의 얼굴이 급속도로 창백해졌다.

엘비스는 양손으로 입을 막더니 몸을 앞으로 꺾었다. 몇 번이고 헛구역질하고 눈물을 글썽거리며 등을 부르르 떨었다.

"나…… 나는…… 죽은, 건가……? 얼음 같은 차가움에, 온몸의 감각을 뺏기는 것 같은, 그건……."

"아무래도 이게 첫 번째 법칙의 효과인 것 같아."

나는 빈손이 된 내 손을 내려다보았다. 몽둥이는 사라지고 없었다.

"『목숨에 제한은 없으니, 죽음은 새로운 시작이다』— 이 미궁 안에서는 죽어도 죽지 않고, 개시 지점에서 다시 시작하게 돼. 말 그대로였던 거야……."

"이공간이라고는 하지만, 사람의 목숨을 되살릴 수 있다니……."

"굳이 따지자면 목숨 쪽이 가짜겠지."

"……넌 아주 여유롭네. 우리 방금 죽었어."

죽었다. 확실히 그건 죽음이었다. 트럭에 치였을 때와 같은…….

"……그저 죽을 뿐이라면 그나마 낫지."

죽지도 못하고 지옥 같은 악몽을 계속 보는 것보다는— 단숨에 죽여 준 게 훨씬 더 낫다.

"……?"

엘비스가 의아한 눈으로 보았지만, 나는 그 눈빛을 뿌리치듯 일어났다.

"진정됐으면 상황을 보러 가자. 죽기 전과 뭔가 달라진 게 없는지."

엘비스와 함께 다시 컬렉션룸을 나섰다.

그러자—.

"……줘 ……해 줘 ……서해 줘……."

복도 구석의 어둠 속에 웅크리고서 떨고 있는 남자가 있었다.

그 뒷모습이 낯익었다. 우리를 이곳에 노예로 데려온 불법 상인이었다.

우리가 다가가도, 남자는 눈치채지 못하고서 그저 떨며 양손을 맞잡고 있었다.

"……용서해 줘 ……용서해 줘 ……용서해 줘……."

엘비스가 눈썹을 찌푸렸다. 나는 납득했다.

"『밤에 제한은 없으니, 아침은 굴복 너머에서 기다린다』—."

이게 바로 굴복한 인간의 모습인가.

죽어도 다시 시작할 수 있다. 말은 그렇지만, 죽음 자체는 진짜였다. 몇 번이나 죽음을 경험하면 마음에 상처가 남는다. 절대 지워지지 않을 상처가.

"그 거인을 이기지 못하는 한, 우리도 언젠가 이렇게 돼……. 그렇게 되면, 더는……."

나는 알고 있다.

마음이 꺾인 인간은 아무것도 할 수 없음을.

그걸 보여 주기 위해서 이 남자는 여기 있는 것이리라. 한 번 죽은 후여야 이 말로를 현실적으로 받아들일 수 있다.

"……어떡할래? 약점인 것 같은 눈알에 우리의 무기는 닿지 않아. 너의 정령술에도 제약이 걸려 있어. 그렇다고 정면으로 싸워서 이길 수 있는 상대도 아니야."

"모르겠어. ……모르겠으니 어쩔 수 없지."

"어?"

"죽으면서 시험해 보자."

나는 당황한 얼굴이 된 엘비스에게 말했다.

"목숨에 제한은 없다고 친절하게도 말해 줬잖아. 감사히 이용하자고."

엘비스는 분명 뭐라고 말해야 할지 고민했을 것이다. 입을 벌리고, 눈을 굴렸지만, 결국 심플한 감상을 말했다.

"잭 군…… 너, 이상해."

그럴지도 모른다.

나는 무의식적으로 죽음을 가볍게 보고 있는 걸지도 모른다.

죽은 것은 두 번째. 죽인 것은 몇 번째지? ……슬슬 익숙해질 무렵이다.

그 후로 두 번 더 죽었다.

사이클롭스는 거구인 것치고 기민했다. 모닝스타도 정확하게 던졌고, 빈틈다운 빈틈도 보이지 않았다. 애초에 공격 전후의 시답잖은 빈틈을 노린들, 우리의 장비로는 대단한 상처를 낼 수 없다. 이게 게임이었다면, 찔끔찔끔 HP를 깎아 나간다면 언젠가 쓰러뜨릴 수 있겠지만, 현실에서는 쓸데없는 일을 아무리 해 봤자 쓸데없다.

역시 약점을 노릴 수밖에 없었다.

사이클롭스도 그걸 아는지, 몸을 숙이거나 무릎을 꿇는 등 눈알이 우리와 가까워지는 행동은 하지 않았다. 우리 쪽에서 뭔가 시도해야 하는 것은 명백했다.

"돌 인형의 창을 쓰는 건 어때? 긴 무기라면 지상에서 눈알을 공격할 수 있을지도 모르고, 던질 수도 있어."

"그 돌 인형을 해치울 방법이 없지 않아?"

"그건 그래……. 이렇게 일방적으로 규칙을 강요할 수 있는 정령술이야. 정말로 쓰러뜨릴 방법이 있는지도 의심스러워……."

"아니, 이렇게 일방적으로 규칙을 강요할 수 있기에, 공략할 방법은 있을 거야. 그것도 우리가 실행할 수 있는 방법이."

사실 생각난 방법은 있었다.

"이번엔 좀 돌아서 가자."

먼저 무기 조달이다. 고블린을 습격해 몽둥이를 뺐었다.

여태까지는 이다음에 몬스터를 피하며 사이클롭스가 있는 곳으로 갔지만, 이번에는 그 전에 공정을 하나 추가했다.

그 후에 다시 사이클롭스와 대치했다.

"알지? 너무 멀리 떨어지지 마! 기회는 금방 올 거야!"

모닝스타 공격을 흩어져서 피하고, 곧장 엘비스 곁으로 갔다. 너무 떨어지면 기회가 와도 작전을 실행할 수 없다. 사이클롭스의 조준을 방해할 수 없어서 조금 힘들어지지만—.

"온다!"

땅울림 같은 포효— 돌진 공격의 신호다!

"엘비스!"

"응!"

나는 엘비스에게 던졌다.

—도중에 오크에게서 빼앗은 채찍의 끝부분을.

내가 손잡이를, 엘비스가 끝부분을 들고 단숨에 거리를 벌렸다. 나와 엘비스 사이에서 채찍이 팽팽해졌고— 돌진해 온 거인을, 마치 결승선 테이프처럼 맞이했다.

거인의 발이 팽팽한 채찍에 걸렸다.

그때 이미, 나도 엘비스도 채찍 끝을 둥근 기둥에 묶은 뒤였다.

거인이 기우뚱 기울었다.

그리고 앞으로 푹 고꾸라졌다.

내 생각이 맞았다. 공략법은 준비되어 있었다!

아무리 거대해도 앞으로 넘어지면 간단히 공격할 수 있다. 훤히 드러난 약점인 외눈을!

우리는 이제까지 당한 것을 복수하듯 몽둥이로 눈알을 마구 때렸다.

사이클롭스는 고통스러워하는 소리를 내며 움직임을 멈췄고, 바닥에 스며들듯이 소멸했다.

"하아……! 하아……! 해, 해냈어……!"

시간이 그렇게 많이 걸리지 않았는데 엘비스는 숨을 몰아쉬고 있었다. 긴장에서 해방되었기 때문일까. 하지만 아직 안심하기에는 이르다.

거대한 모닝스타만이 남은 공간 안쪽— 동관으로 가는 목의 문.

"다음 장소로 가자."

제1스테이지 클리어.

추정컨대 스테이지는 앞으로 두 개 더 있다.

모닝스타는 가져갈 수 없었다.

철구에 난 가시가 걸려서 목의 문을 지날 수 없었기 때문이다.

뭐, 무게는【자립의 투익】으로 어떻게든 할 수 있겠지만, 어차피 휘두를 공간도 없고……. 던지는 것 정도는 할 수 있겠으나, 동관으로 가져가지 못한다면 어쩔 수 없다.

두관에서 조우하는 몬스터는 인간형이었는데, 동관은 짐

승형이나 식물형 몬스터가 많았다. 짐승형은 날렵하긴 해도 몽둥이로 패면 해치울 수 있었지만, 식물형이 성가셨다.

"크……! 이 덩굴, 타격을 흡수해!"

"붙잡히지 마, 엘비스! 일단 물러나자!"

덩굴로 전신을 덮은 몬스터가 있었다. 몽둥이로 가하는 타격을 덩굴이 탄력적으로 막아서 본체에는 상처 하나 입힐 수 없었다. 이건 불리하다고 판단한 우리는 두관 방향으로 되돌아갔다.

"……이 미궁의 방식을 이제 좀 알겠어. 무기를 바꿔야 하는 거지?"

"그래. 저 덩굴 괴물은 분명 검으로 해치울 수 있을 거야. 일단 두관으로 돌아가자."

그랬다. 사이클롭스의 모닝스타는 동관으로 가져갈 수 없지만, 두관 안에서라면 쓸 수 있었다.

인간보다도 거대한 철구를 던져서 목 없는 기사를 갑옷째 짜부라뜨렸다.

그리고 검만이 남았다.

"좋았어. 한 자루 더 확보하고 동관으로 돌아가자!"

"응!"

인원수만큼 검을 회수한 우리는 다시 동관으로 갔다.

덩굴 괴물은 검으로 썰어 버리자 말랑말랑한 수액 덩어리를 남기고서 사라졌다. 공격력이 오르면서 짐승형 몬스터도 쉽게 격퇴하게 되어 순식간에 동관을 답파했다.
문제는 이제부터였다.
허리의 문.
다양한 동물이 합성된 괴물이 기다리고 있었다.
튼튼한 사자 몸통, 쭉 뻗은 전갈 꼬리. 그러면서 얼굴은 놀랍게도 인간의 얼굴이었다. 동물의 실루엣에 쉰 살쯤 되어 보이는 남자의 얼굴이 달린 비정상적인 모습을 보니 생리적인 혐오감을 억누를 수 없었다.
만티코어……였던가.
꺼림칙한 인면을 신경 쓰게 되지만, 사자의 육체는 실제적인 위협이다. 게다가 저 전갈 꼬리—.
사자의 몸이 자세를 잡았다.
"온다!"
전갈 꼬리가 움직였다.
꼬리 끝이 우리를 겨누고, 거기서— 침이.
무수한 침이 기관총처럼 발사되었다.
"윽—?!"
예상치 못한 공격이라 반응이 한 박자 늦었다. 구르듯 옆으로 피했지만, 허벅지에서 날카로운 통증이 느껴졌다.
"으윽……!"
찔렸다. 허벅지에, 침이— 관통하지는 않았다. 출혈도 매우 적다. 이 정도면…… 윽?!

의식이 가물거렸다.

침이 꽂힌 곳에서부터 타는 듯한 감각이 몸 안쪽으로 퍼져 나갔다. 이건— 경험한 적은 없다. 지식에는 없다. 하지만 본능이 경고하는 위험이 침의 정체를 알렸다.

독침.

"상황이, 안 좋아……! 엘비스! 빨리 정리하자……!"

"응……!"

엘비스의 어깨에도 침이 꽂혀 있었다.

장기전은 불가능하다. 움직일수록 독이 퍼진다……!

우리는 각기 다른 방향에서 만티코어에게 육박했다. 두 사람을 동시에 노리지는 못하겠지—!

사자의 엉덩이 아래에서 전갈 꼬리가 올라왔다.

한 개가 아니라, 두 개가.

꼬리 끝이 우리를 각각 겨눴다.

꼬리…… 두 개였던 거냐—!

침이 사출되었다.

전신이 크게 부푼 듯한 느낌이 들더니 더는 움직일 수 없었다.

사이클롭스가 부활해 있었다.

컬렉션룸으로 돌아와서 슬슬 익숙해지고 있는 두관 복도

를 나아가니, 원래 상태 그대로 외눈박이 거인이 목의 문 앞에서 기다리고 있었다.

"또…… 처음부터 해야 하나……."

엘비스가 기운 없이 신음했다.

만티코어를 해치우더라도, 그 너머의 각관에서 죽으면 또 처음부터다. 미궁의 자비는 죽음을 없었던 일로 해 주면서 품절된 모양이다. 세이브 포인트까지 마련해 줄 만큼 통이 크진 않은 것 같았다.

"고블린에게서 몽둥이를 뺏고, 오크한테서 채찍을 뺏고, 사이클롭스를 타도하고. 이 공정을 죽을 때마다 반복해야 하는 건가. 이건 확실히 진절머리가 나네."

"집중력이 끊기지 않는다면 괜찮기는 할 거야……. 다행히, 죽으면 체력도 원래대로 돌아오니까. 다만 문제는 오크야……."

채찍을 든 오크는 레어했다. 두관을 돌아다니는 오크는 대부분 몽둥이를 들고 있었고, 채찍을 든 오크는 한 마리뿐이었다. 일일이 그 녀석을 찾으러 돌아다니려면 시간을 상당히 뺏기게 된다. 그 시간은 우리의 마음을 속수무책으로 지치게 할 것이다.

"—생략할까."

"어?"

내 중얼거림을 듣고 엘비스가 돌아보았다.

"오크는 생략하자. 이 녀석은 채찍 없이 해치우겠어."

"아, 아니, 그게 불가능해서 아까까지 곤란했던 거잖아."

나는 발을 내디뎠다.

그에 반응하여, 양반다리로 앉아 있던 거인이 일어났다. 모닝스타의 쇠사슬을 잡고 머리 위로 철구를 돌리기 시작했다.

—채찍이 필요한 것은 우리의 공격이 약점인 눈알에 닿지 않기 때문이다.

—공격이 닿지 않는 것은 【자립의 투익】이 도중에 끊어져 버리기 때문이다.

—【자립의 투익】이 끊어져 버리는 것은 너무 높이 뛰기 때문이다.

몇 번이나 시험해서 대충 파악됐다. 【자립의 투익】이 무효화되는 것은 바닥에서 크게 멀어졌을 때뿐이다. 그 경계선이 되는 높이는 대략—.

모닝스타가 날아왔다. 나는 그것을 피하자마자 벽을 향해 점프했다.

내 키보다 조금 높게. 사이클롭스의 허리 부근. 즉—.

—2미터!

나는 튕기듯이 벽을 찼다. 직후, 【자립의 투익】이 사라졌다. 체중이 돌아왔다. 하지만— 이미 생긴 관성이 사라지지는 않았다.

사이클롭스의 눈에 내 모습이 담겼다.

다음 순간, 나는 그 눈을 몽둥이로 후려쳤다.

거인이 소리를 질렀다. 몸을 젖히고 비틀거리다가 뒤로 나자빠졌다.

덤이다. 한 번 더!

나는 낙하의 기세를 살려서 한 번 더 몽둥이로 눈알을 갈겼다.

고작 그 두 번의 공격으로, 그렇게나 고전했던 거인은 싱겁게 움직임을 멈췄다.

"좋았어."

남겨진 모닝스타를 보고, 나는 아연해하는 엘비스를 돌아보았다.

"검, 회수하러 가자."

전갈 꼬리가 우리를 겨눈 순간, 나는 말랑말랑한 공 같은 것을 던졌다.

그건 덩굴 괴물이 떨어뜨린 수액 덩어리였다. 바야흐로 침을 사출하려고 했던 꼬리 끝에 수액이 닿자 팍 터지며 끈끈이처럼 들러붙었다.

"됐다!"

쾌재를 부르는 나에게 침은 날아오지 않았다.

들러붙은 수액이 사출구를 완전히 막은 것이다. 이제 침은 더 이상 날릴 수 없다!

"엘비스! 그쪽은?!"

"맞았어, 맞았어, 맞았어!"

됐다아아아!!

우리는 침을 날리지 못하게 된 만티코어에게 단숨에 육박했다.

만티코어도 튼튼한 앞발과 날카로운 이빨로 응전했으나, 내가 손으로 건드리면 더는 승부가 되지 않는다. 부유한 만티코어를 벽에 내던지고 검으로 썰었다.【자립의 투익】의 부유는 참격도 흘리지만, 벽으로 막으면 대미지가 달아날 곳이 없다.

만티코어의 사체가 사라지고 전갈 꼬리가 남았다.

제아무리 나여도「하아~!」하고 한숨이 나왔다.

"겨~~~우 성공했다~!!"

"그 거리에서 가느다란 꼬리에 수액을 맞히는 건 역시 어려웠어……. 다섯 번째 시도에 성공해서 다행이야……."

"하지만 요령은 잡았어. 다음부터는 실수하지 않을 거야!"

"다음이 없도록 하자……."

엘비스는 지친 한숨을 쉬고서 손을 움켜쥐었다.

"죽는 것에 점점 익숙해져. 나는 굴복하는 것보다도 그게 더 무서워. 미궁 밖으로 나가서 정말로 죽을 위기에 처했을 때, 또 부활할 거라며 간단히 포기해 버리지 않을까 해서……. 그리고 죽이는 것에도 망설임이 없어졌어. 무기가 필요하니까, 그런 수순이니까, 그렇게 반복 작업처럼 처리하게 됐어. 내 안에서 생명의 가치가 폭락하고 있는 것 같아……."

생명의 가치.

그건 소중하다. 아주아주 소중하다.

하지만— 아주 간단히 사라져 버리기도 한다.

"꿈 같은 거라고 생각하면 돼."

나는 만티코어가 남긴 전갈 꼬리를 주웠다.

"그러면— 끝났을 때 깔끔하게 잊을 수 있잖아?"

엘비스는 묘한 얼굴로 나를 바라보았다.

"잊은 적이…… 있어?"

"글쎄. 잊어버렸어."

자, 마침내 허리의 문을 지난다.

각관.

이 건물의 가장 안쪽에 라비니아의 집무실이 있다. 거수라는 녀석은 그 앞에 있는 걸까.

각관은, 한마디로 말해서 마굴이었다. 두관의 목 없는 기사처럼 단단한 것도, 동관의 덩굴 괴물처럼 성가신 것도 아니었다.

그저 강했다.

힘. 지능. 전부 일급품이라 정면으로 싸워도 고전했다. 우리의 공격은 평범하게 통했지만, 심플하게 전투력이 높았다. 그런 몬스터가 우글거리는 구역이었다.

특히 소머리 거인— 미노타우로스는 강적이었다. 체격이 두 배쯤 차이 나는 것은 물론이고, 내리찍는 도끼는 스치기만 해도 치명상, 검으로 베어도 비정상적인 내구력으로 계속 움직였다. 체술도 흡사 인간 투사처럼 구사해서 처리하는 데 시간이 걸렸다.

안 그래도 힘든데 성가심에 박차를 가하는 것이 여기저기서 출몰하는 슬라임이었다. 단순한 부정형 생물이라면 무해했겠지만, 이 녀석은 놀랍게도 폭발했다. 몸이 기름 같은 걸로 되어 있는지, 작은 불씨에도 대폭발을 일으켰다. 게다가 사람을 발견하면 쫓아오는 습성이 있었다. 미노타우로스와 전투하는 중에도 다가오는 것이다.

이 폭발 슬라임이 근처에 있을 때 미노타우로스가 도끼로 바닥을 찍으면 어떻게 될까? ……튄 불꽃이 인화하여 펑! 터지는 거다.

그럴 때마다 우리는 최초의 컬렉션룸으로 돌아가게 됐다.

이 방에 몇 번을 돌아온 걸까. 몇 시간 혹은 며칠이나 지난 것 같지만, 날이 밝아오는 일은 없었다. 우리가 굴복하지 않는 한, 아침은 오지 않는다.

그건 우리에게 절망이 아니라 희망이었다.

시간은 신경 쓰지 않고 느긋하게 공략에 집중할 수 있었다.

사이클롭스를 해치우는 데 이제 10초도 걸리지 않았다.

만티코어의 꼬리를 막는 데 실패하는 일은 이제 없었다.

반복할 때마다 동관까지의 공략 속도는 빨라졌다. 이제 각관에 도달하는 데 10분도 걸리지 않았다.

어째서일까. 라켈과 수행할 때보다, 학원에서 시합할 때보다, 적의 술책 속에 있는 지금, 자신의 힘을 훨씬 더 끌어내고 있는 것 같았다.

행동에 망설임이 없었다. 사고에 주저함이 없었다.

머리가 기묘하리만큼 차갑게 식어 있었다. 냉철하게, 합리적으로, 효율적으로, 최적의 해답을 도출하는 기계로서 행동하고 있다는 자각이 있었다. 군더더기도 실수도, 지금의 나에게는 있을 수 없었다.

—음머어!!

미노타우로스가 도끼를 위로 치켜들었다. 그저 피하는 것은 간단하다. 문제는 바로 뒤에 와 있는 폭발 슬라임이다.

나는 타이밍을 가늠하여 미노타우로스 옆을 빠져나가 배후로 이동했다. 마침 그때. 나를 붙잡으려고 폭발 슬라임이 몸을 확 펼쳐서 덤벼들었다.

하지만 당연히 나와 슬라임 사이에는 미노타우로스의 몸이 있었다.

찰팍, 슬라임이 미노타우로스에게 들러붙었다. 직후, 휘둘러진 도끼가 바닥과 부딪치며 불꽃이 튀었다.
미노타우로스가 폭발에 먹혔다.
좋았어. 이제 앞으로 갈 수 있다.
"가자. 엘비스."
미노타우로스가 사라지는 것을 지켜보지도 않았다. 필요 없었다. 어차피 죽었다.
"으, 응……."
"왜 그래?"
엘비스가 좀 겁을 먹은 것처럼 보여서, 나는 물었다.
엘비스는 내 얼굴을 머뭇머뭇 보며 말했다.
"눈치 못 챘어……? 너…… 뭔가, 무서워."
"……무섭다고?"
"말로 표현할 수 없지만…… 마치, 높은 곳에서 세계를 내려다보고 있는 것 같아."
……세계를, 내려다보고 있다고……?
"그건 신— 아니, 정령 같잖아. 난 그렇지 않아."
"응…… 그렇다면, 다행이고."
왠지 불편했다. 그러고 보니 엘비스와도 한동안 제대로 된 대화를 하지 않았던 것 같다.
나는 마치 도망치듯 어린아이다운 화제를 찾았다.
"……그러고 보니 너, 약혼자 같은 건 없어?"
"어? 뭐, 뭐야? 갑자기."

“이전부터 궁금했었어. 왕자라면 약혼자 한두 명쯤은 있지 않을까 해서.”

그런데 필한테 마음이 가 있어도 괜찮은 거냐—까지가 한 문장이었지만, 그것까지는 말할 수 없었다. 견제하는 것 같아서 추하고.

엘비스는 안도한 듯 미소 지었다.

“나도 앞으로 4년 뒤면 성인이야. 당연히 있지. 아직 후보지만.”

“흐응. 어떤 아이야?”

“만난 적은 없어. 음…… 현재로서 제1후보는 로우 왕국의 공주님이었던가. 전형적인『루스트 결혼』이야.”

“루스트 간의 아이는 강한 정령술을 갖기 쉽다고 여겨서 하는 그거 말이야? 오컬트라고 생각하는데…….”

“운에 맡기는 일이 되더라도, 할 수 있는 일은 해 두고 싶은 게 사람 마음이니까.”

로우 왕국의 공주님인가. 로우는 분명 엄청난 군사 국가로, 온 국민이 체육부 사고방식을 가진 나라였지? 고릴라 같은 근육질 공주님인 거 아니야……?

어린아이다운 대화를 나누니 확실히 내 안에서 독기 같은 것이 빠져나가는 느낌이 들었다. 냉철하게 공략 방법만을 생각하며 시도하던 아까까지의 자신이 마치 다른 사람처럼 느껴졌다.

집중력이 끊긴 걸지도 모르지만— 왜일까. 깊이 안도하는 나 자신이 있는 듯한, 그런 느낌이 들었다…….

거대한 그림자가 어스름 속에 희미하게 우뚝 솟아 있었다.

으르렁거리는 듯한 숨소리.

그 숨소리를 들으니 알 수 있었다. 튼튼해 보이는 비늘과 코끼리 세 마리를 합친 것만큼 커 보이는 거구, 그리고 박쥐 같은 날개를 접고서 웅크려 잠든 그것은 몬스터의 왕 · 드래곤이었다.

보통 같았으면 잠든 사이에 지나갔을 것이다.

하지만 이곳은 던전. 정령술【시련의 미궁】이 규제하는 공간이다.

우리가 방에 들어가자마자, 노린 것처럼 드래곤의 눈이 번쩍 뜨였다.

그리고 우리를 보더니 폭풍처럼 포효하며 거대한 날개로 날아올랐다.

"—물러나!"

드래곤이 상공에서 입을 벌리는 것을 보고, 나는 즉시 그렇게 지시했다.

진홍색 불꽃이 소용돌이치며 우리가 있던 곳을 꿰뚫었다. 주위로 튄 불똥이 방의 온도를 단숨에 올렸다. 마치 거대한 냄비에 들어온 것 같았다. 우리는 삶아지는 감자인가.

“덩치도 크면서 치사한 짓을 하네……. 하늘에서 안전하게 태워 죽이자는 건가.”

“어쩔래?”

“이 미궁의 방식은 이미 알고 있다고!”

나는 날고 있는 드래곤을 향해 그것의 끝을 겨눴다.

만티코어의 전갈 꼬리.

총처럼 들고 아랫부분을 당기자, 끝에서 침이 사출되었다. 침은 천장 근처에서 체공 중인 드래곤의, 빗맞히기가 더 어려울 만큼 커다란 피막 모양 날개에 꽂혔다.

드래곤이 별안간 균형을 잃었다. 날개가 마비된 것이다. 거구가 속수무책으로 낙하하며 지진이 일어난 듯 바닥이 흔들렸다.

“기회— 아니, 기다려!”

거리를 좁히자고 판단하기 직전에, 쓰러진 드래곤이 입을 벌린 게 보였다.

크게 숨을 들이마시고 토해 내는 것은 역시 진홍색 불꽃이었다.

우리는 좌우로 흩어져서 어떻게든 그것을 피했다.

“엘비스! 예비 동작이 있어!”

“연속으로는 쓸 수 없다는 거네!”

지금까지 몇 번이나 함께 죽어서 이제 복잡한 보고는 불

필요했다. 우리는 드래곤이 다시 브레스를 토하기 전에 거리를 좁히고, 손에 든 검으로 거구를 쳤다.

하지만— 단단했다.

비늘은 말할 것도 없고, 부드러워 보이는 배를 노려도 칼날이 제대로 들어가지 않았다. 이건—.

드래곤의 날개가, 움직였다.

벌써 마비가 풀린 건가?!

우리를 먼지처럼 날려 버리며, 거구가 다시 날아올랐다. 전갈의 독침은 또 날릴 수 있지만, 이대로라면 똑같은 일을 되풀이할 뿐이다. 역시 뭔가 필요하다.

"엘비스!"

"응!"

드래곤이 상공에서 불을 뿜으려고 했을 때, 우리는 이미 퇴각을 결단한 상태였다.

알고 있었다. 한 번의 도전으로 승리를 거머쥘 수 있을 리가 없다. 원래부터 이건 정찰이었다.

지금까지는 몇 번씩 죽으며 공략법을 조사했지만— 역시 경험치는 무시할 수 없었다.

"엘비스. 나 알았어."

"어? 정말? 첫 번째 시도에?"

드래곤의 방에서 무사히 퇴각한 후, 나는 엘비스를 데리고서 각관을 되돌아갔다.

"밖에서 칼로 쳐 봤자 안 통해. 저 드래곤의 피부는 금속만큼 단단해. 역시 가웨인의 선조님이야."

"응. 뭐, 저건 옛날에 실재했던 용과는 다르겠지만."

"금속만큼 단단하다면, 우리도 그걸 부숴 버릴 만한 공격력을 준비해야지. 안 그래?"

찾았다.

슬라임이다.

아주 개고생을 시킨 폭발 슬라임. 사람을 쫓아오는 이 녀석의 습성을 이용한다면.

"돌아가자."

"응? 어디까지?"

"동관 입구까지!"

슬라임에게 우리를 인식시킨 상태로, 우리는 길을 돌아갔다.

미노타우로스를 비롯한 성가신 몬스터들은 얼추 청소되어 있었다. 하지만 이 미궁에서는 일정 주기로 종이 울린다. 그 종이 울릴 때마다 몬스터가 한 마리 탄생했다. 괜한 녀석이 튀어나오기 전에 단숨에 길을 달려 돌아갔다.

각관을 빠져나간 뒤로는 대수로울 것이 없었다. 지금의 우리는 동관의 몬스터를 만나자마자 여유롭게 순삭시킬 수 있었다.

그리고 동관 입구— 목의 문에 다다랐다.

슬라임은 각관에서 이곳까지 확실하게 우리를 쫓아와 줬다.

"그래. 이쪽으로 와!"

나는 목의 문 앞에서 몸을 돌렸다. 꿈틀꿈틀 바닥을 기어 온 슬라임은 멈춰 선 나를 노리고서 몸을 확 펼치며 덤벼들었다.

당연히 나는 옆으로 피했다.

슬라임이 목의 문에 찰싹 들러붙었다.

"지금이야!"

그 순간, 내가 신호를 보내자, 엘비스가 들고 있던 랜턴을 던졌다.

목의 문에 부딪힌 랜턴은 안에 있던 불을 흩뿌렸고—.

—폭발에 의해 목의 문은 흔적도 없이 사라졌다.

그뿐만이 아니었다. 문 주위의 벽까지 폭발의 충격으로 무너졌다.

계산한 대로— 기대한 대로였다.

"이로써—."

나는 단순한 구멍이 된 목의 문을 지나 두관의— 사이클롭스가 있던 방으로 갔다.

그곳에 남겨져 있던 거대한 모닝스타를 잡았다.

"—이걸 가져갈 수 있어."

이 모닝스타는 철구의 가시가 걸려서 목의 문을 지날 수 없었다.

하지만 그건 이제 옛말이다.

주위의 벽까지 몽땅 폭파된 목의 문은 철구보다 몇 배나 큰 구멍이 되어 있었다.

엘비스는 쓴웃음을 짓고 있었다.

"처음 시합했을 때도 생각했지만…… 용케 이런 생각을 떠올리는구나."

"범재는 필사적이야. 어떤 수단이든 써야만 하니까."

"말은 잘하지."

그럼 가 볼까.

모닝스타를 부유시킨 나는 다시 동관과 각관을 돌파했다.

몇 번 종이 울려서 몬스터 몇 마리가 앞길을 막았지만, 철구의 질량 앞에서는 잠시도 버티지 못했다. 진지하게 싸웠던 것이 바보 같다는 생각이 들 만큼 전부 무찔러 나갔다.

그리고 다시 각관의 가장 안쪽으로.

순서를 알고서 임하니 간단했다.

전갈 꼬리를 쏴서 드래곤을 떨어뜨린다.

그러면 크게 숨을 들이마셔서 불을 뿜으려고 하니까 그때를 노리면 된다.

쩍 벌어진 드래곤의 입에 모닝스타의 철구를 처넣었다.

목구멍이 막히면, 막 토해 내려고 했던 불은 어떻게 될까.

배 속에서 대폭발을 일으킨 드래곤은 소리도 내지 못하

고 축 늘어졌다. 이렇게 되면 동작이 아주 큰 공격도 마음껏 가할 수 있다.

"둘, 셋—!"

부유시킨 모닝스타를 크게 휘둘러 원심력을 가득 모으고 드래곤의 등에 때려 박았다.

제아무리 금속 같은 경도를 자랑하는 비늘도, 이 엄청난 질량 앞에서는 얇은 종잇장이나 마찬가지였다.

그리하여 드래곤은 소멸했다.

사체가 바닥에 스며든 자리에는 아무것도 남아 있지 않았다.

그걸 보고 우리는 확신했다.

이 앞이, 이 미궁의 최심부다.

와인관의 기립

어느새 복도는 낯익은 인테리어로 바뀌어 있었다.

카펫, 그림, 가구— 미궁이 아니라, 낮에 본 와인관의 모습이었다.

우리는 숨을 죽이고 조심조심 걸었다.

우리가 들어갔던 컬렉션룸도 미궁화하기 전후의 인테리어가 똑같았다. 사람이 있는 장소는 바뀌지 않는 걸지도 모른다. 전보다 더 세심한 주의를 기울여야 했다…….

하나…… 둘…… 셋.

불 켜진 벽걸이 촛대의 아래를 계속 지나갔다.

넷…… 다섯…… 여섯.

희미하게 울리는 발소리의 수를 계속 확인했다. 나와 엘비스, 두 사람의 발소리.

일곱…… 여덟…… 아홉.

촛대의 수가 열 개가 되려고 할 때, 문이 보였다.

집무실이었다.

우리는 서로를 보며 고개를 끄덕인 후, 주위를 경계하며 그 문으로 다가갔다.

문은…… 잠겨 있나.

"(어떡할래?)"

"(컬렉션룸 때랑 똑같아. 벽으로 가자.)"

오케이.

나는 벽의 벽돌을 하나 빼고, 뚫린 구멍으로 우선 안을 살폈다.

불빛은 없었다. 누군가가 있는 것처럼 보이지는 않았다.

나는 벽돌을 더 빼서 문 옆에 커다란 구멍을 만들었다. 그걸 둘이서 지나간 후에 원래대로 되돌려 뒀다. 내가 있으면 얼마든지 밀실 살인이 가능할 것 같네.

"(서류를 찾자.)"

"(그래. 저 선반이지?)"

우리는 낮에 점찍어 뒀던 선반을 뒤지기 시작했다.

회계 서류를 주로 찾았다. 인신매매를 뒷받침할 증거가 어딘가에 반드시 남아 있을 터다.

"(마침 우리를 산 직후니까……. 가까운 곳에 있을 것 같은데.)"

"(이건 어때?)"

"(보여 줘.)"

증거로서 유효한지는 엘비스가 판단했다.

엘비스는 내가 차례차례 넘기는 서류를, 촛대에서 가져온 양초의 불빛으로 비춰 나갔다.

"(—음.)"

내가 어떤 서류를 넘겼을 때, 엘비스가 반응을 보였다.

"(……이거야. 근처를 찾아봐 줘. 관련 서류가 더 있을 거야.)"

머지않아 총 세 장의 서류를 찾아냈다.

엘비스는 그것들을 보고서 고개를 끄덕였다.

"(충분해. 이거라면 왕권파의 거물들을 납득시킬 수 있어.)"

"(좋아. 그럼 냉큼 튀자.)"

창문으로 나갈 수 없으려나 싶었지만, 창밖은 별빛조차 안 보이는 캄캄한 어둠 속에 묻혀 있었다. 창문을 열 수도 없었다.

"(……역시 네 번째 법칙을 충족시켜야 하나.)"

"(어딘가에 거수라는 게 있다는 거지? 이미 거의 다 탐색해 봤을 텐데…….)"

아무튼 미궁으로 돌아갈 수밖에 없었다.

재빨리 움직이려던 우리는 위화감에 발을 멈췄다.

"야……."

"잭 군…… 눈치챘어?"

나는 고개를 끄덕였다.

"여기…… 아까 그 복도가 아니야."

카펫을 밟는 느낌, 벽걸이 촛대의 수— 그러한 미묘한 차이였다.

하지만 그 모든 것이 이곳은 아까 지난 복도가 아님을 알리고 있었다.

“어떻게 된 거지…….”

당황스러웠지만 나아갈 수밖에 없었다. 길은 하나밖에 없었기 때문이다.

촛대로 드문드문 불이 밝혀진 복도를 나아갔다.

이윽고 넓은 방이 나왔다. 식당 같기도 하고, 강당 같기도 하지만― 테이블 하나 없었다.

이상하다. 이런 방은 아까 없었을 터…….

“―조금 얕봤나.”

갑자기 목소리가 들렸다.

내 목소리도 아니고 엘비스의 목소리도 아니었다. 성인 남성의 목소리.

들은 적 있는 목소리였다. 라비니아 옆에 있었던, 반가면을 쓴―.

“애송이니까 살짝 겁주면 울면서 포기할 줄 알았는데 말이야. 완전 미쳤어. 너희, 몇 번을 죽었지?”

전방의 어둠 속에서 마치 스며 나오듯― 한 남자가 나타났다.

얼굴의 오른쪽 절반을 가면으로 가린, 서른 초반쯤 되어 보이는 남자.

그 기묘함은 이 밤의 와인관에서 오히려 자연스러워 보였다.

“……우리에 관해 알고 있었나.”

"얌전한 척하는 것 정도로는 훈련받은 정령술사의 기운을 감출 수 없어. 너희는 학원의 꼬맹이들이지? 목적이 뭔지는 모르겠지만— 이렇게 전장에서 마주한 이상, 나이도 단위도 상관없어. 그 정도는 학원에서 배웠지?"

우리는 경계하며 임전 태세를 갖췄다.

……쉽게 넘어갈 수 있는 상대가 아니다.

단급위전으로 단련된 강적을 감지하는 후각이 명민하게 반응하고 있었다.

"좋은 자세야. 이거 난이도를 한 단계 더 올려도 되겠어."

가면으로 절반만 가려진 입술이 기쁜 듯이 올라갔다.

"내 미궁은 항상 도전자가 공략할 수 있게 만들고 있어. 그게 대등해. 페어플레이란 거야. 위에서 내려다보며 제멋대로 시련을 떠넘기는 신이 아니라, 도전하고 맞서는 대등한 대전자이기에 미궁의 주인이 될 자격이 있어."

역시 그게 루틴인가.

일부러 능력을 제한함으로써 정령술의 위력을 더 높이는 것이다…….

"하지만— 죽어도 괜찮다는 건 너희한테 너무 쉬운 규칙인 것 같아."

그때, 섬뜩한 목소리가 들렸다.

『—미궁의 법을 따르라. 법은 만인에게 평등하다.』

첫 번째 법칙: **목숨은 모두 평등하다. 유일하다는 점에서.**

두 번째 법칙: 밤에 제한은 없으니, 아침은 굴복 너머에서 기다린다.

세 번째 법칙: 짐승은 종소리와 함께 탄생하며, 결코 절멸하지 않는다.

네 번째 법칙: 거수를 토벌하라. 그리하면 미혹은 사라진다.

—?! 첫 번째 법칙이 바뀌었다!

“자, 애송이들. 너희는 이 던전을 클리어할 수 있을까?”

반가면을 쓴 남자가 어둠 속으로 녹아내렸다.

그 직후, 발밑이 흔들렸다.

뭐지? 지진인가?

그게 아니라는 건 바로 깨달았다.

왜냐하면—.

바닥이, 급속도로 기울어졌기 때문이다.

“뭐야……?!”, “……?!”

벽걸이 촛대에서 양초가 떨어져 까마득한 뒤쪽으로 굴러갔다. 그 뒤를 따르게 되기 전에 우리는 공중에 떠올랐다. 나는 체중을 지우고, 엘비스는 고질량 대기 발판을 만들어서.

건물은 계속해서 기울었다.

바닥은 이윽고 벽이 되었다.

마치 저택 전체가 수직으로 일어선 것 같았다.

—누워 있던 거인이 일어난 것처럼.

이 저택의 이름은 와인관— 드러누운 인간의 저택.

그렇다면— 때로는 일어나기도 한다는 건가.

"잭 군……! 아래쪽에서 뭔가가 와!!"

엘비스가 경고해서, 나는 아래를 내려다보았다.

깊은 어둠을 머금은 나락이 있었다.

그 안쪽에서.

그 바닥에서.

무언가— 거대한 무언가가, 온다.

스멀스멀스멀— 스멀스멀스멀스멀스멀— 스멀스멀스멀스멀스멀스멀스멀스멀스멀스멀스멀스멀스멀스멀!!

문어 다리 같은 것을 대량으로 벽에 붙이고서 기어 올라오는 그것.

얼핏 보면 치어리더가 응원할 때 쓰는 응원술 같기도 했다.

하지만 그렇게 귀여운 게 아니었다.

우리를 향해 어둠 밑바닥에서 일직선으로 올라오는 그것은—.

—엄청나게 거대한 촉수 집합체였다.

"자, 시작하자고, 애송이들. 아주아주 즐거운 거수(보스)전을 말이야."

촉수 거안충 패러볼

—스멀스멀스멀스멀스멀!

바로 밑에 있는 나락에서 거대한 촉수 덩어리가 다가왔다.

저것에게 붙잡히면 어떻게 될까? 생각하기도 싫다. 차라리 죽고 싶다는 생각이 들 만한 끔찍한 일을 당할 것이 뻔히 보였다.

그러니 선택지는 하나였다.

“위로 가자, 엘비스!”

“응……!”

도망치는 수밖에.

만약 내 예상대로 와인관이 인간처럼 일어섰다면, 하염없이 위로 도망치면 출구에 도달할 거다!

우리는 허공을 박차 계속해서 위로 달렸다. 아까까지 복도였던 수직 구멍을, 마치 태양을 향해 날아가는 새처럼.

나는 아래를 힐끔 보고 혀를 찼다.

“젠장! 저 녀석 빨라……!”

속도는 거의 호각. 따돌리지는 못하고 있었다.

그걸 확인하고 다시 위를 본 나는 못마땅하게 이를 갈았다.

“허리의 문인가……!!”

동관과 각관을 가로막는 커다란 두짝문. 그것이 굳게 닫혀서 우리의 앞길을 막고 있었다.

"큰일이야! 여유롭게 열다가는 따라잡힐 거야!"

"……이렇게 된 이상, 신경 쓰고 있을 수도 없나……!!"

엘비스의 양손에서부터 몇 미터의 공간이 상하가 반전되었다.

신기루 검.

엘비스는 그것을 나선형으로 빙 휘둘렀다.

벽이 잔해로 변했다. 잔해는 비가 되어서, 다가오는 거대 촉수 생물에게 쏟아졌다.

이로써 시간을 벌 수 있다. 이 틈에 문을—.

그렇게 생각한 것도 잠깐, 거대 생물이 무수한 촉수를 휘둘렀다. 잔해란 잔해는 모두 튕겨 내고, 쳐 내고, 혹은 부쉈다. 마치 각 촉수에 의지가 있는 것 같았다.

"견제도 안 되다니……!"

엘비스가 분한 듯 중얼거리는 사이에, 촉수가 한층 더 움직였다.

"반격이 올 거야! 피해—!!"

흡사 폭풍 같았다.

대량의 촉수가 공간 전체를 꿰뚫었다.

우리는 그 틈새로 어떻게든 몸을 미끄러뜨렸다. 표적을 잡지 못하고 벽에 박힌 촉수는 끝에 잔해를 붙인 채 본체로 돌아갔다.

한 번 더 온다!

확신함과 동시에 허리의 문에 도달했다.

"—틀렸어! 잠겨 있어! 아까는 평범하게 열렸는데!"

"벽은— 무리인가……! 벽돌이 아니야……!"

앞이 막혔다……! 이대로는 저 촉수 괴물에게 붙잡혀서 끝이다!

뭔가…… 뭔가 없나? 공략법이, 어딘가에……! 지금까지와 똑같다. 분명 방법은 있다. 이 상황을 벗어날 방법이 있을 터다. 어딘가에, 뭔가……!

나는 내가 가진 관찰력을 최대한 동원했다. 문, 벽, 잔해, 그리고 나락에서 다가오는 촉수 생물. 그때 알아차렸다. 아까 촉수 끝에 붙은 잔해가 그대로 있었다.

—그런가. 어쩌면…… 가능할지도?!

"이쪽이다, 괴물아!!"

문 앞에서 도발하자 촉수가 창처럼 날아왔다.

나는 그것을 종이 한 장 차이로 피했다. 표적을 잃은 촉수는 바로 뒤에 있던 문에 붙었다. 나는 그것을 확인하며 촉수를 잡았다. 단단하다. 튼튼해 보인다. 이거라면……!

—【자립의 투익】.

촉수 생물의 체중을 소거했다.

이 녀석, 엄청나게 무겁다……! 모든 무게를 없애는 데 1초 넘게 걸렸다. 하지만 성공했다. 체중을 지탱하던 촉수가 벽에서 떨어지며 허공에 둥실둥실 떠올랐다.

—그리고, 체중을 되돌렸다.

촉수가 벽에서 떨어진 거대 생물은 중력에 이끌려 낙하했다.

바로— 촉수에 붙은 문과 함께!

촉수 생물의 무게로 문짝이 뽑혔다.

"이 틈에 가자!"

"응!"

부서진 문을 지났다.

그 후 시간이 지나도 그 어마어마한 체중이 바닥과 격돌하는 소리는 들리지 않았다.

아직 온다. 틀림없다. 확신이 있었다.

수직 구멍을 더 올라가서 부서진 허리의 문이 나락의 어둠 속에 묻혀 희미해졌을 무렵, 확신은 현실로 바뀌었다.

무시무시한 굉음을 내며, 촉수 생물이 문 주위의 벽을 통째로 파괴하고 올라오는 것이 보였다.

"역시 그렇게 간단히 포기해 주지는 않나……!"

큰일이다. 이 앞에는 문이 하나 더 있다. 아까 한 번 부쉈지만, 그대로 있을 것 같지는 않다!

이번에는 어떻게 돌파할지 생각하며, 수직 구멍을 기어오르는 촉수 생물을 내려다보았다.

—눈이 마주쳤다.

메두사의 머리카락처럼 꺼림칙하게 꿈틀거리는 촉수의 안쪽에 있는 거대한 외눈이 우리를 응시하고 있었다.

"엘비스!"

"어……?!"

전율이 일어서 엘비스를 밀쳤다. 그 반동으로 나도 옆으로 이동했고—.

직후, 섬광이 눈을 태웠다.

푸르스름하게 빛나는 그것은— 열선(빔)이었다!

지글지글, 공기가 타는 소리가 났다. 탄내가 진동했다. 무엇보다도 찌르는 듯한 열이 피부를 태웠다. 맞으면 어떻게 될까? 생각할 것도 없다. 증발이다……!

"눈을 봐, 엘비스! 거기서 나오고 있어!!"

발사부터 착탄까지 시차는 없는 것과 같다. 시선의 방향을 보고 조준을 예상할 수밖에 없다!

위쪽으로 도망친다.

밑에서 날아오는 빔을 피한다.

이제 죽을 수는 없다. 죽음이 새로운 시작이었던 첫 번째 법칙은 이미 사라졌다! 피해라. 죽을힘을 다해 피해라! 혈관이 터져 버릴지라도!

"잭 군! 문이야!"

위쪽에 목의 문이 나타났다. 역시 원래대로 돌아와 있었다. 틀림없이 잠겨 있을 것이다. 하지만 저기만 빠져나가면 그 뒤로는 출구까지 일직선이다!

어떡할까? 학습했는지, 촉수 생물은 이제 조심성 없이 촉수를 뻗지 않았다. 닫힌 문을 어떻게 돌파하지?!

"맡겨 줘!"

그렇게 외치며 엘비스가 촉수 생물 앞으로 뛰쳐나갔다. 촉수 안쪽의 외눈이 엘비스를 보았다. 큰일이다. 빔이……!

번쩍! 외눈이 빛을 발사했다.

푸르스름한 광선이 순식간에 엘비스에게 도달했고—.

—꺾였다.

마치 튕긴 것 같았다.

하지만 틀렸다. 이건 굴절이다.

엘비스가 고기압 공간을 만들어 내고, 그 기압 차로 빔을 굴절시킨 것이다.

굴절된 빔은 훌륭하게 목의 문에 착탄했다. 커다란 두짝 문이 일격에 날아갔다. 이로써 앞길을 막는 것은 이제 하나도 없었다.

나와 엘비스는 제구실을 못 하게 된 목의 문을 빠져나갔다.

잠시 후, 이어서 촉수 생물이 벽을 파괴하고 쫓아왔다.

끈질긴 녀석이다. 하지만……!

노도와 같은 기세로 날아드는 촉수와 열선.

그것들을 피하고, 피하고, 피하니.

빛이 보였다.

별과 달의 빛이었다.

우리는 그곳으로 손을 뻗고 마지막 몇 미터를 힘껏 달려 나갔다.

뻗어 나온 촉수가 우리의 등을 쓸었다.

하지만— 닿지 않았다.

신선한 공기 속으로 뛰쳐나온 우리의 등까지 불과 몇 센티미터 앞둔 곳에서 멈춰 있었다.

입구와 충분한 거리를 벌린 우리는 공중에 뜬 채로 돌아보았다.

촉수가 포기한 듯 돌아가는 와인관은 역시 일어서 있었다.

양팔과 양다리가 달린 인간 같은 형태로 정성스럽게 변형까지 해서.

"잭 군…… 주위를 봐."

그 말을 듣고 둘러보니 이곳은 이상한 공간이었다.

돔 모양의 어둠 같은 것이 공간을 에워싸고 있었다. 넓이는 실제 부지와 비슷할 것이다. 광대한 어둠의 돔 속에 우리 두 사람과 일어선 와인관만이 존재하고 있었다.

"……아직 돌아가지 못할 것 같네."

"응. 한 가지 일을 더 수행해야 할 것 같아."

인간형으로 변형된 와인관의 머리 위에 사람이 있는 것이 보였다.

멀어서 잘 안 보이지만, 얼굴 절반을 가면으로 가린 남자이리라는 것은 상상하기 어렵지 않았다.

"던전은 보스를 해치워야 끝나는 법이지. 누가 정한 건지 모르겠지만."

말한 직후, 와인관에 이상이 발생했다.

얼굴에 해당하는 부분의 창문이 깨지고 안에서 촉수가 흘러나왔다.

그뿐만이 아니었다. 각 부위의 창문이 깨지고, 벽이 무너지고, 대량의 촉수가 얼굴을 내밀더니—.

—끼긱, 끼기기기긱……!!

삐거덕거리는 소리를 내며 손발이 천천히 움직이기 시작했다.

조종당하고 있었다.

내부를 채운 촉수가 근육이 되고, 뼈가 되어, 와인관을 꼭두각시처럼 조종하고 있었다.

마지막으로 오른쪽 눈에 해당하는 위치에 거대한 외눈이 나타났다.

그렇게 촉수와 벽돌로 이루어진 무시무시한 거인이 탄생했다.

"이름하여 《괴뢰 거인관 패러건트》."

남자의 목소리가 담담히 고했다.

"내가 만들었지만 꽤 훌륭한 솜씨야. —뭐, 적당히 놀아줘라, 애송이들."

괴뢰 거인관 패러건트

각 관절부에서 대량의 촉수가 우글우글 흘러나오는 인간형 저택—.

그 이형의 존재에게 우리는 단둘이서 맞선다.

패러건트의 길이는 대충 어림잡아도 50미터는 됐다. 괴수, 혹은 거대 로봇 같은 크기였다.

하지만 이 녀석을 해치워야 이곳을 나갈 수 있다.

“할 수 있겠어? 엘비스.”

“글쎄. 해 보면 알겠지.”

그럼 해 보기로 할까—!

촉수 거인— 패러건트가 오른팔을 크게 치켜들었다.

굉음이 났다. 대충 팔을 휘둘렀을 뿐인데 막대한 질량이 공기를 휘저었다.

세찬 바람이 덮쳤지만, 이 정도에 자세를 무너뜨릴 만큼 우리는 풋내기가 아니었다.

“여기서라면 거리낄 필요가 없지—!”

다가오는 패러건트의 오른팔을 향해 엘비스가 신기루 검을 휘둘렀다. 신기루 검은 무시무시한 파괴음을 내며 팔꿈치를 양단했다. 관절을 잇는 촉수가 투둑투둑 끊어지면서 지저분한 액체를 뿌렸다.

하지만 패러건트는 비명조차 지르지 않고 즉각 왼팔을 치켜들었다.

"이건 내가 받겠어!"

나는 엘비스가 잘라 낸 오른쪽 아래팔을 양손으로 잡았다. 몇백 년을 산 거목 같은 어마어마한 질량이었지만— 내게는 조금 들기 힘든 몽둥이에 불과했다.

나는 다가오는 패러건트의 왼팔을, 빼앗은 아래팔로 쳤다. 양쪽 다 부서져서 까마득한 아래에 있는 지면으로 떨어졌다.

"뭐야. 대단치도 않네……!"

"잠깐만! 저길 봐!"

엘비스가 가리킨 곳은 끊어진 양팔의 단면이었다. 촉수가 무수히 뻗어 나와서 부서진 잔해를 회수했고— 순식간에 원래 형태로 팔을 짜 맞춰 나갔다.

"재생하는 건가……! 엘비스, 넌 왼쪽을 맡아!"

"응!"

우리는 재생을 막기 위해 각자 패러건트의 팔로 접근을 시도했다. 하지만 그렇게 간단하지는 않았다. 패러건트의 어깨 관절에서 촉수가 대량으로 솟아나 우리에게 달려들었기 때문이다.

이를 갈면서도 물러날 수밖에 없었다. 무리하게 돌격했다가 붙잡히면 끝장이다.

촉수로부터 도망치는 사이에 양팔은 완전히 재생되어 버렸다.

수복하는 동안에는 아직 무사한 부위가 촉수로 원호하는 건가. 성가시네……!

“팔다리를 아무리 부숴도 의미가 없겠어.”

다시 합류한 엘비스가 말했다. 나는 고개를 끄덕였다.

“그렇다면 노려야 할 곳은 하나야.”

머리 부분.

깨진 창문 너머로 거대한 외눈이 보였다.

촉수는 그저 말단에 불과하다. 근본이 되는 몸체가 저기 있을 터다. 그걸 칠 수밖에 없다.

“문제는 어떻게 머리에 접근하느냐는 거지. 촉수가 방해할 게 뻔해.”

“간단해. 아까 했던 일을 또 하는 거야.”

“그 말은 즉?”

“저 녀석이 직접 옮기게 하면 돼.”

엘비스는 웃으며 알겠다고 대답하고서 양손을 크게 쳐들었다.

신기루 검이 하늘 높이 우뚝 솟았다.

하늘을 잘라 내듯 아래로 휘둘린 검은 패러건트의 주먹과 정면으로 격돌하여 그것을 순식간에 파괴했다.

그렇게 생긴 잔해를 내가 이용했다. 닥치는 대로 무게를 지우고 걷어차서 포탄처럼 패러건트의 몸통에 퍼부었다.

각처에 커다란 구멍이 여럿 뚫리며, 내부에서 꿈틀거리는 대량의 촉수가 바깥 공기에 노출되었다.

하지만 곧장 촉수가 잔해를 긁어모아 그것을 수복해 버렸다.

“공격을 멈추지 마! 수복하느라 정신없게 해!!”

“알고 있어!”

팔, 다리, 몸통— 노도와 같은 우리의 공격으로 거인은 점차 구멍투성이가 되었다.

반면 패러건트의 반격은 우리에게 닿지 않았다. 몸집이 너무 크기 때문이다. 공중을 자유자재로 날아다니는 우리는 녀석에게 파리와 같았다. 간단히 붙잡을 수 없었다.

“뭐야! 몸집은 큰데 허접하네! 고블린이 훨씬 더 상대하기 힘들었어!!”

내 도발이 먹혔는지 어쨌는지— 패러건트의 외눈이 번쩍였다.

“피해!!”

열선이 허공을 꿰뚫었다. 지글지글지글, 공기가 타며 오렌지색 궤적을 남겼다. 직격을 받은 땅에 빨갛게 달궈진 자국이 새겨졌다.

“무사해?!”

“괜찮아!”

"적당한 때야!!"

"알았어!!"

서로의 위치도 확인하지 않은 채 엘비스와 의사소통하고서, 나는 허공을 박찼다.

목적지는 당연히 패러건트의 머리 부분이었다.

머리에서 대량의 촉수가 뻗어 나왔다. 그렇겠지. 다른 부위는 전부 수복 중이다. 요격에 쓸 수 있는 것은 머리 부분의 촉수뿐이다……!

나는 벽처럼 육박하는 그것을 피하기 위해 근처에 떠 있는 잔해에 숨었다. 이럴 때 벽으로 쓸 수 있어서 내가 미리 띄워 둔 것이었다.

촉수가 잔해를 뚫는 일은 없었다. 그저 표면에 붙는 데서 그치고 그대로 돌아갔다. 내가 그 잔해를 잡고 있는 줄도 모른 채.

잔해 뒤에서 나를 포함해 그림자 두 개가 튀어나왔다.

또 다른 그림자는 똑같은 방법으로 접근한 엘비스였다.

나는 잔해 덩어리를, 엘비스는 신기루 검을.

오른쪽 눈 위치에 있는 외눈에—.

—때려 박기 직전에.

번쩍! 섬광이 터졌다.

내 잔해가 순식간에 증발했다. 엘비스는 공격을 중지할 수밖에 없었다. 거리를 벌린다! 힘껏 허공을 박차 10미터

쯤 물러나고서, 우리는 패러건트의 외눈을 올려다보았다. 목의 관절부와 그 외 틈새에서 촉수가 흐물흐물 얼굴을 내비쳤다.

10미터.

패러건트에게는 지근거리다. 저 거대한 팔로 공격하기에는 불편한 위치— 즉, 녀석의 무기는 저 촉수와 빔뿐이다. 그것들을 격파하면 우리의 승리다.

나와 엘비스는 말을 나누지 않았다.

거대한 외눈이 날카롭게 우리를 내려다보고 있었다.

말로 연계할 여유는 없었다.

우리의 의식은 지금 진행 중인 전투 상황에 완전히 몰입했다.

외눈이 번쩍였다. 빔이 온다. 나와 엘비스의 행동은 일치했다.

좌우로 흩어져서 패러건트의 뒤통수 쪽으로.

빔의 발사점은 눈. 사각지대로 가면 맞을 일은 없다. 하지만 패러건트도 그걸 알고 있었다. 벽을 만들어서 막듯이 촉수를 뻗었다.

피할까, 되돌아갈까. 그런 양자택일을 강제하는 한 수였다.

나는 『피한다』를 택했다. 촉수 벽을 빠져나가 대각선 아래로 이동했다. 촉수는 그걸 막고자 나를 쫓아왔다.

지극히 당연한 움직임이었다. 참으로 솔직했다. —그래

서 걸렸다.

《우익의 품새 · 현조》.

나는 마치 튀어 오르는 듯한, 자연계에서는 있을 수 없는 움직임으로, 이번에는 대각선 위로 이동했다. 그럼으로써, 나를 따라 고도를 낮춘 촉수 벽을 뛰어넘었다.

뒤통수 쪽으로 가니, 반대 방향에서 온 엘비스의 모습이 보였다.

그 양손이 검을 쥐는 형태를 만들었다.

나는 고도를 조금 낮춰서 공간을 비웠다.

전개된 신기루 검이 패러건트의 뒤통수를 때렸다. 머리 부분의 표면을 형성하는 벽돌이 폭발한 것처럼 날아갔다. 그와 함께 내부의 촉수도 다소 끊어졌지만, 그뿐이었다. 표면의 촉수가 몇 개 손상됐을 뿐, 안쪽까지 대미지를 주지는 못했다.

그걸 보자마자 엘비스가 물러났다. 다음은 내 차례인 거다.

엘비스의 공격으로 날아간 잔해들을 포탄 삼아, 뒤통수에 뚫린 구멍에 때려 박았다. 촉수로 이루어진 두꺼운 피부가 순식간에 깎여 나갔으나, 잔해를 80퍼센트 정도 썼을 때 알아차렸다.

포탄이 부족하다.

포탄이 되는 잔해를 다 쓰니 뒤통수에 뚫렸던 구멍이 수복되었다. 우리의 공격은 도달하지 못한 것이다. 패러건트의 본체까지는.

어쩌지? 다음 계획을 세우려고 했을 때—.

빙그르르.

—하고, 패러건트의 머리가 회전했다.

동시에 푸르스름한 광선이 외눈에서 발사되었다.

마치 검 같았다.

쓸어 넘기듯 횡단하는 그것을, 우리는 위아래로 흩어져 피했다.

달궈진 공기가 피부를 태우고— 다음 순간, 마치 분화라도 한 것처럼 땅에서 띠 모양으로 불길이 솟구쳤다.

위력에 전율할 새도 없었다.

머리를 한 바퀴 돌린 패러건트는 일단 빔을 멈췄다.

하지만— 마치 고무처럼. 한 바퀴 틀어진 목이 반동으로 다시 돌아가려고 했다.

재차 열선이 천지를 갈랐다.

스프링클러처럼 발사된 빔은 우리를 맞히지는 못했으나, 공기도 지면도 모조리 불살랐다.

여기저기서 불길이 치솟고, 지면이란 지면은 모두 빨갛게 달궈지고, 공기 중의 먼지가 불타 오렌지색으로 빛나며, 세찬 상승 기류가 우리를 덮쳤다.

지옥 같은 모습이었다.

이 패러건트라는 존재가 진정한 괴물임을 똑똑히 증명하

는 광경이었다.

하지만 나와 엘비스의 전투 논리 회로는 멈추지 않았다.

—이 녀석을 쓰러뜨리려면.

—저 눈을 노릴 수밖에 없다.

그것이 결론이다.

표피를 아무리 파괴해도 본체에 도달할 수 없는 이상, 본체와 직결되어 있을 눈을 노릴 수밖에 없다.

상승 기류로 인해 아득한 상공으로 밀려 올라간 나와 엘비스를 패러건트의 외눈이 올려다보았다.

우리가 허공을 박찬 것과 외눈이 번쩍인 것은 동시였다.

—한 줄기 섬광이 중천을 꿰뚫었다.

우리는 기둥처럼 우뚝 솟은 그것으로부터 불과 몇 미터 떨어진 위치에 있었다.

피부가 탔다. 하지만 대수롭지 않았다.

아직 밖에서 뛰노는 어린아이인지라 살이 타는 건 익숙하다……!

아까 회전하며 빔을 쐈을 때, 한 바퀴 돌고 방출을 멈췄었다. 즉, 저 빔은 오랫동안 연속해서 쏠 수 없다. 그 틈을 노린다……!

조금 전의 상승 기류로 대량의 잔해가 하늘에 떠올라 있었다. 그중에서 좋은 것을 발견한 나는 계획을 정했다.

빔이 정지했다.

나는 그 순간을 노려 패러건트의 안면으로 잔해를 던졌다.

이 거리에서 눈을 정확히 노리기는 어렵지만, 잔뜩 던지면 한 개는 맞는다. 대량의 잔해가 비처럼 쏟아지면 패러건트도 무사할 수 없을 거다……!

잔해가 거인의 안면에 연달아 떨어지려고 했을 때, 재차 섬광이 터졌다.

잔해의 비는 하나도 남김없이 섬광 속에서 소멸했다.

공격은 성공하지 못했다.

—계산한 대로였다.

나는 패러건트의 이마에 착지했다.

이렇게까지 접근하면 빔으로 공격하는 건 불가능하다. 잔해의 비는 나 자신이 접근하기 위한 양동 작전이었다.

양손에는 상공에서 주운 무기가 들려 있었다. 사람을 장작처럼 쪼갤 수 있을 듯한 크기의 손도끼— 각관에 있던 미노타우로스가 들고 있던 것이었다. 잔해 속에 섞여서 하늘로 올라와 있었다.

내 눈앞에서 패러건트가 빔 방출을 멈췄다.

내 손이 닿는 거리에 무방비한 외눈이 나타났다.

딱 좋은 표적이었다.

거대한 손도끼의 날을 일직선으로 내려치자 새빨간 피가 간헐천처럼 뿜어져 나왔다.

——! ——!!!! ——!!!!!!

초음파 같은 비명이 어디선가 작렬했다.

패러건트가 온몸으로 난동을 부리며 대량의 촉수를 화풀이하듯 휘둘렀다.

이 이상 패러건트의 몸에 붙어 있으면 안 된다. 거리를 둔 내 시선 끝에서 거대한 외눈이 가려졌다. 오른쪽 눈 위치에 있던 창문이 무너져서 묻힌 것이다.

그리고 왼쪽 눈에 해당하는 위치에서 다시 새롭게 외눈이 나타났다.

그 눈은 명백하게 분노로 타오르고 있었다.

이 생물에게도 감정 같은 것이 있음을 나는 처음 알았다.

촉수가 분기탱천한 듯 곤두서며, 외눈이 내게 조준을 맞췄고.

신기루 검이 굉음과 함께 내리꽂혔다.

여러 촉수가 끊어지고 날아갔으나 본체까지 공격이 이르지는 못했다.

그래도 패러건트의 시선은 검의 주인인 엘비스에게 향했다.

—그런 건가.

나도 엘비스를 보고 파악했다.

—맡길게.

푸르스름한 열선이 공기를 태웠다. 하지만 그 끝에 있는 엘비스는 도망치려 하지 않았다.

그도 그럴 터였다. 저 녀석이 도망칠 이유 따위 없었다.

—빔이 스스로 비껴 나갔으니까.

고기압 공간 형성— 기압 차에 의한 빔의 굴절. 와인관에서 탈출할 때 한 번 했었던 일이다. 패러건트는 분노한 나머지 그걸 잊어버린 것이다.

엘비스 앞에서 굴절한 빔은 거기서 그치지 않았다.

꺾이고서 한 번 더 굴절했다.

그리고 또 한 번.

또 한 번. 또 한 번. 또 한 번.

수없이 굴절하고, 궤도를 바꿔, 한 바퀴 빙 돌아서.

최종적으로— 발사점까지 돌아왔다.

즉, 패러건트의 약점인 외눈으로.

대폭발이 일어났다.

대지를 지옥 같은 광경으로 바꾼 위력을 정통으로 맞고, 화염과 선혈과 비명이 동시에 작렬했다.

기압 차로 빔이 굴절하는 지점을 여러 개 설치한 건가. 딱 발사점으로 돌아오도록 각도를 계산해서. 정말이지, 저 녀석은 머리가 어떻게 되어 먹은 거야.

왼쪽 눈의 구멍이 무너지며, 대미지를 입은 외눈이 묻혔다. 일단 눈을 숨기는 것은 방어 본능 같은 건가. 하지만 하나 더, 패러건트의 머리 부분에는 구멍이 남아 있었다.

—입에 해당하는 위치에 있는 현관문.

우리가 아까 탈출한 그곳에서, 빨갛게 충혈된 외눈이 모습을 드러냈다.

그 눈에는 이제 분노를 넘어선 살기가 깃들어 있었다. 냉철한 전투 회로가 지금만큼은 전율했다. 본능적으로 공포를 주는 그것은 격앙의 안광—.

그래. **말 그대로** 안광이었다.

검은자위의 중심이 빛을 냈다.

피하자. 그렇게 생각했다. 하지만 동시에.

—엄청 커!

그 빛에 담긴 에너지의 크기를 거의 본능적으로 느꼈다.

피한다고? 무리다. 이 일격은 아마 산조차 날릴 거다—!!

“내 뒤로 와!!”

패러건트와 근접전을 시작한 이래 처음으로 엘비스가 소리를 냈다.

나는 대답할 여유도 없이, 가까이 온 엘비스의 등에 숨었다.

직후였다.

패러건트가 에너지 충전을 완료했다.

"최대한 크게……!!"

엘비스의 앞쪽 공간이 일그러졌다. 기압 차 렌즈를 전개한 것이다. 그것은 우리 두 사람을 감싸고도 남을 만큼 컸다.

그것과 막대한 섬광이 격돌했다.

패러건트의 외눈에서 발사된 광선은 이전과는 비교가 안 될 만큼 두꺼웠다.

엘비스가 전개한 기압 렌즈가 그것을 주위로 확산하여 광선의 중심에 아주 작은 안전지대를 만들고 있었다.

"으……윽……!"

광선이 발산하는 열 때문에 피부가 조금씩 탔다.

그뿐만이 아니었다. 이 정도 열이 있으면 기압도 바뀐다. 엘비스는 마구잡이로 바뀌는 기압을 제어하여 기압 차 렌즈를 유지해야 했다.

그건 흐르는 물 분자를 하나씩 세는 것과 같았다. 세계의 정보를 직접 읽는『왕안』이 있더라도, 그 처리에 얼마나 많은 리소스가 필요할지.

―조금만 더 버텨 줘, 엘비스……!

광선을 계속해서 쏠 수는 없다. 조금만 더…… 아주 조금만 더 버티면……!

1초가 무지막지하게 길게 느껴졌다.

패러건트의 빔이 끊기기 전에 엘비스가 힘을 다한다면 우리는 둘 다 증발한다. 그 미래가 0.1초 앞에서 기다리고 있을지도 몰랐다.

0.1초, 죽는 미래에서 벗어나기를 빌었다.

조금만 더.

조금만 더.

대체 몇 번을 빌었을까. 열 번? 스무 번? 어쨌든 1초나 2초에 불과했다.

그런 짧으면서도 긴 시간을.

푸르스름한 섬광에 휩싸여서.

나는, 엘비스는, 버티고, 버티고, 버텨 냈다.

그리고.

"하아……!!"

희미해졌다.

우리 주위를 에워싼 섬광이 점점 희미해지더니…… 사라졌다.

끊긴 것이다. 패러건트가 쏜 광선이.

엘비스가 어깨를 축 떨구고 휘청거렸다.

그 어깨를 내가 잡았다.

"나머지는 나한테 맡겨."

나는 엘비스의 몸을 【자립의 투익】으로 띄우고, 거인의 입에 있는 외눈과 시선을 맞췄다.

자, 피날레다—!!

허공을 박차 일직선으로 돌진했다.

동시에 나는 오른손 안의 공기에 정령술을 발동했다.

이것 참……. 엘비스와 싸울 때를 대비해 개발 중인 비장의 카드였는데— 이런 데서 쓰게 될 줄이야……!

주위의 대기가 소용돌이치며 내 오른손에 모여들었다.

마치 배수구로 물이 흐르는 것처럼.

마치 우주선의 벽에 구멍이 뚫린 것처럼.

—공기란 공기는 전부 내 손바닥으로 빨려 들어왔다.

내게는 늘 쇠사슬 같은 것이 보였다. 보인다고 할까, 느껴진다고 할까. 그 쇠사슬은 세상 만물을 서로 묶고 있었고, 공기도 예외는 아니었다.

그럼 공기의 사슬을 풀면 어떻게 될까?

알아차린 것은 비교적 최근이다. 공기의 사슬을 풀면, 그 바깥쪽에 있는 공기가 사슬을 뻗어서 아직 부유하지 않은 공기와 묶이려고 한다. 무게가 사라졌을 뿐 공기는 아직 그곳에 있는데, 다른 공기는 그것을 인식하지 못하는 것이다.

내 손바닥의 공기만이 없는 것이 되고, 그걸 메꾸려는 듯이 다른 공기가 흘러든다. 그 공기가 또 내【자립의 투익】에 의해 사슬이 끊어진다.

무산되고. 무산되고. 무산된다.

내 손바닥에 생겨난, 사슬 없는 공백. 그 공간에 공기란 공기는 죄다 빨려 들어와서 차례차례 사슬을 잃는다.

있는데 없다. 없는데 있다. 불가사의한 상태가 된 공기가 내 손바닥에서 무한히 중첩된다. 방대한 공기가 집약되어 꽉꽉 압축된다.

자, 그럼.

이 상태에서 정령술을 끊어 사슬을 원래대로 되돌려서—이 방대한 공기가 **자신이 존재함을 떠올리게 하면**…… 어떻게 될까?

—자, 시험해 보자.

나는 패러건트의 외눈에 육박하여 오른손을 내밀었다.

그곳에는 방대한 공기가 뭉친『공기 덩어리』가 있었다.

그것을.

해방했다.

태양 같은 빛이 세계를 물들였다.

빛난 이유는 모르겠다. 방대한 공기가 서로 마찰되어 열이라도 생긴 게 아닐까.

폭풍이 나 자신을 날렸다. 천지를 분간할 수 없는 상태로, 대기가 으르릉거리는 소리를 들었다. 대기, 혹은 세계일까. 이 세상을 규제하는 법칙이 흐트러져서 삐걱거리고 있는 걸지도 모른다.

어쨌든 바람이라고 하기에는 너무 컸고, 폭풍이라고 하기에는 너무 농후했다.

보이지 않는 괴물이 들리지 않는 포효를 내지른 것 같았다.

다만 그 위력만큼은 확실히 존재했다.

작렬하는 순간, 보였다.

패러건트의 외눈이 크게 푹! 파이는 것을.

———!!! ——!!!!!!!!! ————!!!!!!

금속이 끼긱거리는 듯한 단말마의 비명이 어둠의 돔에 울려 퍼졌다.

자세를 바로잡고 살펴보니, 벽돌과 촉수로 이루어진 거인이 괴로워하며 날뛰고 있었다.

하지만 한눈에 알 수 있었다.

오래는 버티지 못한다.

팔다리의 끝부분부터 순차적으로 후드득후드득 무너지고 있었다. 내부의 촉수가 벽돌 육체를 지탱하지 못하고 있었다…….

거대한 외눈이 하늘을 향해 선혈을 뿜었다.

조금 전의 소리보다도 확실한 최후의 단말마— 그것이 높이 치솟을수록 거구는 무너져 내렸다.

거인이 잔해 더미로 바뀔 때까지 그리 많은 시간은 걸리지 않았다.

높이 쌓인 잔해 더미 꼭대기에 거대한 눈알이 툭 떨어졌다.

그것은 마지막으로 눈물처럼 피를 한 방울 흘리고서—.

잔해 속으로 스며들듯 소멸했다…….

"아아~ 당해 버렸군."

아쉬워하는 듯하면서도 어딘가 기쁜 듯한 목소리가 들렸다.

"완전 공략, 축하해! 다음 기회가 있다면 좀 더 높은 난이도로 상대해 주지."

하……. 농담도. 이미 충분히 겪었다고…….

마음속으로 목소리에 대꾸함과 동시에 갑자기 시야가 하얘졌다.

"—어라?"

어느새 나는 돌바닥 위에 서 있었다.

어? 나는, 패러건트를 해치우고…….

옆에는 엘비스가 있었다. 나와 마찬가지로 당황한 듯 주위를 둘러보고 있었다.

나는 뒤를 보고 이해했다.

뒤에는 피츠헤르베르트 저택의 대문이 있었다.

창살 너머 먼 곳에, 원래대로 땅에 드러누운 와인관이 있었다. 패러건트는 현실과는 위상이 조금 틀어진 세계에 만들어진 존재였을 것이다.

우리는 와인관의 부지 밖에 있었다.

뭔가 현실감이 없다……. 그야말로 꿈에서 깬 것 같았다.

하지만 바로 떠올렸다. 본래 목적은 미궁을 탈출하는 게 아니었다.

"엘비스. 서류는?"

"아. ……아아…… 있어. 제대로 있어."

엘비스는 집무실에서 가지고 나온 서류를 품에서 꺼내 보여 줬다.

미션 컴플리트, 라는 건가.

그렇다면 언제까지고 이런 곳에 있을 필요는 없다. 그 변태 귀족에게 들키기 전에 얼른 튀자.

우리는 피츠헤르베르트 저택— 와인관을 등지고 달리기 시작했다.

"그러고 보니 잭 군. 아까 그거 말이야, 그런 기술을 숨기고 있었구나. 깜짝 놀랐어."

"칫. 기억하고 있나. 기절해 있었기를 기대했는데."

"하지만 아직 과제가 있어 보였어. 모처럼 모인 위력이 대부분 흩어졌어."

"알아. 아직 개발 중이야."

"그거, 어떻게 떠올린 거야?"

"너의 신기루 검을 힌트로 삼았어."

"평소에 내 공기 도약을 표절이라고 하면서……."

"『범재는 모방하고 천재는 훔친다』라는 말을 알아?"

그리고 우리는 왕도의 밤 속으로 녹아들었다.

첫째 제자

†

라비니아 피츠헤르베르트는 노크 소리를 듣고 고개를 들었다.

밤이 깊었다. 이런 시간에 침실을 찾아오는 괘씸한 놈은 이 와인관에 한 명도 없었다. 하물며 그녀의 행복한 시간을 방해하는 겁 없는 놈이라니.

그녀의 아래에는 한쪽 다리가 없는 소녀가 하얀 시트 위에 축 늘어져 있었다. 한바탕 즐긴 뒤가 아니었다면 천박하게 고함을 쳐 댔을지도 모른다…….

라비니아는 벌거벗은 채로 문에 대고 말했다.

"무슨 일이지? 들어와."

들어온 것은 얼굴 절반을 가면으로 덮은 남자였다. 라비니아가 『그녀』를 통해 고용한 정령술사였다.

이름은 아론. 성은 모른다. 애초에 성이 있는지도 의심스러웠다.

"바쁜 와중에 실례할게. 단적으로 보고하겠어. 아이 두 명을 놓쳤어."

"……뭐라고?"

"오늘 당신이 산 두 명 말이야. 아무래도 스파이였던 것 같아. 뭔가 서류를 가져갔어."

라비니아는 자신이 생각해도 의아할 만큼 그 보고를 냉정하게 들었다.

그 두 사람은 내일 밤에 예뻐해 줄 생각이었다.

하지만 지금 생각해 보면, 그러지 못할 거라고 마음 한편으로 이해하고 있었던 것 같다.

—그렇게 간단히 손에 들어올 것이 아니다.

그런 직감이 어딘가에 있었다. 마치 몇십 년 전부터—혹은 태어나기도 전부터 애태웠던 것 같은…….

"……화 안 내? 당연히 꽥꽥 소리를 질러 댈 줄 알았는데."

"난 그렇게까지 게걸스러운 여자는 아니야. 확실히 유감스러운 보고지만, 괜찮아. 언젠가 다시 손에 넣으면 되는걸. 결국 최종적으로는 전부 내 것이니까."

라비니아는 좌우 대칭인 것이 싫었다.

깔끔하게 딱 균형 잡혀 정리된 것이 싫었다.

질서는 악이고, 혼돈은 선이다.

완전함은 추하고, 결손은 아름답다.

그런 가치관이 자신 안에 있음을, 라비니아는 열 살 무렵에 깨달았다.

계기도 없이, 이유도 없이, 어느 순간 문득—.

더러운 것이 더 예쁘다고.

그렇게 생각한 것이다.

이 세상의 온갖 것들은 세계를 깔끔하게 정돈하려고 한다. 공기조차 산재하며 어딘가에 뭉치려고 하지 않는다. 자연계에도 규칙이 있어서 빈틈 없이 순환한다.

의미 없는 것은 없고.

가치 없는 것은 없다.

모든 것이 과부족 없이 퍼즐 조각이 되어 세계를 구성한다.

—그 사실이 속절없이 기분 나빴다.

어째서 다른 사람들이 태연하게 있을 수 있는지 이해할 수 없었다.

그런 것이 가능할 리 없지 않은가. 하나 정도는 있어야 하지 않나.

쓸데없고. 의미 없고. 가치 없고.

환영받지 못하고. 칭찬받지 못하고. 관심받지도 못하는.

그런 단순한 해악이— 하나 정도는 있어야 했다.

의미 있는 것에야말로 의미가 없다.

가치 있는 것에야말로 가치가 없다.

그런 것은 세상 어디에나 존재하니까.

결함품이야말로 사랑스럽다.

예쁘게 닦인 신품보다도, 어딘가 망가진 중고품이 더 사랑스럽다.

누구나 본능적으로 불쾌하게 여길 만한, 균형 잡히지 않은 것이 더 사랑스럽다.

깔끔하게 정돈된 세계에 섞인, 결손이란 이름의 이물질이야말로—.

'아아…….'

한숨이 나왔다.

도망쳐 버렸다는 그 두 사람— 낮에 자신의 눈으로 봤을 때는 눈치채지 못했는데…… 잃어버렸다는 것을 알자 비로소 이해했다.

'아주…… <ruby>이물질<rt>예뻐</rt></ruby>이야…….'

바지에 손을 넣어 고간을 만지작거렸던 소년—**이 아닌 쪽.**

그것은 결손 덩어리다.

그것은 한참 전에 망가졌다.

부품이 너무나 부족해서 작동할 리가 없는데, 망가지지 않은 척하는 인형.

인간으로 돌아가려고 필사적으로 발버둥 치는, 단순한 잔해다.

이 얼마나 쓸데없고.

해악이고.

완벽한 이물질인가.

도달한 기분이었다.

불모의 사막을 걷고 걸어서 마침내 오아시스에 다다른 듯한 기분이었다.

발견한 것이다. 어릴 때부터 줄곧 찾았던 것을.

"……가르쳐 줘."

"응?"

라비니아는 황홀한 심정으로 아론에게 물었다.

"가르쳐 줘. 그 아이들은 정체가 뭐야?"

"아아…… 아마 정령술 학원의 꼬맹이겠지. 잡아 오라는 거라면 어려워. 그 학원은 장난 아니게 견고하니까. 전쟁을 일으킬 생각이 아니라면 손댈 수 없어."

"그래……. 그러면 계획을 진행해야겠네."

아론은 빈정거리듯 입을 비틀고서 어깨를 으쓱였다.

"확실히 이 나라의 실권을 쥐면 애송이 한두 명쯤 어떻게든 되겠지."

"그 아이를 손에 넣을 거야. 그런 다음, 이 나라를 예쁘게(엉망으로) 재배열하겠어. 그럼으로써 나의 패도가 마침내 달성되는 거야……."

영왕전. 새로운 영왕의 탄생. 이만한 기회는 분명 두 번 다시 없다.

"하아……."

그 소녀의 애처로운 모습을 떠올리고 한 번 더 한숨을 쉬었다.

그 표정은 마치 사랑에 빠진 소녀 같았다.

◆

창밖에 뜬 오늘의 달은 평소보다 밝았다.

나는 달빛을 담듯이 술잔을 천천히 돌렸다.

"너는 술을 마시는 모습이 정말 그럴싸해, 튤라."

클라이브가 빈말인지 비아냥인지 미묘한 말을 했다.

나는 확실하게 비아냥거리는 웃음으로 화답했다.

"반세기나 함께 지낸 아내를 좀 더 솔직하게 칭찬할 수는 없느냐."

"처음에는 그랬었어. 네가 싫어했잖아."

"그랬던가? 잊어버렸느니라."

거짓말이다. 사실은 기억하고 있었다. 클라이브는 언제나 솔직했다. 그건 반세기가 지난 지금도 변함없었다. 솔직해지지 못하는 사람은 나였다. 먼저 반한 사람이 약자라는 말이 있는데, 나는 나중에 반한 사람도 충분히 약자가 될 수 있다고 생각한다.

나는 얼버무리듯이 술로 입술을 적셨다.

이렇게 부부끼리 시간을 갖는 것이 최근 들어 늘었다. 최근, 이라고 할까, 영왕을 그만두기로 한 뒤부터였다.

특별히 화제라고 할 만한 화제도 없이 침묵을 안주 삼으며, 희미한 취기로 의식을 알딸딸하게 한다. 그렇게 30년이나 이어진 분주한 생활을 내 안에서 빼내고 있는 것일지도 모른다.

별안간, 똑똑, 하고 노크 소리가 들렸다.

"……실례합니다."

조심스럽게 말하고 학원장실에 들어온 사람은 라켈이었다.

이런 밤에 찾아오다니 별일이었다. 야근하는 교사 말고는 숙소에서 잠자리에 들었을 시간이었다.

"오오, 무슨 일이냐? 라켈. 너도 마시겠느냐?"

"……모처럼 왔으니까 조금만. 실례합니다, 클라이브 씨."

"사양하지 않아도 돼."

소파에 앉은 라켈은 클라이브에게 잔을 받아 술을 한 모금 머금었다.

라켈은 술이 세다. 내버려 두면 무한히 마신다. 보기에는 안색이 변하질 않아서 취했는지도 잘 알 수 없다. 항상 내가 먼저 만취하여 라켈에게 간호받는 것이 보통이었다.

"아무튼 무슨 일이냐? 굳이 이런 시간에."

"……이 시간이라면 개인적으로 대답해 줄 것 같아서."

라켈은 아직 절반쯤 남은 잔을 테이블에 놓았다.

"영왕, 왜 그만두는 거야?"

역시 그건가.

나는 술병을 들어 자신의 빈 잔에 따랐다.

"엑시비션 때 말한 대로다. 세대교체지. 이 나라의 정령술사는 충분히 성장했다. 내 손을 떠나도 괜찮은 시기야. 학원장 역할도 머지않아 누군가에게 양보할 생각이다."

"정말? ……정말로 이유는 그것뿐이야?"

"흠."

이 녀석은 뭘 묻고 싶은 거지? 잠깐 고민한 나는 옛날이야기를 하기로 했다.

"라켈. 나와 처음 만났을 무렵을 기억하느냐?"

"……응. 잊을 리가 없어. 100년이 지났어도."

"그때 너는 아무것도 모르는 갓난아기나 다름없는 상태였지. 그런 너를 우연히 거둔 내가 이것저것 가르쳤어. ……그때 너는 말했었다. 나는 다른 사람을 잘 가르친다고. 그런 일을 하면 더 많은 사람이 행복해질 거라고."

라켈은 말이 없었다.

테이블에 뒀던 잔을 다시 들고 술로 입술을 적셨다.

"네가 그렇게 말한다면 그러는 것도 괜찮겠다 싶어서, 30년쯤 뒤였나? 충동적으로 교사가 되었더니 이렇게 된 거다. 반세기나 계속하고 있는 데다가 결혼까지 해 버렸어. 나 자신도 예상 못 했다."

훗, 하고 클라이브가 웃음을 흘렸다.

히히히, 하고 나도 웃었다.

라켈만이 잔에 담긴 술을 내려다보고 있었다.

“……맨 처음 당신과 만났을 때, 요정이라든가 신이라든가, 그런 존재로 보였었어.”

불쑥 라켈이 중얼거렸다.

“세계의 바깥에서 무엇에도 얽매이지 않고 사는, 인간보다 훨씬 더 자유로운 존재로…….”

“과대평가다. 그저 내 마음대로 지냈던 것에 불과해. 엘프족에게는 드문 일도 아니지. 너는 사정이 조금 특수하다만.”

“아무튼 나한테는 그렇게 보였어. 그랬는데…… 여행을 떠나고 얼마 뒤에, 학원의 교사가 됐다는 얘기를 듣고…… 살짝 조사해 봤더니…….”

꽉― 술잔을 든 라켈의 손에 힘이 들어갔다.

“교사가 되기 전에…… 전쟁에 휘말렸다고…… 들어서.”

……아아, 그 일인가.

오랜만에 생각났다. 거처를 나와 몇 년 지났을 때쯤. 대륙 열강 삼국 ― 라에스 왕국, 로우 왕국, 센리 왕국(현 공화국) ― 사이에서 큰 무력 충돌이 일어났다. 요즘 사람들이 『선대 대전』이라고 부르는 그것에, 속세에 돌아와 있던 나도 꼼짝없이 휘말렸었다.

“내 탓이라고, 생각했어. 내가 조심성 없는 말을 한 탓에…… 당신이 속세의 일에 휘말려 버린 거라고…….”

나는 아무 말도 하지 않았다.

클라이브 또한 아무 말도 하지 않았다.

그저 침묵으로 라켈에게 뒷말을 재촉했다.

"그래서, 사실은 무서웠어. 이 학원에 오는 게……. 처음에 교사가 되어 달라는 제안을 받았을 때도 거절하려고 했지만…… 결국 책과 필을 내버려 둘 수 없어서……."

2년 반 전, 80년 만에 라켈과 재회했을 때가 떠올랐다.

그땐 정말이지 뻣뻣하게 굳어 있었더랬다. 긴장할 만한 사이도 아니거늘 왜 그러나 싶었는데, 그랬군, 이런 생각을 하고 있었나.

"그래서…… 그만둔다는 말을 듣고…… 만약…… 만약 그렇다면…… 그 전에, 나는…… 당신에게……."

"사과해야 한다고?"

라켈은 대답하지 않았다. 그건 무언의 긍정이었다.

나는 쓴웃음을 지었다. 이 녀석은 전혀 변하질 않는구나……. 숲속에 홀연히 나타났던 그때부터 언제까지고 어린아이인 채다.

"라켈."

이름을 부르자 라켈이 살짝 고개를 들었다.

아직 눈은 앞머리에 가려져 있었다. 혼나는 아이처럼.

그래서 나는 확실하게 말해 주기로 했다.

"그만두는 가장 큰 이유는 말이다, 클라이브가 이제 나이를 꽤 먹었기 때문이야."

"어……?"

동그래진 눈이 앞머리 사이로 드러나 클라이브를 보았다.

클라이브가 차분한 목소리로 말했다.

"나는 올해로 예순다섯이 돼. 앞으로 더 살아 봤자— 길어도 20년이겠지."

"아……."

"그렇게 된 거다. 슬슬 느긋한 시간을 가져도 좋지 않을까 하는 얘기를 예전부터 했었어."

엘프에 비해 인간의 수명은 짧다. 클라이브와 함께 보낼 수 있는 시간은 나에게 한순간에 불과하다. 우리는 장대한 수명을 가졌기에 효율적으로 시간을 쓰는 데 서툴지만…… 유일하게 음미하듯 지내는 것이 반려와 보내는 시간이다.

"라켈. 대전에 휘말린 것은 확실히 조금 귀찮았다. 하지만 네가 그렇게 말해 주지 않았다면 나는 클라이브와 만나지도 못했을 거다. ……그리고 교사 일도 제법 마음에 들어서 말이다. 클라이브가 훽 가 버려서 한가해지면 다시 돌아올지도 모르지. 따로 할 일도 없고."

"너무한데. 조금은 상을 치러 줘."

"히히히! 근사한 검은 옷이 있다면 그러마."

그렇게 너스레를 떨고 있으니— 툭, 하고. 라켈의 무릎에 얼룩이 생겼다.

"어…… 어라……?"

라켈이 손등으로 눈가를 문질러 닦았지만, 물방울은 계

속 떨어졌다.

이것 참.

나는 라켈의 옆으로 이동하여 나보다 훨씬 큰 몸을 끌어안았다.

"울보인 점은 변하질 않았구나."

"그렇, 지는……! 학생들, 앞에서는, 거의……!"

"그야 제자 앞에서는 울 수 없겠지."

S반 아이들은 분명 모를 거다.

기쁠 때도, 슬플 때도— 그리고 안심했을 때도.

이 녀석은 늘 바로 울어 버렸다.

"잘 컸구나, 라켈. 나의 첫째 제자."

"흐…… 흐으으으으으으으……!"

머리를 토닥여 주자 라켈은 오열했다.

아주 사소한 일이어도 마음에 응어리로 남을 때가 있다.

그건 시간이 지날수록 깊게 뿌리를 내리지만, 한편으로는 너무 익숙해져서 잊어버리기도 한다.

그래서, 그것이 눈 녹듯 사라졌을 때.

안심하는 것이다. 스스로도 의외일 만큼…….

잠시 후, 라켈의 오열이 멈췄다.

"……미안."

"술자리에서 일어난 일이다. 상관없느니, 상관없느니."

라켈이 작게 웃었다.

좋은 얼굴을 하게 됐다. 내가 늙었음을 싫어도 통감하게 된다.

"툴라."

"오. 『학원장님』이라고 안 하는 건가?"

"놀리지 마……. 실례한 김에 하나 더 말하고 싶어. 툴라와 클라이브 씨에게."

라켈은 그렇게 말하고 쓱 일어나더니 우리를 향해 깊이 머리를 숙였다.

"오랫동안…… 수고하셨습니다."

그 말을 들으니 문득 생각하고 말았다.

아아…… 정말로 길었구나.

엘프의 수명과 비교하면 짧은 한때……일 텐데.

나와 클라이브는 라켈의 위로를 미소로 받았다.

머릿속을 스친 생각은 꺼내지 않았다.

"뭐, 느긋하게 지낼 수 있는 건 좀 더 나중이겠지만."

"너무 기운이 넘치는 젊은이가 많으니 말이다. 편하게 은거시켜 주면 안 되는 건지, 원."

나는 그렇게 중얼거리고서 창밖을 보았다.

밤거리가 어둠에 잠겨 있었다. 그 안에서 부자연스러운 빛과 연기가 얼핏얼핏 보였다.

이것 참…… 혈기 왕성한 녀석들이다.

영왕전이 시작되는 것을 차분히 기다릴 수 없는 모양이다.

남모를 전초전

†

왕도의 밤거리를 신사가 걷고 있었다.

어둠에 녹아드는 것 같은 칠흑색 스리피스 정장을 입은 초로의 남자였다. 키 작은 남자 한 명을 수행원으로 데리고 있었다.

물 흐르는 듯 걷던 신사가 별안간 걸음을 멈춰서 수행원이 앞으로 고꾸라졌다.

수행원이 고개를 들었을 때, 신사는 별들만이 펼쳐진 밤하늘을 올려다보며 불쑥 중얼거렸다.

"……소나기인가."

그리고 지팡이처럼 땅을 짚고 있던 검은 우산을 머리 위로 펼쳤다. 수행원은 고개를 갸웃했다.

"비 같은 건—."

그 순간, 옆 건물의 지붕 위에서 인영이 튀어나왔다.

인영의 양손에서 은빛이 번쩍였다. 달빛을 받아 칼날이 번쩍인 것이었다.

그걸 알아차렸을 때, 이미 칼날은 비가 되어 신사의 머리 위로 쏟아지고 있었다.

휙, 수행원이 비명을 흘렸다.

신사는 동요하지 않고, 그저 우산을 빙 돌렸다. 그랬을 뿐인데, 비처럼 쏟아진 단검은 모조리 우산에 튕겨 날아갔다.

인영이 돌바닥을 밟았다. 신사는 우산을 접었다. 수행원만이 그 자리에 주저앉아 있었다.

"아주 무례한 인사야. 부모에게 못 배웠나? 사람을 만났을 땐『안녕하세요』라고 인사하는 거라네, 젊은이."

"그건 처음 듣네. 다음부터는 그렇게 할게. 안녕하세요,『무투신사』브래들리 모그리지. 기분은 어떠신지?"

"흠. 그다지 나쁘진 않군. 한 젊은이가 제대로 인사를 해줘서 말이야. 안녕하신가, 이름 모를 젊은이. 자네는 민주파의 수하인가?"

"그렇다고 한다면?"

"대답할 것도 없지. 인사에는 인사로 답하는 것이 예의라네."

밤공기가 활시위처럼 팽팽해졌다.

약간의 계기가 있으면 실은 끊어진다. 나뭇잎이 떨어지거나, 길고양이가 지나가거나, 달이 가려지거나, 시선이 얽히거나—.

아니었다.

—수행원이 단검으로 신사를 찌르려 들었다.

수행원은 회심의 표정을 지었다. 줄곧 이 기회를 엿보고 있었다. 이 신사를— 단 네 명만 존재하는『9단』중 한 명을 제 손으로 죽일 기회를.

하지만.

"그럼 안 되지. 신사의 정장에 흠집을 내려고 하다니."

단검의 칼날은 정장에도 닿지 않았다.

신사가 왼손의 엄지와 검지로 단검을 잡고 있었기 때문이다.

깜짝 놀란 수행원의 손에서 단검이 간단히 빠져나와 신사의 손에 들렸다.

"이건 돌려주지."

손수건이 허공을 날았다.

고급스러운 자수가 들어가 있는 손수건이 수행원의 눈앞을 덮었고.

—신사가 손가락만으로 던진 단검에 꿰뚫렸다.

하얀 손수건이 진홍색으로 물들어 갔다. 손수건을 고정하는 형태로 단검이 남자의 미간에 꽂혀 있었다. 남자의 선혈은 손수건에 차단되어 신사의 정장에 한 방울도 튀지 않았다.

"—자, 그럼."

조금 전까지 자신을 수행하던 남자를 태연하게 살해한 신사는 평온하기 그지없는 태도로 고개를 돌렸다.

호기라고 판단한 습격자가 손 뻗으면 닿을 위치까지 육

박해 있었다.

"죽어……!"

단검이 인지를 넘어선 속도로 번뜩였다.

보는 것 불가능. 방어 불가능. 회피 불가능.

그 칼날은 생명의 불을 평등하게 꺼뜨린다.

—적의 피부에 닿는다면 말이다.

"컥……!"

신사의 손가락이 습격자의 목을 가볍게 건드렸다.

그랬을 뿐인데 습격자는 손가락 하나 까딱할 수 없게 되었다.

"뭐…… 이, 건…… 정려, 술……?!"

"신사의 소양이지."

신사가 손가락에 가볍게 힘을 줬다.

고작 그 행동에 습격자의 몸이 날아갔다.

습격자는 돌바닥에 몇 번 튕긴 후, 힘없이 굴러가 움직임을 멈췄다.

"이것 참. 왕도도 흉흉해졌어."

두 습격자를 쉽게 무찌른 신사는 어이없다는 듯 중얼거렸다.

"영왕의 자리를 갖고 싶다면 정정당당히 영왕전에서 싸우면 될 텐데. —자네도 그렇게 생각하지 않나?"

뜬금없이.

신사는 누구에게랄 것도 없이 물었다.

그러자 골목에 서린 어둠 너머에서 목소리가 대답했다.

"생각 안 해! 영왕전? 그딴 건 놀이야. 싸움이 아니야!"

이어서 한 여성이 어둠에서 모습을 나타냈다.

머리를 보라색으로 물들이고 대담하게 배꼽을 드러낸, 도무지 왕도 사람이라고는 생각할 수 없는 스타일이었다. 양쪽 귀에 늘어뜨린 액세서리를 짤랑짤랑 흔들며, 여성은 골목에서 걸어 나왔다.

"베든 때리든 상처 하나 안 나. 그 학원에서의 싸움만큼 시시한 건 없어. 하지만 성가시게도 가장 강한 녀석이 모이는 건 그곳이란 말이지. 정말 마음 같지 않다니까. 안 그래?"

"배틀 마니아인 건 여전한가 보군. 그러니까 아내로 데려가겠다는 남자가 없는 것이라네."

"공교롭게도 나 좀 데려가 달라고 할 생각은 없는지라. 만약 나를 깔아 눕힐 수 있는 녀석이 있다면, 하! 애새끼 한두 마리는 낳아 줄 수도 있지만 말이야."

히죽, 여자는 입꼬리를 올렸다.

두 눈은 사냥감을 볼 때처럼 빛났다.

야생 동물 같은 눈으로, 여자는 신사를 응시하고 있었다.

"나갈 거지? 영왕전."

"속세의 굴레지. 오래전부터 우의를 맺고 있는 가문들이 부탁하는데 무시할 수도 없지 않나."

"『철의 장군』 할아범까지 나온다던데. 툴라 녀석이 나한테 지기 전에 물러나 버린 건 진짜 짜증 나지만, 9단이 이렇게 다 모이는 영왕전은 몇 년 만이지? 벌써부터 흥분으로 몸이 떨려."

그런고로, 하고 여자는 더 짙게 웃었다.

"이 떨림이 멈추게 도와주지 않을래?"

"……여성의 부탁을 안 들어줄 순 없는데."

"어렵지 않아. 살짝 치고받아 주기만 하면 돼."

"흠."

신사는 들고 있던 검은 우산을 하늘 높이 던졌다.

우산은 아득한 상공에서 펼쳐져 둥실둥실 낙하하기 시작했다.

"우산이 떨어지기 전에 끝내지."

신사가 우아하게 자세를 잡았고.

여자가 사납게 웃었다.

『무투신사』 브래들리 모그리지 9단.

『신멸귀살』 메이지 사우스올 9단.

영왕 툴라 클리즈에 버금가는 정령술사계의 최고봉.

불과 네 명밖에 없는 9단 중 두 사람이—.

왕도의 어둠 속에서 남몰래 격돌했다.

이튿날 아침.

왕도 한편에 구경꾼이 모여 있었다.

왕도의 치안을 담당하는 왕국 기사가 구경꾼을 막고 있는 그 안쪽을 보고 퉅라는 쓴웃음을 지을 수밖에 없었다.

"거리에서 요란하게 저질렀군."

폭풍이라도 지나간 것처럼 돌바닥이 뒤집혔고, 그 밑의 지면은 우묵한 그릇처럼 푹 파여 있었다. 혈흔 같은 것이 곳곳에 보이니, 이곳에서 누군가가 싸운 것은 틀림없었다. 누군가— 그것도 9단 이상의 정령술사다.

퉅라는 기사단의 현장 책임자에게 분부했다.

"영왕전이 시작될 때까지 비슷한 일이 몇 번 더 일어날 것이다. 힘들겠지만 잘 대응해 다오."

"예! 맡겨 주십시오, 영왕 각하!"

현장 책임자는 기죽지 않고 깔끔하게 경례했다.

퉅라는 고개를 끄덕이고서 다시 엉망이 된 거리를 보았다.

"그나저나 갑자기 그 녀석들이 부딪칠 줄이야."

퉅라가 영왕 자리에 눌러앉아 있으면서 억눌렀던 것은 의외로 컸던 걸지도 모른다. 예상치 못한 사태에도 대응할 수 있도록 준비해 둬야 할 것이다.

"은거하려면 한참 더 있어야겠어……."

퉅라는 살짝 쓴웃음을 짓고서 혼자 중얼거렸다.

소년소녀

중학생 때, 나에게 처음으로 여자 친구가 생겼다.

계기는 대단치 않았다. 반이 바뀌면서 어쩌다 보니 메신저 앱의 ID를 교환했고, 그냥저냥 메시지를 주고받게 됐는데, 어느 날 문득.

『나랑 사귀지 않을래?』

라는 메시지가 온 것이다.

연애 감정 같은 훌륭한 것이 자신에게 있다고 생각하진 않았지만, 이따금 귀엽다고 여기기는 했고, 거절할 이유는 존재하지 않았다.

그리고 일주일쯤 뒤에 헤어졌다.

왜 헤어졌냐면— 차였기 때문이다. 이유는 모르겠지만.

『역시 없던 일로 하지 않을래?』

그것도 메시지였다.

띠롱, 가벼운 알림음 하나에 간단히 없던 일이 되었다.

그 후로는 다시 친구로 돌아갔다. 돌아갈 수 있는 거구나, 하고 생각했다. 뭐, 우리가 한 일이라고는 손잡은 것 정도고, 그런 거겠거니 싶었다.

……아니, 센 척하지 말자. 실은 제법 상처받았다.

『역시 없던 일로 하지 않을래?』라는 메시지에 『그런가.

뭐, 좋아』라고 답장한 후, 나는 침대에 풀썩 엎어졌다.

……남자는 단순하구나.

상대가 호감을 보이면 바로 마음이 가게 되는구나. 김칫국부터 마시기도 하고 말이지.

용기를 내서 산 콘돔의 존재가 이제는 죽을 만큼 부끄러웠다.

『으아아아…….』

베개에 얼굴을 묻고서 끙끙거리고 있으니, 누군가가 방문을 조심스럽게 노크했다.

『오빠. 밥 먹어요.』

대답하지 않자, 한 번 더 조심스럽게 노크한 후.

『오빠? 들어갈게요.』

문이 열리는 소리가 나고 동생이 들어왔다. 나는 베개에서 얼굴을 들지 않았다.

『오빠, 왜 그래요? 몸이 안 좋기라도 해요?』

『괜찮아…….』

『……밥, 가지고 올라올까요?』

초등학교 고학년이 된 동생은 낯가림이 사라져서 센스 있고 참한 아이가 되어 있었다.

『넌 착하구나……. 역시 없던 일로 하자고는 안 하지…….』

『으음…… 오빠, 혹시 여자 친구랑 무슨 일이— 앗, 미안해요. 얘기하기 싫다면…….』

『으으…… 오빠는 너한테 반해 버릴 것 같아…….』

『네? 네에?!』

동생은 얼굴이 새빨개져서 호들갑스럽게 놀랐다.

『오, 오빠, 그, 그거, 정말—.』

『네가 동생이 아니었다면…… 결혼했을 텐데 말이지…….』

『어? 아…… 네…… 그렇죠…….』

그건 확연하게 실망한 목소리였지만, 이때의 나는 몰랐다.

『……하지만 오빠는 그분을 그렇게 좋아하는 것처럼 보이지 않았는데요.』

『이상하게도 말이야…… 좋아한다는 말을 들으면 좋아하게 되거든……. 초등학생한테 할 얘기는 아닌가……. 난 무슨 말을 하고 있는 거지…….』

왠지 졸리다……. 눈꺼풀이 무겁다.

졸음에 몸을 맡기려고 했을 때, 동생이 귓가에서 속삭였다.

『정말 좋아해요, 오빠.』

『응…… 나도 좋아해…….』

작은 웃음소리를 마지막으로 내 의식은 잠에 빠졌다.

—하지만 오빠는 그분을 그렇게 좋아하는 것처럼 보이지 않았는데요.

내가 여자 친구랑 같이 있는 모습을 동생에게 보여 준 적이 없음을, 나는 끝까지 눈치채지 못했다.

—그것은 닳아 해진 기억의 단편.

—분명 그때, 이미 끝이 시작되어 있었다.

◆

……심심하다.

나는 아침부터 침대에서 한 발짝도 나가지 않았다.

할 일은 많았다. 영왕전에 대비한 훈련. 정보 수집. 전략 책정—.

하지만 심심하다고 생각해 버린다.

의욕이 나지 않았다. 귀찮아서 아무것도 하기 싫었다. 머리가 멍하여 생각조차 그만둬 버릴 것 같았다.

오스틴 가문의 숙녀가 이러면 안 되잖아!

그렇게 기합을 넣고 침대에서 기어 나오니 이미 해가 상당히 높이 떠 있었다.

……이렇게 나태할 수가. 얼른 정신 번쩍 차리고 움직여야겠다.

잠을 깨우는 데는 목욕이 제일이다. 나는 재빨리 준비하고 기숙사의 욕탕으로 향했다.

가면서 본 기숙사 내는 어딘가 들뜬 분위기였다. 학생들의 발걸음이 가벼웠고, 잡담하는 목소리도 음이 높았다. 전반기 급수전이 끝나고 수업도 적은 기간에 들어갔기 때문이리라.

무엇보다 학생 대부분은 개최가 코앞으로 다가온 영왕전에 출전하지 않는다.

당대 최강의 정령술사를 정하는 세계 최대의 투술 대회 · 영왕전은 이곳 정령술 학원에서 열린다. 이유는 물론 살상 행위를 무효화하는『무혈진』이 있기 때문이다.

학원생은 일단 입학하면 학원 밖으로 거의 나가지 않는다. 학원에 입학하는 것은 일종의 수행이라서, 취급만 따지면 수도원에 들어가는 것과 같았다. 졸업하기 전에 귀향하기라도 하면 연약한 녀석이라는 비난을 면할 수 없다.

그런 폐쇄적인 환경에서 몇 년이나 지내는 학원생에게 영왕전은 1년에 한 번 있는 축제 같은 것이었다. 나처럼 출전하는 사람과는 긴장감이 전혀 달랐다.

"아, 엉터리 아가씨."

탕에 들어가기 전에 몸에 물을 끼얹고 있으니 그런 말이 들렸다. 아무래도 날 부른 것 같았다. 돌아보자 벌거벗은 필이 자박자박 걸어오고 있었다.

"……그렇게 부르지 말아 줄래?"

"응~? 싫어!"

"싫다니……."

이렇게 태연하게 거부하니 나도 물고 늘어질 마음이 안 들었다.

“이런 시간에 별일이네~.”

필은 나무통으로 목욕물을 퍼서 머리부터 좌악! 뒤집어 쓰더니 고개를 저어 개처럼 물을 탈탈 털었다.

“뭐…… 그냥 좀.”

조금 전까지 자고 있었다는 말은 할 수 없었다.

나는 필이 튀기는 물방울을 막으며 목욕물에 몸을 담갔다.

이어서 필이 내 옆에, 제대로 발끝부터 담갔다. 조금은 다소곳해졌구나. 막 입학했을 때는 엉덩이부터 뛰어들었는데.

“뭔가 처량 맞은 얼굴이야!”

그렇게 생각하자마자 무례한 말을 들었다.

나는 울컥하여 필의 상기된 얼굴을 보았다.

“실례야. 곧 영왕전이기도 해서 좀 긴장하고 있을 뿐이야.”

“긴장돼?”

“당연하잖아. 가문의 이름을 짊어지고 싸우는 거니까…….”

대사조님이 칭호 포기를 선언하고 얼마 후, 친가인 오스틴 가문으로부터 영왕전에 나가라는 지시가 왔다. 게임판에 놓는 말은 많을수록 좋다. 밑져야 본전인 거겠지.

“지 군도 요즘은 훈련만 하고 상대해 주질 않아. 맨날 엘비스 군이랑 연술장(練術場)에 틀어박혀 있어.”

우우~ 하고 필이 뺨을 부풀렸다.

“알아. 평소엔 서로 라이벌시하는 그 두 사람이 함께 훈련이라니…… 그만큼 이번 영왕전은 특별한 거지."

"응~?"

필이 어째선지 고개를 갸웃했다. 내가 이상한 말을 했나?

"뭔가 남의 일처럼 말하네."

필이 선뜻 꺼낸 그 한마디가 내 가슴에 박혔다.

"나가지 않아? 영왕전. 그러면 좀 더 초조해한다든가, 고민한다든가, 할 것 같은데. ……혹시 잘할 마음이 없어?"

"이, 있어! 좋은 기회인걸. 잭을 쓰러뜨려 줄 거야!"

"지 군만? 그 두 사람은 전~부 쓰러뜨리고 우승할 작정인 것 같던데."

"아……."

지망하는 바가 무의식중에 낮아져 있음을 지적당하고, 나는 입을 다물었다.

……그랬다. 사실은 이미 자각하고 있었다. 그저 인정하고 싶지 않았을 뿐이다.

나는, 잭이나 엘비스 씨보다 뒤떨어진다.

실력이 아니라. 노력이 아니라.

—재능이.

실제로 허세를 부리며 말한 목표조차 두 사람에게 미치지 못했다.

그런 건 알고 있다.

2년 반이나 있었으니까…… 싫어도 알게 된다…….

"있잖아, 엉터리 아가씨."

"언제까지 그렇게 부르려는 거냐고……."

"지 군을 좋아해?"

"흐극."

얘는 갑자기 무슨 말을 하는 거야! 이상한 숨소리를 내버렸잖아! 경망스럽게!

"……그런 거 아니야. 몇 번이나 말했잖아?"

"그렇구나. 뭐, 어느 쪽이든 상관없지만."

"뭐야, 느닷없이……."

"일단 먼저 확인해 둘까 싶어서."

"무슨 얘기를 하고 싶은 건지 모르겠어."

필은 양손을 쭉 뻗더니 당연하다는 듯 말했다.

"이번 영왕전으로, 다들 지 군을 무시할 수 없게 되잖아?"

"……그럴지도 모르지."

이토록 주목도가 높은 영왕전은 처음이다. 이 커다란 무대에서 학생 신분으로 결과를 남긴다면 다들 내버려 두지 않을 거다. 잭의 실력과 재능이라면 충분히 있을 법한 일이다…….

"그러면 다들 내버려 두지 않을 거야."

"혼담이 들어올 거란 말이야……?"

"응."

잭은 백작가의 적장자다. 열한 살이라는 나이도 고려하

면 그럴 가능성은 크다.

"그래서 있지, 먼저 선언해 두기로 했어."

필은 똑바로 내 눈을 보고 단언했다.

"—지 군은 내 거야, 하고."

나는 숨을 삼켰다.

자주 같이 다니는 여섯 명 중에서 필은 가장 어린애처럼 보였다. 천진난만하고, 솔직하고, 순수하고— 하지만 어쩌면 가장 억센 사람은 이 아이일지도 모른다…….

"우리가 정말로 결혼하면 다들 기뻐해 줄까?"

"……응."

나는 긍정했다. 진심으로.

"분명 다들 힘껏 축하해 줄 거야. 물론 나도 그렇고."

"그런가…… 다행이다!"

그렇게 말하고서 필은 활짝 웃었다.

2년 반이 지났어도…… 겉과 속이 다르지 않은 그 웃음만큼은 변함없었다.

이 아이는 열심인 거다. 한번 정하면 절대 흔들리지 않는다. 어떤 장애물이 가로막든 넘어서려고 할 것이다. ……그에 비해—.

그렇게 나는 **자신에게 부족한 것을 헤아리기 시작했다.**

◆

나는 자율 훈련을 마치고 혼자 기숙사 로비에 들어갔다.

곧 있으면 욕탕이 붐빌 시간이다. 이 틈에 땀을 씻어 버리자. 그렇게 생각했을 때, 마침 목욕하고 나온 듯한 사람이 기숙사 안쪽에서 나타났다.

"응? 여, 가웨인. 지금 돌아왔어? 땀내 쩐다~ 하하하!"

루비 버그슨이었다. 머리카락이 촉촉하게 젖었고, 얇은 셔츠 한 장으로 상체를 가리고 있었다. 셔츠도 상당히 오래 입은 모양인지 목이 늘어나서, 까딱하면 안이 보일 것 같았다. 이렇게나 무방비하다니……!

"너……."

"뭐야. 왜 화내는데? 그보다 이쪽을 봐."

"여긴 공공장소야. 그런, 그, 파렴치한 모습으로 돌아다니는 건—."

"……아하?"

루비 버그슨이 히죽 입꼬리를 올렸다. 변변찮은 일을 생각하는 얼굴이었다.

"흐응~ 뭐야. 있구나? 그런 게? 기사님한테도?"

"무슨 얘길 하는 거야!"

"그렇겠지. 기사님도 후사를 만들어야 하니까. 흐응~ 헤에~."

불쾌하다……. 이때라는 듯이 기고만장한 얼굴을 하고 있었다.

“고개 처박고 빌면 보여 줄 수도 있는데.”

“네 녀석…… 나를 우롱하는 건가……!”

“그럼요, 하고 있죠~ 호이호이.”

루비 버그슨이 셔츠의 목 부분을 잡아당기며 나를 도발했다.

이 자식……! 이대로 있으면 녀석의 페이스에 말린다. 화제를 돌려야 한다.

얼핏얼핏 보이는 가슴 부근에서 시선을 떼자 루비 버그슨의 머리 위가 신경 쓰였다.

커다란 베레모— 입학했을 때부터 줄곧 쓰고 있는 모자였다. 나는 이걸 쓰지 않은 버그슨을 본 적이 없었다.

“너…… 그 모자, 목욕한 뒤에도 쓰고 있는 건가?”

무심코 손을 뻗으려고 했을 때.

“만지지 마!”

버그슨이 모자를 양손으로 누르고서 몸을 지키듯 거리를 벌렸다.

나는 손을 뻗으려던 자세 그대로 굳어 버렸다.

깜짝 놀랐다. 이렇게까지 거부할 줄은…… 몰랐다.

“아…… 아니, 그게, 좋아하는 모자라서! 땀범벅인 손으로 만지면 곤란하니까!”

버그슨은 이성이 돌아온 것처럼 황급히 둘러댔다. 모자는 여전히 누른 채로.

"아니…… 나야말로 미안하다. 무신경했어."

"알면 됐어! 알면!"

버그슨은 꾸며 낸 목소리로 웃고 마침내 모자에서 손을 뗐다.

저 모자에…… 뭔가 있는 걸까?

……아니, 그만두자. 타인의 비밀을 함부로 캐내서는 안 된다.

"그보다도!"

조금 강제적으로 버그슨이 화제 전환을 꾀했다.

"영왕전 준비는 잘하고 있어? 역시 너도 나갈 거지?"

"너야말로. 『쓰레기 수거인 버그슨』이 제자들을 소집했다고 들었어."

"그 쓰레기에게 패배하지 않도록 조심해. 자만과 방심은 너희의 전매특허잖아?"

"흥. 급수전의 전적은 나한테 지고 있으면서 말은 잘하는군."

"고작 1승 차이잖아! 맨 처음에 치사하게 이긴 걸 빼면 동점이야!"

"전반기 승률은 내가 더 높았어."

"그것도 크게 다르지 않다고! 너 이 자식, 영왕전에서 만나면 수많은 관중 앞에서 철저히 밟아 주겠어!"

"해 봐. 어차피 무리겠지만."

"헹! 아닌 척 밝히는 주제에!!"

"뭐……?! 아무 근거도 없는 헛소리를!"

"내 가슴을 힐끔힐끔 봤잖아~?"

"안 봤어!"

"봤거든요~! 호이호이!"

"뭐 하는……! 그만둬! 이런 데서 가슴 부근을 잡고 펄럭거리지 마……!!"

스승과 제자

갑자기 집중력이 끊어져서, 나는 양쪽 무릎에 손을 짚었다.

"하아……!!"

"수고했어, 잭 군. 많이 안정됐네."

나는 엘비스가 건넨 물통을 받아 쭉 들이켰다.

내가 있는 곳은 연술장— 정령술 훈련용으로 마련된 학원의 시설이었다. 나는 요즘 엘비스와 함께 매일 여기 틀어박혀서 새로운 기술 개발에 여념이 없었다.

지난번에 와인관에서도 그랬지만, 나는 『새벽의 검』이 없으면 공격력이 극단적으로 떨어진다. 대질량 공격 《화식》이 항상 통용될 거라는 보장도 없고, 다른 공격 수단을 마련할 필요가 생긴 것이다. 이 신기술은 그 과제에 대한 답이었다.

"남은 과제는 충전 시간 정도려나?"

엘비스가 크게 금이 간 벽을 보며 말했다.

나는 물통을 입에서 뗐다.

"어느 정도는 어쩔 수 없어. 원리적으로."

"뭐, 그렇지. 반대로 말하면, 충전 시간만 확보되면 위력을 무한히 높일 수 있다는 것이기도 하고……."

"다른 행동을 하며 충전하는 게 가장 좋겠지, 결국. 이제

부터는 별로 집중하지 않아도 쓸 수 있도록 익숙해져 나가기로 할까.”

문득 창밖을 보니 캄캄했다.

“슬슬 끝낼까.”

“그러자.”

우리는 뒷정리를 하고 연술장을 나왔다.

항상 여기저기에 사람이 있는 학원이지만, 역시 밤에는 인적이 드물었다.

다른 학생 기숙사에서 새어 나오는 빛을 가로지르며, 우리가 쓰는 기숙사를 향해 걸었다.

“왕권파와의 교섭 쪽은 어때?”

“덕분에 순조로워. 영왕의 칭호가 손에 들어올 확률은 이로써 반반이야.”

“그 확률을 우리가 조금이라도 높일 수 있다면 좋을 텐데 말이지.”

“할 수 있어. 대진 운도 있고, 우승이 아주 허무맹랑한 얘기는 아니야.”

“영왕인가…… 전혀 실감이 안 나는데.”

정령술사계 최강의 칭호— 만약 거기까지 오른다면…… 분명…….

기숙사에 도착했다. 욕탕, 아직 열려 있을까? 그런 생각을 하며 문을 지나 로비에 들어갔다.

그러자 어째선지 라켈이 기다리고 있었다.

"어서 와, 잭. 늦게까지 수고했어."

"으…… 응……?"

왜 라켈이? 교원의 숙소는 따로 있는데…….

"엘비스, 넌 가도 돼. 욕탕, 아직 열려 있으니까."

"아, 네……. 그럼……."

불온한 분위기를 감지했는지, 엘비스는 후다닥 떠났다.

뭐, 뭔데? 나 뭔 짓 했나?

"그런 곳에 서 있지 말고 여기 와서 앉지 그래? 훈련해서 피곤하잖아."

"네……."

어째선지 존댓말을 쓰고 말았다.

내가 로비 한편에 마련된 담화 공간에 앉자, 맞은편에 라켈이 앉았다. 완전히 교무실에 불려 온 분위기라, 나는 조건 반사적으로 긴장했다.

라켈은 테이블 너머에서 내 얼굴을 똑바로 바라보았다.

"……뭔가 숨기고 있는 거, 없어?"

가슴이 철렁했다.

설마, 들켰나? 나랑 엘비스가 『비프론스』를 쫓고 있다는 걸.

라켈의 눈이 가늘어졌다.

"그 얼굴…… 역시 있구나. 숨기는 거."

으엑, 한번 떠본 것에 당했다!

"아냐, 없어, 그런 거, 전혀."

"거짓말. 아까 『들켰나?』라는 표정을 지었어."

예리하다……!

"차, 착각한 거 아니야?"

"그럼 왜 갑자기 엘비스와 훈련하게 된 거야?"

"그, 그건……."

"너희…… 멋대로 둘이서 뭔가 저지르려는 거 아니야?"

완벽히 무마할 수 없을 것 같았다.

하지만 라켈에게 걱정 끼치고 싶지 않았다.

그래서 나는 강경 수단을 썼다.

"너무 캐내려고 하지 마! 스승님도 나한테 말 못 하는 것 정도는 있잖아?!"

라켈은 욱한 얼굴로 입을 다물었다.

좋았어……. 말이 조금 심했을지도 모르지만, 이 기세로 이 자리를—.

"그럼 내 비밀을 얘기하면 너의 비밀도 가르쳐 줄 거야?"

"어? 그건—."

"나 실은 기억 상실이야. 자, 말했어."

간단히 나온 말을 내 머리는 이해하지 못했다. 지금 뭐라고 한 거야?

"봤지? 나한테는 말 못 할 일 같은 건 없어. 그러니까 말해, 잭. 자, 어서."

"아니, 잠깐잠깐잠깐! 별일 아닌 것처럼 넘어가지 마! 기억 상실?! 그런 얘기는 처음 들었어!"

"말한 적 없으니까."

"어떻게 된 거냐고?!"

라켈은 뾰로통하게 불만스러운 표정을 지으면서 얘기하기 시작했다.

"말한 대로야. 100년 전— 아니, 90년쯤 전부터 이전의 기억이 내게는 없어."

"90년 전이라니…… 여행을 시작한 게 분명 80년 전이라고 했었지?"

"맞아. 전부 잊어버려서 10년 정도 툴라에게 보호받고—."

"스톱! ……방금 툴라라고 했어?"

"응. 정신 차리고 보니 기억을 잃어서 방황하던 나를 도와준 게 그 사람이었어."

"그것도 처음 들었는데……."

"얘기하지 않았으니까."

이, 이 녀석…… 4년이나 함께 있었으면서 얘기하지 않았던 것을 이런 어처구니없는 타이밍에……! 좀 더 만들라고! 중요해 보이는 분위기를!

"기억을 얼마나 잃은 거야? 일반적인 지식은 남아 있는 정도……?"

"문자 정도는 읽을 수 있었어. 그것 외에 아는 건, 이름

뿐이야. 내 고향이 어디인지, 무슨 목적으로 고향을 떠났는지…… 내 나이조차 몰라. 지금도.”

“왜 기억을 잃게 된 거야?”

“글쎄……. 머리가 아팠으니까, 어딘가에 부딪힌 걸지도.”

어딘가에 부딪혔다니……. 어느새 생겨나 있는 생채기처럼 말하지 마.

“그럼 정령술 수집은? 그게 스승님의 목적이었잖아?”

“툴라와 함께 지내면서 머릿속이 정리되었는데……. 왠지 정령술을 찾아야 한다는 기분이 들었어. 혹시 그게 기억을 잃기 전의 목적이었을까 싶어서 일단 계속하고 있을 뿐이야.”

일단 계속한 게 80년이냐. 역시 엘프는 시간의 스케일이 다르다…….

“실제로 무슨 정령술을 찾고 있는지도 나는 몰라. 그걸 찾으면 떠오를지도 모르지…….”

“특정한 정령술이라기보다는 자신의 기억을 찾고 있는 거구나…….”

“그럴지도 몰라. 솔직히 이제는 별로 관심 없지만.”

가지라고, 관심을. 본인 일이잖아.

“내 얘기는 어찌 되든 좋아.”

어찌 되든 좋지는 않다고 태클을 걸고 싶었지만, 내 앞으로 쑥 다가오는 라켈에게 거역할 수는 없었다.

“나는 말했어. 잭도 말해. 숨기고 있는 거.”

“아니, 스승님은 딱히 숨겼던 게 아니잖아…….”

“말해. 빨리. 얼른.”

나는 결국 전부 실토하고 말았다.

도적단 『진홍의 고양이』의 배후에 『비프론스』라는 범죄자가 있었을지도 모른다는 것.

영왕전과 같은 시기에 불법 도박 적발 계획이 진행되고 있다는 것.

그걸 발판 삼아 『비프론스』의 정체를 알아내려 한다는 것.

엘비스가 공범자인 것도 잊지 않고 보고했다.

“하아~~~~~~!”

얘기를 다 들은 라켈은 기나긴 한숨을 쉬었다.

나는 슬슬 눈치를 보며 말없이 처분을 기다렸다.

“……엘비스를 그냥 보내는 게 아니었는데.”

나직한 목소리.

“둘이 같이 혼쭐을 내줬어야 했어.”

으아아아아! 살려 줘~!

라켈이 와들와들 떠는 내 옆으로 이동하여, 내 양쪽 어깨를 단단히 잡았다.

도망칠 수 없다면 최소한 시선이라도 피하자는 마음에, 나는 얼굴을 옆으로 돌렸지만.

“이쪽 봐.”

"끄엑."

라켈이 힘으로 나와 눈을 맞췄다.

눈동자를 통해 마음속에 집어넣듯— 스승이 말했다.

"어린애면서 무슨 일에 관여하고 있는 거야……!"

라켈의 목소리는 살짝 떨리고 있었다.

억눌린 분노가 배어 나온 것이었다.

하지만 내게는, 눈물을 참고 있는 것처럼 들리기도 했다.

"정말로…… 너는, 항상 위험천만해……! 아이답지 않게 똑똑한 주제에, 위험할 때만 묘하게 폭주하고……! 도적에게 유괴당했을 때도 그랬어. 다른 아이들을 대피시킨 시점에 자신도 도망치면 됐을 텐데…… 너는 굳이 두목과 대결하기를 택했어……."

그때는…… 확실히 냉정하지 못했던 걸지도 모른다. 적의 술수를 간파하고 자만해서, 뼈아픈 반격을 받아도 도망치자는 생각 같은 건 조금도 하지 않았다.

뭔가에 자극받은 것처럼 충동적으로 죽고 죽이기를 선택했다.

라켈의 손에 힘이 들어가는가 싶더니— 나를 꽉 끌어안았다. 부드러운 가슴에 얼굴이 푹 파묻혔다. ……따뜻하고, 좋은 냄새가 났다.

"……사실은, 내가 전부 해 주고 싶어."

라켈은 나를 품에 안은 채, 귓가에서 속삭였다.

"나한테 전부 맡겨 줬으면 좋겠어……. 딱 붙어서 전부 의지했으면 좋겠어……. 그러는 편이 훨씬 안심이 돼. ……하지만, 나는…… 스승이니까."

나는 라켈의 등에 팔을 둘렀다.

처음 만났을 때와 비교하면 나도 많이 성장했다. 키가 컸고, 팔도 길어졌고, 손도 커졌다. 그래서 새삼 이렇게 안아 보니, 라켈이 가늘고 가냘픈 여자라는 게 실감되었다.

따뜻하고. 부드럽고. 상냥하고. 강하지만…… 연약한 부분도 있어서.

절대로 잃고 싶지 않다. 그러니까—.

나는 몸을 살짝 떼고, 지척에서 라켈의 얼굴을 응시하며 고했다.

"스승님…… 나는 이러려고 정령술을 배웠어."

확실하게, 생각을— 하고 싶은 일을.

"처음에 말했었지? 지키고 싶은 것을 지키기 위해. 그게 다야. 정말로 그것만을 위해, 나는 지금까지 살아왔어. 그 『지키고 싶은 것』 중에는 스승님도— 라켈도 물론 들어가 있어."

라켈의 눈이 아주 살짝 커졌다.

"위험해 보일지도 모르지만, 바보라고 생각할지도 모르지만, 그걸 위해서 이건 필요한 일이라고 생각해. 그러니까, 라고 말하는 것도 이상하지만, 그러니까—."

이번에는 반대로 내가 라켈의 어깨를 잡고.

라켈의 마음속에 집어넣었다.

"—믿어 줘. 자신이 키운 제자를."

그 순간.

갑자기 라켈이 고개를 돌렸다.

"……? 왜 그래?"

"아니…… 보지 마……!"

밀어내려고 하는 손을 피해서 살펴보니, 라켈의 얼굴은 새빨개져 있었다.

"이, 이건……! 그, 그런 거 아니야……! 뭔가 잘못된 거야……!"

그건 마치 풋풋한 사춘기 소녀 같은 반응이라서—.

왠지 나까지 얼굴이 뜨거워졌다.

"스, 스승님…… 제자를 상대로 무슨 얼굴을 하는 거야……."

"아니라니까! 조금 더워서 그래!"

쑥스러운 마음에 일부러 놀리듯 말했더니, 라켈은 얼굴에 손부채질을 하기 시작했다.

둘러대는 걸 너무 못하잖아……!

너무 서툴러서 이상한 것까지 생각나 버렸다.

『히히히히! 제자에게 손대지 않게 조심하거라.』

막 입학했을 때, 학원장이 라켈에게 그런 말을 했었더랬지, 하고.

오, 오오오……!! 진정해……! 나한테는 필이 있다고. 그래, 필이 있어. 필이. 필……!

시야 끄트머리에서, 붉은 기가 조금 가신 라켈이 내 쪽을 힐끔 보았다.

"……많이 컸구나, 잭."

행복의 짜릿함

라켈과 헤어지고 욕탕에서 땀을 씻어 낸 후, 내 방으로 돌아왔다.

"필~ 깨어 있어~? 어라……."

동거인인 필은 어디에도 없었다. 대신 테이블에 메모가 한 장 있었다.

『숨바꼭질하자! 지 군이 술래야!』

"이 녀석은 난데없이 무슨 말을 하는 거야……?"

필이 뜬금없는 행동을 하는 것은 늘 있는 일이지만.

창밖을 보니 달빛이 밤의 어둠을 밝게 비추고 있었다. 하지만 밤이기는 했다. 이런 시간에 숨바꼭질이라니…….

"내버려 둘 수도 없고……."

어쩔 수 없지. 잠깐 찾아 주기로 할까.

일단 방 안과 기숙사 안을 얼추 찾아봤지만 안 보였다.

밖에 있는 걸까. 나는 로비에서 기숙사 밖으로 나갔다.

자, 그럼…… 어디에 있을까?

역시 학원 밖으로 나가진 않았겠지만, 학원 부지만 봐도 상당히 넓다. 학원이라고 할까, 학원도시니 말이지. 마구잡이로 찾는 건 무모하다.

……뭔가, ……옛날 생각이 난다.

필과 처음 만난 그날도, 나는 이렇게 필을 찾았었다.

저택 안을 찾아도 안 보이고, 사용인들로부터 갖가지 악행을 전해 듣고— 그 후 저택을 나가서, 부지를 둘러싼 울타리에 구멍이 있음을 알아차리고—.

"숲……."

기숙사 근처에도 작은 숲 같은 구역이 있었다. 숲이라고 할까, 임야라는 느낌이었다. 간단히 포장된 길을 빠져나가면 들판 같은 곳이 나온다.

그곳은…… 새삼 생각해 보니.

필에게 끌려가 라켈을 찾았던 그 장소와— 조금 비슷한 것 같았다.

"……가 볼까."

따로 짚이는 곳도 없었다. 나는 숲 쪽으로 걸음을 옮겼다.

차가운 밤바람이 불어와 들판의 풀들이 물결쳤다.

둥글게 탁 트인 공간을, 중천에 뜬 달이 어슴푸레하게 비추고 있었다.

한 여자아이가 별들이 반짝이는 밤하늘을 올려다보고 있었다.

밤색 머리카락이 어깨 근처에서 바람에 흔들렸다.

"필, 찾았다."

선언하자, 필이 나를 돌아보고 수줍게 웃었다.

"흐헤헤. 들켜 버렸다~."

"전혀 안 숨었잖아. 뭘 하고 싶었던 거야?"

"글쎄……. 제대로 날 찾아 줄지 확인하고 싶었던 걸지도."

……? 잘 모르겠다.

나는 필의 옆으로 다가가 들판을 둘러보았다.

"……여기 말이야. 조금 비슷하지? 다임쿠르드의 그곳과."

"헤헤~ 알아차렸어?"

필은 기쁜 듯 웃었다.

쓰러져 있던 라켈을 발견했던 들판— 라켈과 수행할 때는 거점이 되기도 했었다. 고향인 다임쿠르드 안에서도 추억이 많은 장소였다…….

"여기로 날 부르고 싶었던 거야?"

"그럴지도. ……응. 그럴지도 몰라."

"애매하네……."

"나도 잘 모르겠어. 지 군에게 하고 싶은 얘기가 있어서, 어디서 얘기할까~ 하고 생각했더니 이곳에 있었어."

"하고 싶은 얘기?"

"응. ……아, 하지만 어떨까. 굳이 따지자면 지 군이 얘기해 줬으면 좋겠다는 생각도 들어. 내가 아니라 지 군 쪽에서."

아니, 뭘 얘기해 달라는 건데. 무슨 말인지 전혀 모르겠다.

"있지, 지 군. 우리 앞으로 어떻게 될까?"

필은 평소와 전혀 다름없는 톤으로 그런 말을 했다.

"장래에 관해 말하는 거야?"

"영왕전이 있잖아? 지 군이 우승할 거잖아? 엄청 대단해질 거잖아?"

"아니아니."

당연하다는 듯 우승을 전제로 하지 말아 주세요. 최대한 노력할 거지만.

"그리고—."

필은 아주 살짝 톤을 낮췄다.

심각하게, 진지하게— 이건 농담이 아니라고 못을 박듯이.

"—결혼, 할 거잖아?"

안색을 살피는 듯한 시선을 내게 보냈다.

입가에는 희미한 미소가 걸려 있었다.

그 미소에 어떤 의미가 있는지, 당장은 알 수 없었다.

"……그럴지도, 모르지."

귀족으로서는 전혀 이상하지 않은 일이다. 벌써 열한 살이다. 저번에 엘비스도 약혼자 후보가 있다고 했었다.

하지만 나는— 상대가 이미 정해져 있었다.

확실하게, 공식적으로, 진심으로 약속한 건 아니지만…… 우리 부모님도 완전히 그럴 작정일 터다.

당연히, 나도. ……필도.

"결혼해서 아이를— 음~ 세 명쯤 낳고, 다임쿠르드의 그 저택에서 함께 사는 거야. S반 아이들도 이따금 놀러 오고…….”

미래를 이야기하는 필의 목소리는 꿈을 꾸는 것 같았다.

동시에 어딘가 불안함도 담겨 있었다.

“그런 미래가 있으리라는 걸, 나는 알고 있어. 알고 있거든? 알고 있는데……. 왜일까. 생각하면 생각할수록, 그게 아주 멀게 느껴져서……. 잡을 수 없는 미래처럼 느껴져서…….”

달 아래에 선 필의 모습이 어째선지 아련하게 보였다. 당장에라도 손가락 사이로 스르르 빠져나가 버릴 것 같았다…….

그래서 나는, 망설였다.

손을 뻗어서 필을 끌어안는 것을, 망설였다…….

“……그러니까 지 군. 말해 줬으면 해.”

간청하는 듯한 대사였으나.

음성에는 굳은 심지가 있었다.

“투박할 만큼 확실한 말로. 나를…… 나를, 좋아한다면. 나를, 붙잡아 줄 거라면.”

필은 바랐다.

결투에 임하는 용사처럼 결연하게.

“—나에게, 프러포즈해 줘.”

바람이 불었다.

나뭇잎 스치는 소리가 퍼지며 풀 냄새가 주위를 채웠다.

달이 우리를 지켜보듯 빛을 내리비치고 있었다.

……필에 관해서라면 뭐든 알고 있다고 생각했다.

늘 씩씩하고. 늘 천진난만하고. 다른 사람과의 거리를 능숙하게 좁히고. 의외로 머리가 좋고. 어리광쟁이고. 어리광을 받아 주고 싶어 하기도 하고―.

하지만 지금껏…… 본 적이 있었던가.

필의, 이런― 진지한 표정을.

지금껏― 4년이나 함께한 나에게도 보여 주지 않았던 일면을 보인다는 것.

그 의미를, 나는…… 올바르게, 이해했다.

이제 타인으로 있고 싶지 않다. 일심동체가 되고 싶다. 앞으로의 인생을― 앞으로의 자기 자신을― 모든 것을 공유하자.

그건 각오였다.

필은― 각오를 보이고 있었다.

그렇다면 나는―.

"아~."

나는 머리를 벅벅 긁었다.

"뭐랄까, 이거…… 나 상당히 멋없지 않아?"

"지 군은 멋있어."

"그거참 고맙네."

필은 키득키득 웃었다.

나도 미소 지었다.

그리고서— 표정을 다잡았다.

"필."

"응."

이런저런 말이 머릿속을 스쳤다.

전생을 포함해 다양한 기억이 주마등처럼 스쳐 지나갔다.

무슨 말을 해야 할지.

나는 필에게 무엇을 바라는지.

그것을 찾고, 찾고, 찾아서—.

—마침내 찾아냈다.

"나와 같은 인생을 살아 줘."

여동생에 의해 전생이 끊어지고, 지금 여러 사람의 도움을 받아서 이어가고 있는 이 인생을.

기적 자체인 이 길을, 만약 함께 걸어가 줄 사람이 있다면—.

필은 미소 지었다.

"……나여도 괜찮아?"

"필을 원해."

너를 원한다. 네가 좋다.

이 기적을, 누구보다도 너와 함께 누리고 싶다.

그렇게 말하자 필의 눈에 커다란 눈물이 맺혔다.
"그렇구나…… 나를 원하는구나…… 그렇구나……."
나는 쓴웃음을 짓고서, 눈물을 뚝뚝 흘리는 필을 끌어안았다.
"그렇게 울지 마. 미안해지니까."
"고마워…… 지 군…… 고마워……."
"그건 내가 할 말이겠지."
툭— 필의 이마에 내 이마를 맞댔다.
눈물을 흘리며 웃고 있는 필의 얼굴이 코앞에 있었다.
코끝이 살짝 닿고, 뜨거운 숨이 입술에 닿았다.
계속해서 흐르는 눈물을 엄지로 닦아 줬다.
"필."
"응."
"사랑해."
"나도."
입술이 맞닿았다.
부드러운 감촉과 달콤한 감각이 뇌를 깊숙이 꿰뚫었다.
……지금 온몸을 짜릿하게 하는 것이 아마도 행복이란 거겠지.
이번에야말로 행복한 인생을 살고 싶다고 바라기 시작한 두 번째 인생.
그 하나의 도달점을, 밝은 달이 조용히 내려다보고 있었다…….

이튿날. 바로 심부름꾼을 시켜서 다임쿠르드에 있는 부모님에게 약혼을 보고했다.

답장은 놀랍도록 빠르게 왔고, 심지어 질릴 만큼 축복받았다. 필의 부모도 똑같았다. 어른들은 이때를 기다렸던 게 아닐까.

쌍방의 친족이 마침 영왕전 때문에 왕도에 모이기로 해서, 정식 보고와 인사는 그때 하게 되었다.

그다음에는, 뭐, 일단 전투과 S반 애들한테도 보고해 두기로 했다.

"그런고로 필과 약혼했어."

너무 거창하게 말하는 것도 창피해서 담백하게 발표했더니, 반응도「흐응~」하는 느낌이었다.

"그보다 아직 약혼 안 했었던 거야?"

"나도 이미 약혼한 줄 알았어."

"보고할 게 있다고 해서 아이라도 생긴 줄 알았잖아. 하하하!"

"……열한 살, 그것도 여성이라는 생각이 안 드는 천박함이군, 버그슨."

뭐, 이렇게 되겠지. 평소에 관계를 숨기려고 하지도 않았으니까. 특히 필이.

“하지만, 뭐, 마음이 편치 않은 녀석도 있을 것 같은데? 안 그래? 왕자님이랑 아가씨!”

“어?”, “뭐?!”

루비가 엘비스랑 아젤레아와 친근하게 어깨동무를 했다.

“아니, 나는 딱히……. 알고 있었던 일이고…….”

“내가 뭐 어쨌다는 거야?! 나랑은 아무런 상관이 없잖아!”

“에이, 센 척하지 않아도 돼. 허한 마음을 먹는 거로 달래겠다면 어울려 줄게. 너희가 사.”

“센 척하는 거 아니야~!!”

그리고 또 한 명— 마지막으로 제대로 보고해야 할 사람이 있었다.

나와 필, 두 사람의 스승인 라켈이었다.

“……그래.”

약혼을 보고하자, 라켈은 짧게 그 말만을 했다.

나는 왠지 송구스러워져서 사과했다.

“미…… 미안……?”

“왜 사과해?”

“으음…… 제자 주제에 먼저 결혼해서……?”

“…….”

“아야!”

라켈은 말없이 촙을 날렸다.

하지만 다임쿠르드에서 수행하던 시절의 응징과 비교하면 훨씬 상냥했다.

"……둘 다 축하해. 진심으로 축복할게."

라켈은 웃으며 그렇게 말해 줬다. S반 녀석들도 축복해 주긴 했지만…… 역시 라켈이 말해 주는 『축하해』가 가장 기뻤다.

"아, 스승님. 말할 게 하나 더 있어."

"뭔데?"

"아직 먼 얘기지만…… 식을 올릴 때 주례를 맡아 주지 않을래?"

라켈은 매우 떨떠름한 표정을 지었다.

"……독신이 할 역할은 아니잖아. 학원장님한테 부탁하는 게 어때?"

"그 생각도 했는데, 필이랑도 얘기해 보니까 역시 스승님밖에 없다는 결론이 나왔어. 그치?"

"응! 지 군과 이렇게 친해질 수 있었던 건 스승님 덕분이니까."

처음 키스한 것도 라켈과 함께 잤을 때고 말이지. 라켈은 모르지만.

"……많은 사람 앞에서 얘기하는 거, 잘 못하는데……."

"알고 있지만, 어떻게 안 될까."

"……하아."

라켈은 체념의 한숨을 쉬었다.

"……알았어. 이것도 스승의 본분이라고 생각해 둘게."

"고마워!"

"고마워~!"

둘이서 감사를 표하자, 라켈은 나쁘지 않다는 표정을 지었다.

—그렇게 이래저래 약혼과 관련된 일들을 일단 정리하고.

드디어 이날이 왔다.

영왕전.

최강의 정령술사를 정하는 싸움이, 마침내 시작된다—.

개회 전

해 질 무렵의 교실이었다.

졸업식이 끝난 후, 아무도 없는 고등학교 교실.

그런 전형적인 장소에서 옆집 아이는 내게 그 말을 했다.

『좋아해.』

긴장과는 무관한, 오히려 이완된, 안도조차 느껴지는 표정으로—.

소꿉친구는 내게 그렇게 고백했다.

『줄곧 좋아했어.』

그 말을 들은 나는— 드디어, 라고 생각했다.

아마 나는 마음 한편으로 이렇게 될 것을 기다리고 있었으리라.

최종적으로는 이렇게 될 거라고— 대충 예상하고 있었다.

분명 옆집 아이도 그랬을 거다.

그래서 짐을 던 것 같은 표정을 짓고 있는 것이다.

지금까지 이렇게 되지 않았던 것은, 타이밍이 없었고…… 동생을 내버려 둘 수 없었으니까.

우리는 줄곧 그 녀석의 오빠와 언니로서…… 그 녀석이 혼자서도 괜찮겠다는 생각이 들 때까지 그 역할을 포기할 수 없었다.

그러니 이것은 우리의 졸업 기념이자…… 동생의 졸업 기념이기도 했다.

『내 여자 친구가 되어 줘.』

『……응.』

—그것은 닳아 해진 기억의 단편.

—내 부모님이 교통사고로 사망하기 전날 있었던 일.

◆

학원 부지가 전에 없이 많은 사람으로 넘쳐 났다.

급수 배정 시험 때도 이렇게 사람이 많지는 않았었다. 예년의 영왕전과도 비교가 되지 않았다.

며칠 안으로 이곳에서 새로운 영왕이 탄생한다.

그 순간에 참여하기 위해 온갖 사람이 모여 있었다. 새로운 영왕, 새로운 시대. 이 학원은 지금 역사의 중심에 있었다.

"역시 올해는 특히나 기합이 들어가 있네."

"그러게~! 아, 솜사탕 먹고 싶어!"

학원 곳곳에 지원과 학생이 운영하는 노점이 빽빽하게 늘어서 있었다. 밖에서 온 어른들이 그걸 신기하게 구경했다. 완전히 축제였다. 이벤트를 좋아하는 학원생에게 영왕전은 현대 일본의 학원제 같은 거였다.

필이 먹자고 하는 것들을 간단히 사 먹으며, 나는 정문 근처에 있는 접수처로 향했다. 접수처에는 많은 마차가 서 있었고, 깔끔한 차림새의 신사와 귀부인이 속속 내렸다. 그중에서 찾던 모습을 발견한 필과 나는 달려갔다.

“아버지! 어머니!”

“아빠~!”

우리가 부르자, 세 사람은 일제히 우리 쪽을 보았다. 그중 한 명— 내 아빠인 칼럼 리버가 능글맞게 히죽 웃었다.

“둘 다 오랜만이구나. 신혼 생활은 어때?”

“어? 아니…….”

“으헤헤~♪ 부끄러워~♪.”

“오오! 벌써 부끄러운 일을 하고 있는 건가. 잭, 내 아들이지만 제법…….”

“아, 안 해, 안 한다고!!”

엄마— 매들린 리버가 미소 지으며 아빠를 가볍게 때렸다.

“여보. 아이한테 상스러운 농담은 하지 말아요.”

“하하하! 미안! 기뻐서 나도 모르게!”

“허허허! 이해합니다, 리버 경. 아이의 성장이란 기쁜 법이죠.”

온화하게 웃은 것은 필의 부친. 포스포드 상회를 경영하는 거상, 체르노 포스포드였다.

"딸을 시집보내는 건 서운한 일이라고 들었는데, 상대가 잭 군이라면 납득이 갑니다."

"황송합니다……."

내가 가볍게 고개를 숙이니, 포스포드 씨는「허허허!」하고 또 웃었다.

"딸을 잘 부탁합니다, 잭 군. 잭 군에게라면 안심하고 맡길 수 있어요."

"……네."

힘 있게 고개를 끄덕이자, 풍채 좋은 거상은 너그럽게 웃었다.

"잭은 시합을 앞두고 있으니, 본격적으로 인사하러 다니는 건 영왕전이 끝난 뒤에 하지. 우리도 일정은 여유롭게 잡았고."

"그래요. 잭, 긴장되기도 하겠지만, 일단 마음껏 싸우고 오렴. 그게 너와 필리네 양의 장래를 위한 일이기도 해."

엄마의 말을 듣자, 군기가 바짝 드는 기분이었다.

나와 필의, 장래.

그래…… 이제 우리의 인생은 공유되고 있다.

그렇다면 지켜야 한다.

나와 필의 인생을.

나와 필의 장래를.

"교섭은 완벽해. 왕권파 귀족과의 공동 전선은 완성됐어."

개회식 전에, 나는 엘비스와 만났다. 장소는 전투과 S반의 교실이었다. 학원 전체가 영왕전으로 들끓고 있는 지금, 이곳에는 아무도 오지 않는다.

"하지만 민주파와 전력은 거의 차이가 안 나. 영왕의 칭호를 확보할 수 있을지는 아직 알 수 없어."

"실제로 왕권파와 민주파의 전력 차는 어떤데?"

"음……."

엘비스는 창밖의 거리를 오가는 많은 사람을 내려다보았다.

"우선 이번 영왕전의 우승 후보는 틀림없이, 영왕 툴라클리즈에 버금가는 실력을 가진『9단』이야."

"네 명 중 세 명이 출전을 표명했다던데."

"응. 남은 한 명은 행방이 묘연해. 어쩌면 학원장님이 칭호를 포기했다는 것조차 모를 수도 있어. ―사이가 안 좋았다는 모양이고."

그 9단 술사는 최근 십수 년― 내가 태어나기 조금 전부터 모습을 드러내지 않고 있었다. 애초에 그 사람은 9단 칭호를 가졌으면서 단위전에 나온 적이 없었다.

9단 단위는 통상적은 단위전으로 얻을 수 없고, 왕국에 다대한 공헌을 한 자에게 주어지는 칭호였다. 이 9단 술사도 공적인 자리에서는 일절 싸우지 않고, 왕가와 관련된 살인 사건을 해결한 것을 평가받아 칭호를 받았다고 했다.

분명 이명이—『몽환현자』였던가.

뭐, 이 술사에 관해서는 9단이라는 것보다도 출신에 더 놀랐지만.

"출전이 확정된 세 사람 중 『무투신사』 브래들리 모그리지 9단과 『철의 장군』 덴홀름 바스테도 9단은 우리 쪽에 포섭할 수 있었어. 하지만 문제는 남은 한 명—『신멸귀살』이란 이명을 가진 전투광, 메이지 사우스올 9단이야."

메이지 사우스올— 이명인 『신멸귀살』은 말할 것도 없이 『신출귀몰』을 비튼 것이었다.

이 사람은 여도적 비키와 똑같은 정령술인 【절적의 허혈】을 사용했다.

단, 출력은 차원이 달랐다. 자기 자신을 순간이동(텔레포트)시키는 것은 물론이고, 소문에 의하면 사단 규모의 군대를 순식간에 해저 깊숙이 가라앉힌 적이 있다고 했다.

그건 과장이더라도, 순간이동 능력을 극한까지 이용한 그 전투술은 『대체 불가능(언스토퍼블)』이라는 말을 들을 만큼 자유자재. 그야말로 신출귀몰하다고 했다.

게다가 신을 만나면 신을 베고, 귀신을 만나면 귀신을 벤다는 그 호전성 때문에 『신멸귀살』이라는 흉흉한 이명을 얻게 된 것이다.

전투력은 9단 중에서도 제일이다. 만약 이 사람을 적으로 돌린다면 이보다 더 성가신 일은 없다.

“하지만. 메이지 사우스올은 어떤 귀족도 편들지 않는 한 마리 늑대라고 들었어. 그런 사람이 민주파에 붙을까?”

“모르지. 하지만 민주파 사람이 메이지 사우스올과 여러 번 접촉했다는 정보가 있어. ……어쨌든 우리 왕권파 중 누군가가 메이지 사우스올을 이겨야 한다는 건 변함없어. 영왕이 되는 건 모든 싸움을 이긴 단 한 명이니까.”

“그렇지. 그리고 우리 쪽에는 9단이 두 명 있어. 현재로서는 우리 쪽이 약간 우세한가?”

“그렇게 생각하고 싶지만…….”

엘비스는 복잡한 표정을 지었다.

“……이렇게 말하면 미안하지만, 모그리지 9단도 바스테도 각하도 나이가 꽤 지긋해. 9단으로 임명된 당시만큼 실력이 뛰어나진 않을 거야.”

“바스테도 9단은 가웨인의 스승이었지……?”

『철의 장군』 덴홀름 바스테도 9단은 오랫동안 제자를 두지 않았다고 했다. 정령술사로서는 거의 은거 상태였던 것이다. 그러다 가웨인이라는 재능이 나타나면서 오랜만에 복귀하게 되었다. 그 흐름으로 이 영왕전에도 끌려 나오게 되었고…….

현재 클라이브 씨와 비슷한 나이였을 터. 확실히 젊을 때만큼 강할 거라고 생각하긴 어렵다.

한편 『무투신사』 브래들리 모그리지 9단은 바스테도 9단만큼 노령은 아니다. 특기인 근접 정령 격투술 『매너즈 아츠』는 우아함과 강력함을 겸비하여, 귀족과 평민 모두에게 특히 인기가 있는 정령술사 중 한 명이었다.

격투전에서는 틀림없이 최강급이다. 하지만 정령술뿐만 아니라 자신의 육체를 구사하는 그 전투 스타일은 노화의 영향을 직통으로 받는다.

왕년의 예리함을 잃었으리라는 것은 상상하기 어렵지 않다…….

"반면 메이지 사우스올 9단은 9단 칭호를 획득한 지 아직 10년도 안 됐어. 노쇠함과는 아직 거리가 멀겠지."

"9단끼리 붙으면 우리가 불리할지도 모른다는 건가."

"맞아. 공동 전선을 펴긴 했지만, 시합은 항상 일대일이니까."

9단이 두 명 있다고 해서 2 대 1로 싸울 수 있는 것은 아니다.

"그러니 8단 이하인 우리가 얼마나 선전하느냐가 중요해질 거야. 영왕전의 일정은 타이트해. 계속해서 이기는 한, 하루도 쉴 수 없어. 적측 실력자의 체력을 얼마나 깎아 내는가, 반대로 우리 측 실력자의 체력을 얼마나 온존해 내는가의 싸움이야. 그걸 위해서도 왕권파의 술사를 조금이라도 많이 토너먼트에 남겨야 해."

"기합을 넣어야겠네."

"응. 뭐, 지금은 너무 어렵게 생각하지 말자. —싸우면 돼. 전력으로."

그래, 하고 나는 힘 있게 대답했다.

왕태자와 제3왕자

개회식은 학원의 시설 중에서도 최대의 수용 인원을 자랑하는 제1투술장에서 열렸다. 전국에서 모인 출전자와 관객들이 속속 현관홀로 몰려들었다.

그 로비 한편에서, 엘비스와 나는 늘 같이 다니는 멤버와 합류했다.

엘비스는 늦었다고 투덜거리는 필과 루비에게 한 손을 세워 사과하면서 말했다.

"가웨인 군, 아젤레아 양. 너희의 스승님은 오셨어? 일단 인사해 두고 싶은데."

"사범님도 오실 거라고 했어. 나는 아직 못 만났지만……."

"바스테도 각하와는 개회식 전에 한번 만나 뵙기로 했습니다. 슬슬 이쪽에 오시지 않을까 합니다."

"그렇구나. 가능하면 소개해 줄 수 있을까?"

아젤레아가 소속된 염신천조류의 사범도, 가웨인의 스승인 바스테도 9단도, 둘 다 왕권파다. 엘비스로서는 직접 만나 얼굴을 익혀 두고 싶을 것이다.

혼자 아무런 질문도 받지 못한 루비가 히죽 웃었다.

"이봐, 왕자님~ 우리 영감탱이한테는 인사 안 해도 된다는 거야?"

"아, 아니…… 그런 건 아닌데……."

엘비스는 쓴웃음을 지었다. 루비의 스승, 『쓰레기 수거인 버그슨』이라고 불리는 호제아 버그슨 8단은 귀족을 싫어하는 것으로 유명했다. 하물며 왕족이면 어떻겠는가.

"오, 호랑이도 제 말 하면 온다더니."

"어?"

루비가 엘비스의 등 뒤로 시선을 보냈다.

한 노인이 우리 쪽으로 걸어왔다. 간소한 옷을 걸친 장발의 영감님이었는데, 잘 차려입은 귀족들뿐인 이 공간에서는 매우 눈에 띄었다.

주름진 얼굴을 보면 일흔은 넘은 것 같지만, 지팡이는 짚고 있지 않았다.

오히려 발랄한 생명력을 전신에서 발산하고 있었다.

"여어, 영감탱이! 생각보다 건강해 보이네."

"오, 루비. 그러는 너는 생각보다 안 자랐군. 좀 더 가슴에 살을 붙여."

"이봐, 당신의 귀여운 제자는 말이지, 슬슬 성희롱에 민감한 나이거든?"

"흥. 네 녀석이 『귀여운 제자』였던 적이 있었나 모르겠군. 왈가닥 같으니라고."

부모와 자식 같은 막역한 대화를 루비와 나눈 후, 노인은 날카롭게 우리를 보았다.

“루비…… 너, 귀족 꼬마들과 어울려 논다는 게 정말이었구나. 심지어 한 명은 왕자고.”

“어. 무진장 편리해.”

“편리해서 같이 다닌 거였어?!”

충격받은 아젤레아를 루비가 살살 달랬다.

노인— 호제아 버그슨은 눈을 가늘게 뜨고서 그 광경을 바라보았다.

“……뭐, 네가 원하는 대로 행동하면 돼. 내 개인적인 감정은 너와 상관없으니.”

“하하! 그럼 귀족들 엿 먹이려고 제자를 처넣지 좀 마!”

“시끄럽다. 나는 상류 계급에서 뻐기고 있는 녀석들에게 하극상을 일으키는 게 좋아. 술 마시는 것보다 훨씬 기분이 좋아져.”

“예이예이. 바라시는 대로, 아직 학생이고 심지어 슬럼가 출신인 내가, 나보다 지위가 높은 귀족들을 척척 해치우며 무쌍을 찍어 줄 테니 안심해~.”

“기대하마. 내가 회춘할 만한 싸움을 보여 줘.”

노인은 대충 손을 흔들고서 떠나갔다.

엘비스가 「하아」 하고 한숨을 쉬었다.

“……뭔가, 엄청난 중압을 느꼈어…….”

“재미있는 영감탱이지?”

루비는 깔깔 웃었다. 재미있다고 할까, 별난 영감님이

다…….

"그나저나 순식간에 가 버렸네, 저 영감님. 오랜만에 만난 제자와 할 얘기가 많았을 것 같은데."

"아~ 그건…… 마음에 안 드는 기운을 느꼈기 때문이지 않을까?"

루비가 쓴웃음을 지으며 가리킨 곳에 강인해 보이는 남성이 두 명 있었다.

한 명은 장식이 많은 의례적인 서코트를 입은, 기사 같은 장년 남성이었다. 쉰 살을 넘었을 것 같지만, 강렬한 눈빛은 마치 맹수 같았다. 그저 서 있기만 해도 위압감을 발산해서 매우 다가가기 어려웠다.

다른 한 명은 빨간 머리를 불꽃처럼 세운, 30대쯤 되어 보이는 남자였다. 치켜 올라간 눈과 머리 색, 머리 모양이 거센 인상을 줬다. 전술한 장년 기사에게 누구도 쉽사리 다가가지 못하는 가운데, 혼자서 아무렇지도 않은 얼굴로 담소하고 있었다.

"전하. 저분이 바스테도 각하입니다."

"각하와 얘기 중인 사람이 사범님이야. 소개할까?"

"응. 부탁할게."

장년 기사가 덴홀름 바스테도 9단.

빨간 머리 남자가 염신천조류의 당대 사범— 앨빈 마그난티 8단인가.

둘 다 왕국 정령술사계의 엄청난 중진이고…… 게다가 유서 깊은 귀족이기도 했다. 귀족을 싫어하는 버그슨 8단이 피할 만도 했다.

"세 사람은 어쩔래?"

엘비스가 나와 필과 루비에게 물었다.

저 두 사람을 소개받을 수 있다면 그야 영광이지만…….

"난 패스."

"나도~."

"나도…… 지금은 됐어. 너희끼리 다녀와."

지금 가면 엘비스의 떨거지 같으니 말이지. 아젤레아나 가웨인과 친분이 있는 한, 기회는 또 있을 거다.

엘비스, 아젤레아, 가웨인이 담소하는 두 사람 곁으로 갔다.

엘비스의 모습을 보자마자 바스테도 9단이 무릎을 꿇고 고개를 숙였다.

"으엑~ 나이 먹은 가웨인이잖아."

"가웨인 쪽이 젊은 바스테도 9단인 거겠지만."

"예의 바르네~."

역시 『철의 장군』, 무시무시하다는 느낌마저 드는 충성심이다. 옆에 있는 마그난티 8단은 고개를 숙이는 데서 그쳤는데.

엘비스가 바스테도 9단에게 고개를 들라고 했다. 그 후

가웨인과 아젤레아도 섞여서 담소가 시작되었다.

주위가 소란스럽기도 해서 목소리는 안 들리지만…… 가웨인도 아젤레아도, 평소에 우리에게 보이는 얼굴과는 다른 얼굴을 스승에게 보이고 있었다.

루비도 그랬다. 버그슨 8단과 얘기할 때는 부모를 대하는 것처럼 편해 보였었다. 나나 필도 라켈에게는 분명 다른 얼굴을 보이고 있을 거다. 스승과 제자는 가족과도, 친구와도, 동료와도 다른 특별한 유대로 맺어져 있는 것이다.

다른 사제를 처음으로 보고, 나는 그런 생각을 했다…….

"……슬슬 시간 됐어."

로비에서 여러 가지로 인사를 마치고 개회식장으로 가는 도중에, 엘비스가 나한테만 나직이 말했다.

"……알았어. 나머지는 부탁할게."

"응. 보고는 개회식 후에."

영왕전과 병행하여 진행하는 우리의 목적— 라비니아 피츠헤르베르트 적발.

영왕전 도박은 개회식과 동시에 열린다. 엘비스는 그 도박장을 덮치는 부대에 책임자로서 동행하기로 되어 있었다.

다른 아이들에게도 말을 걸고서 엘비스가 자리를 벗어나려고 했을 때.

"……음? 어디 가는 거지? 엘비스."

반사적으로 마음이 술렁거렸다.

갑자기 끼어든 그 목소리— 끈적하다고 해야 할까, 능글맞다고 해야 할까, 말 속에 비웃음이 담겨 있다는 것을 싫어도 알게 되는 그런…… 신경을 건드리는 목소리였다.

발을 멈춘 엘비스가 목소리가 들린 쪽을 보았고…… 아주 살짝 눈썹을 찌푸렸다.

나는 엘비스가 이렇게 짜증스러워하는 모습을 처음 보았다.

복도 저편에서 호화로운 차림새의 남자가 걸어왔다.

금실 자수가 들어간 예장과 화려한 액세서리. 자칫 잘못하면 천박한 졸부처럼 보일 만한 것들이었으나, 적당량을 적소에 올바르게 사용함으로써 오히려 진짜의 고귀함을 풍겼다.

여성처럼 긴 금발을 과시하듯 빛내는 그 고귀한 남자는 엘비스를 향해 허물없이 웃었다.

"지금부터 개회식이잖아. 안 가도 되는 거야? 내 동생."

동생……?! 즉, 이 녀석도 왕자……!

엘비스를 제외한 우리는 허둥지둥 고개를 숙였다. 이해하지 못한 필과 루비는 나랑 아젤레아가 각각 머리를 눌렀다.

"아아, 괜찮아, 괜찮아. 편히 있어. 너희는 엘비스의 학우잖아? 응, 입 다물고 있는다면 용서해 줄게."

이 자식 뭐야, 하고 루비가 작게 욕했다.

사람을 자연스럽게 내려다봤다. 남들 위에 서는 것이 아주 익숙한 말투였다.

"(……에드워즈 왕태자 전하야. 제발 무례하게 굴지 마, 버그슨.)"

가웨인이 작은 목소리로 주의를 줬고, 루비가 「칫」 하고 혀를 찼다.

—왕태자.

즉, 차기 국왕. 제1왕위 계승자…….

고개를 들고 봐도, 엘비스는 여전히 살짝 인상을 쓴 채 입을 다물고 있었다.

우리는 말없이 추이를 지켜볼 수밖에 없었다.

"왜 그래? 엘비스. 인사 안 할 거야?"

"……오랜만입니다, 형님."

명백하게 마지못해서 하는 인사였다.

하지만 엘비스는 표면상으로는 태연한 목소리로 말했다.

에드워즈 왕태자는 미소 지었다.

"응, 잘했어. 정말 오랜만이네. 학원에서의 너의 활약은 나도 들었어."

"……황송합니다. 형님은 여전하시군요."

"너도. **전에 봤을 때와 달라진 게 전혀 없어**."

나는 눈썹을 찌푸렸다.

지금 한순간, 확실하게— 왕태자의 웃음에 조소가 섞였기 때문이다.

"음……? 왜 그래? 엘비스. 눈이 무섭네. 나는 그저 변함없이 건강해 보여서 안심했다고 말한 건데."

"아닙니다……."

"어이쿠, 내가 착각한 건가? 미안. 너의 눈초리는 때때로 아주 무서워 보이거든. 역시 **야만인의 피**가 섞이면 그렇게 되나?"

"—형님."

그 순간, 전율이 일었다.

"입은 재앙을 부르는 문이라는 말이 있습니다."

표정은 평범했다.

음색은 평탄했다.

하지만 그 말에는 격노가 담겨 있었다.

옆에서 들었을 뿐인 우리조차 몸을 떨었다.

왕태자도 직접 분노를 받고 주춤하는 모습을 보였다.

하지만 금세 입가에 웃음을 머금었다. 갑옷 같은 조소를.

"엘비스……."

에드워즈 왕태자는 동생의 귓가로 얼굴을 가져가 작은 목소리로 속삭였다.

그 내용이 희미하게 들렸다.

"—왕태자는, 나야."

강한 자부심. 혹은 의존심. 그런 것이 담긴 한마디였다.

엘비스는 눈썹을 살짝 까딱했을 뿐이었다. 그 마음속에 어떤 생각이 요동치고 있는지, 나로서는 알 수 없었다.

왕태자는 엘비스와 거리를 벌리고, 언제 비웃었냐는 듯 밝게 웃었다.

"그럼 이만. 형으로서 멀리서나마 응원할게."

에드워즈 왕태자는 엘비스의 대답을 기다리지 않고 떠났다.

그 뒷모습이 복도의 모퉁이 너머로 사라지자 곧장 루비가 내씹듯 말했다.

"저 재수 없는 놈은 뭐야?"

"우리의 정점이 될 것이 내정되어 있는 사람이야."

엘비스가 비아냥을 잔뜩 담아 대답했다.

……아무래도 저 왕태자와는 상당히 사이가 안 좋은 것 같다.

"여기 있다는 건, 왕태자도 영왕전에 출전하는 건가?"

"아니, 저 사람은 정령술사가 아니야. ……입학할 수 없었어, 이 학원에."

나는 쓴웃음을 지었다. 동생이 이렇게나 천재네 신동이네, 극찬받고 있었다. 필시 콤플렉스가 있을 거다.

"다만 교우 관계가 아주 넓으니까, 어떤 술사를 부하 삼아 내보냈을 가능성은 있어."

"그렇더라도 같은 편인 거지? 일단은. 왕권파잖아?"

왕태자니까 당연히 그럴 거라고 생각했지만.

엘비스는 복잡한 얼굴로 왕태자가 사라진 모퉁이를 바라보고 있었다.

"글쎄⋯⋯ 그랬으면 좋겠는데 말이야⋯⋯."

선전 포고

영왕전 개회식은 순조롭게 진행되고 있었다.

"—인사는 이쯤 하고, 다들 기다렸을 예선전 규칙을 슬슬 발표하기로 할까!"

아레나 중심에 있는 학원장이 그렇게 선언하자 관객들이 곧장 흥분했다.

관객석에 섞여 있는 우리 출전자들은 반대로 바짝 긴장했다.

딱! 학원장이 손가락을 튕겼다.

그러자 학원장의 등 뒤에 커다란 천 네 장이 올라와 360도 어디에서나 보이게 사각형을 만들었다.

그 천에는 모두『서바이벌』이라고 자수가 놓여 있었다.

"올해 영왕전 출전자는 예년에 비해 더없이 많다. 토너먼트나 리그전으로 이만한 인원을 처리하는 건 불가능에 가까워! 그런고로 제군은 네 개의 그룹으로 나뉘어서, 이 학원을 무대로 서바이벌전을 벌여 줘야겠다! 영력이 고갈된 자부터 차례대로 퇴장하여, 그룹별로 생존자 여덟 명씩, 총 서른두 명이 내일 이후의 본선에 올라갈 수 있는 것이다!!"

서바이벌전…… 또 엉성한 규칙을 들고나왔다.

"함께 싸우든 배신하든 전부 자유다!! 법에 저촉되지 않는다면, 살아남기 위해 뭘 하든 상관없다!! 가진 수법을 전부 이용하여 최강의 칭호를 노려라!!"

환호성이 터져 나왔다.

나는 그것을 여전히 긴장한 채로 들었다.

……예선전 규칙 발표와 동시에 영왕전 도박이 시작된다고 했다. 지금쯤 학원 어딘가에 있는 도박장에서 왕권파와 민주파에 의한 대리전쟁이 시작되었을 것이다.

"부탁한다, 엘비스……."

◆

밀정에 의하면 올해의 도박장은 제1투술장 위층, 개회식을 내려다볼 수 있는 곳에 있는 제2귀빈실이라고 했다.

나는 엄선한 소수 정예의 선두에 서서 신중하게 그곳으로 향했다.

제2귀빈실로 가는 복도에는 경비를 맡은 정령술사가 몇 명 있었다. 하지만 너무 뻔히 보이게 경비를 깔면 외부인이 의심스럽게 여긴다. 그래서 수도 적었고, 장비도 대단치 않았다. 신속하고 조용히 무력화하는 것은 그렇게 어렵지 않았다.

하지만…… 민주파에 붙었음이 확인된 유력한 술사 여러

명이 개회식에 나오지 않았다. 도박장 경비에 동원됐을지도 모른다. 도박장을 완전히 제압할 때까지 안심할 수는 없다…….

제2귀빈실의 문 앞까지 온 나는 일단 몸을 돌려 적발 부대 열 명을 향해 고개를 끄덕였다.

속공을 가하자.

나는 적발 부대가 마주 고개를 끄덕이는 것을 확인하고서 지시를 내렸다.

"돌입."

†

라비니아 피츠헤르베르트는 제2귀빈실의 유리벽으로 영왕전의 개회식을 내려다보고 있었다. 옆에는 얼굴 절반을 가면으로 가린 남자, 아론이 서 있었다.

"호오. 그룹별로 여덟 명을 지명하는 거군요."

"많이 맞힐수록 배당이 많아지는 것 같습니다."

"여덟 명을 모두 맞히면…… 호오! 100배! 이거 좀이 쑤시는군요……!"

영왕전 도박은 이미 시작된 상태였다.

막대한 돈과 욕망, 스릴, 그리고 거금을 움직인다는 희열이 시가 연기와 함께 회오리치며 호화로운 방을 가득 채워 나갔다…….

오늘 이 방에서 움직이는 돈만으로도 백성 몇 명이 몇 년을 먹고살 수 있을 것이다.

일반인이 간절히 원하는 부도 그들에게는 나무 블록 같은 장난감에 불과했다…….

"사우스올 9단에게 100이다!"

"나는 300!"

하지만 예선 돌파자 예상 따위, 이곳에서는 오르되브르에 불과하다.

메인 디시는 우승자 예상. 귀족들은 산더미 같은 재화를 베팅함으로써 단 하나의 정답을 맞히는 희열을 북돋웠다. 현재로서는 『신멸귀살』 메이지 사우스올에게 순조롭게 인기가 모이고 있는 듯했다.

"도박에는 관심 없으십니까?"

와인을 마시며 소란 속에 잠겨 있던 라비니아에게 말을 걸어오는 자가 있었다.

호화로운 예복을 입은, 긴 금발의 남자— 에드워즈 윈저였다.

"이거 왕태자 전하 아니십니까. 이런 곳에 계셔도 괜찮은 건가요?"

"흠. 이상한 말씀을 하시는군요, 피츠헤르베르트 경. 이곳은 단순한 귀빈실…… 왕태자가 있어도 전혀 이상하지 않죠."

라비니아는 미소 짓고서 와인 잔을 내밀었다. 그것에 에드워즈가 자신의 잔을 가볍게 부딪쳤다. 서류상 이 방은 단순한 귀빈실. 도박장 같은 게 아니었다…….

에드워즈는 라비니아의 옆자리에 앉았다.

"아끼는 술사가 있습니까? 피츠헤르베르트 경."

영왕전에 부하를 출전시켰느냐는 의미였다.

라비니아는 뒤에 서 있는 반가면 남자에게 시선을 줬다.

"이자가 그렇죠. 길드에는 소속되어 있지 않지만, 아주 우수해요."

"호오……. 흥미롭군요."

"왕태자 전하에게도 있으신지요?"

"예…… 소개해 드리고 싶지만, 아주 자유로운 분인지라."

"불렀어? 대장."

여성이 갑자기 대화에 끼어들었다.

머리를 보라색으로 물들이고 배를 아낌없이 내보인 대담한 스타일의 여성이었다. 양쪽 귀에는 모독적일 만큼 액세서리를 주렁주렁 달고 있었다.

"어머."

라비니아는 재미있다는 듯 짙게 웃었다.

"메이지 사우스올 9단…… 지금 마침 저쪽에서 인기를 얻고 있는 분이잖아요."

우승자 예상에 열을 올리던 귀족들이 라비니아 쪽을 보고서 깜짝 놀란 표정을 지었다.

지금까지 메이지 사우스올의 존재를 눈치채지 못했기 때문이다.

아니면 지금 막 이 자리에 나타난 걸지도 모른다.

"누구의 편도 들지 않는 분이라고 들었는데, 어떤 관계인지?"

"대단한 관계는 아닙니다. 그저 이 친구가 사람들이 말하는 것 같은 버서커가 아니라, 우의가 두터운 여성이었던 거죠."

"맞아. 대장과는 친구야."

메이지는 히죽히죽 웃으며 말했다.

되는대로 한 말이라는 게 뻔히 보였지만, 라비니아는 따지지 않았다. 뭔가 이해관계가 일치했다…… 그게 다일 것이다.

하지만 가장 유력한 우승 후보인 『신멸귀살』이 왕태자 에드워즈에게 붙었다는 것은 귀족들에게 무시할 수 없는 뉴스였다.

그럼에도 불구하고 이곳에 있는 귀족들이 별로 동요하지 않는 것은 에드워즈가 이 도박장에 있다는 사실 때문이었다.

이 도박은 오락이지만, 그보다 더 큰 목적은 민주파 귀족의 결속을 높이기 위한 것이었다. 불법 도박이라는 스릴을 공유함으로써 공범 관계를 구축하여 『여기 있는 인간은 동료다』라고 서로 믿는 것— 그걸 위한 장소이기도 했다.

그러니 지금 이곳에 있는 에드워즈는 동료이자 같은 편이다.

그가 영왕의 칭호를 수중에 넣더라도 나쁘게 대우하지는 않을 터.

특별히 아무런 약속도 안 했는데, 귀족들은 그렇게 생각해 버리는 것이다…….

"그러고 보니 전하의 동생분도 출전했죠?"

라비니아가 화제를 전환했다.

에드워즈는 동생이란 말이 나온 순간, 아주 살짝 굳었다.

"……네. 싸우는 것 외에는 관심이 없는 야만스러운 동생인지라. 역시 핏줄 때문일까요."

엘비스의 모친은 13년 전의 열방 병합 전쟁 때 라에스 왕국과 싸우고 패배한 소국의 왕가에서 거의 헌상품 같은 형태로 시집온 후궁이었다.

그 나라의 백성은 『전투 민족』이라고 불릴 만큼 강인하여, 라에스 왕국이 싸운 나라 중에서도 특히나 고전한 상대였다.

그 괴물 같은 싸움 실력 때문에 그 나라의 백성을 『야만인』이라고 부르는 자도 적지 않았다. 에드워즈도 그중 한 명인 듯했다.

고귀한 왕가의 핏줄과 『야만인』 공주…… 그 혼혈.

이 얼마나 언밸런스한가.

라비니아의 심금을 울리기에는 충분하고도 남을 정도였다…….

"왕태자 전하…… 제가 동생분에게 관심이 아주 많아요."

"……관심, 이라고 하심은?"

"오른팔과 오른발은 안 받아도 되니, **그 외의 것**을 양보해 주시겠어요?"

너무나도 직접적인 제안이었다.

명색이 왕태자에게, 명색이나마 동생을, 오른팔과 오른발을 절단해서 내놓으라고 말한 것이다.

이 말에는 에드워즈도 한동안 어안이 벙벙해졌다.

하지만 불과 5초쯤 뒤에는 평정심을 되찾았다. 그리고 뻔뻔하게.

"—예, 양보하죠. 우리의 변함없는 우의의 증거로서."

친동생을 장난감으로 내주겠다고 약속했다.

후후, 하고 라비니아는 요염하게 미소 지었다.

"기뻐요, 왕태자 전하. 분명 오래도록 사이좋게 지낼 수 있을 거예요."

"예……."

고개를 끄덕이면서도, 왕태자의 눈은 조용히 흔들리고 있었다.

그건 동생을 내놓은 것에 대한 죄책감— 같은 게 아니었다.

그건 질투였다.

또, 자신이 아니라 동생을 원하고 있다.

그 사실에, 어둡고 고요한 질투의 불꽃이 일렁거렸다…….

"—음."

조용히 있던 메이지가 갑자기 뒤돌았다.

"왜 그러죠? 사우스올 9단."

고용주가 물어서, 메이지는 호전적으로 웃었다.

"아무래도 손님이 온 것 같아."

바깥이 뭔가 소란스러웠다.

◆

"돌입."

내가 지시함과 동시에, 적발 부대가 제2귀빈실을 덮쳤다.

고단위자를 포함한 정령술사가 내부에 여러 명 있음을 알고 있었다.

혼란을 틈타 단숨에 제압하기 위해, 나는 정령술을 발동하려고 했고.

이상한 냄새를 맡았다.

아니, 그렇게 가볍게 말할 만한 냄새가 아니었다.

이건— 죽음의 냄새.

숨 막히는 피비린내가, 방 전체에 진동하고 있었다.

그 근원을, 나는 꼼짝없이 발견했다.

경악과 전율로 온몸이 얼어붙었다.

큼직한 꽃이었다.

아주 큰 꽃이었다.

아주 새빨간, 꽃이었다.

방의 중앙.

그곳에.

대량의, 목 없는 시체가, 원형으로 쓰러져 있었다.

시체를 늘어놓아서 만든, 거대한 화관.

그 옆에는 동그란 것이 나뒹굴고 있었다.

수없이 많이…… 아마, 목 없는 시체와 같은 수만큼.

그건, 머리였다.

화관이 된 목 없는 시체의, 머리였다.

……뭐야, 이거……?

나는 피바다가 된 귀빈실 앞에 우두커니 서서 혼란에 빠졌다.

너무 난데없는 일이라서 제대로 대처할 수 없었다.
마치 정체 모를 이세계에 뚝 떨어진 것 같았다.
원형으로 나열된 시체는 전부 손에 검을 들고 있었다.
혹시, 서로 죽인 건가.
아니, 설마…….
그랬다면 이렇게 깔끔한 원형이 됐을 리가 없다.
어떻게든 이 광경을 이해하려고 계속 관찰했고—.
"어……?!"
바닥에 나뒹구는 머리 하나가 우연히 눈에 들어왔다.
그 순간, 나는 참지 못하고 소리를 냈다.
왜냐하면— 아는 얼굴이었기 때문이다.

그건, 라비니아 피츠헤르베르트의 머리였다.

틀림없다. 와인관에서 본 그 여귀족의 얼굴이다…….
죽었……어……?
의심할 여지 따위 없었다……. 머리가 잘렸으니까……!
이어서 그 근처에서 발견한 머리를 보고, 나는 현기증마저 느꼈다.
……메이지 사우스올……?
그 특징적인 보라색 머리는 잘못 볼 수가 없었다.
어째서 우승 후보인, 최강에 가장 가까운 정령술사

가…… 이런 데서 머리가 잘려 죽어 있는 거야……?!

또 그 근처에 나뒹굴고 있는 머리를 보고, 나는 이제 아무런 생각도 할 수 없었다.

지금까지 본 얼굴 중에서 가장 낯익은 얼굴.

그건―.

―친형인 에드워즈 윈저의 머리였다…….

갑자기 개회식장이 캄캄해졌다.

뭐지……? 정전……? 아니, 말도 안 돼. 지금은 낮이라고. 게다가 이 개회식장에는 천장이 없다……! 바로 위에 태양이 있는데 어떻게 캄캄해진다는 거야?!

한 치 앞도 안 보이는 어둠 속에서 비명 같은 술렁거림이 들렸고.

"이봐! 뭐냐, 네 녀석—!"

학원장의, 그런 목소리가 들린 것 같았다.

직후, 주위가 다시 밝아졌다.

대체 뭐였던 거지……?

나를 포함해 다들 주변을 둘러보고 있었다. 아무것도 달라지지 않았—.

아니.

아레나의 정중앙에서— 학원장의 모습이 사라져 있었다.

『서바이벌』이라고 크게 수놓인 커다란 천 네 장만이 피팅룸 같은 사각형을 만든 채로 서 있었다.

"틀라……?"

그렇게 중얼거린 사람은 바로 근처에 있던 라켈이었다.

나는 말할 것도 없고, 필도, 아젤레아도, 루비도, 가웨인도, 사태를 이해하지 못하고 있었다.

대체 무슨 트러블이 생긴 거지?

불길한 예감이 커진 그 순간―.

『―아~ 테스트, 테스트. 영왕전에 와 주신 여러분, 잘 보고 있나요~?』

이 상황에 어울리지 않는 방송이 장내에 울려 퍼졌다.

부자연스럽게 가공된, 젊은 여자의 목소리.

뇌를 깊숙이 휘젓는 듯한…… 그런…… 기분 나쁜 목소리였다.

『안녕하세요! 저는 말이죠~ 음, 「악령왕 비프론스」라고 해 둘까요! 암흑가 쪽에서 자그마하게 브로커 일 같은 걸 하는 사람인데…… 이름 정도는 아는 분도 있을지 모르겠네요.』

비프론스……?! 그 비프론스인가?! 지금 나랑 엘비스가 쫓고 있는?!

『선언하겠습니다! 이 영왕전은 제가 이끄는 「악령술사 길드」가 바로 지금! 강탈했습니다~!!』

상황을 이해하지 못한 모두를 내버려 두고서, 여자의 목소리―『악령왕 비프론스』는 쾌활하게 선언했다.

―강탈.

그 말을 듣자 겨우 이해가 됐다.

공격―받고 있는 건가?

온 나라의 귀족이 모여 있는 이 장소가?

아니— 어쩌면 이미, ……함락, 당했나……?!

『이미 이 학원은 완전히 봉쇄되었습니다! 여러분은 누구도! 이 학원에서 나갈 수 없어요!! —하늘을 봐 주세요!!』

시키는 대로 하늘을 올려다보았다.

억누른 공포의 잔재가 신음이 되어 목구멍 안쪽에서 흘러나왔다.

—하늘이, 캄캄했다.

새까만, 돔 모양의 어둠 같은 것이, 하늘을 덮고 있었다.

본 적 있는 광경이었다.

저건— 그래. 와인관에 잠입했을 때 봤던— 미궁의 하늘이다!

『저 어둠은 이 투술장 전체를 덮어서 모든 출입구를 막고 있어요! 쓸데없는 짓은 절대 하지 않도록 협조해 주세요!』

"뭐야…… 이거……."

루비의 중얼거림은 이곳에 있는 모두의 마음을 대변했다.

이해할 수 없다. 모든 것이 뜬금없었다.

갑자기 세계가 바뀌어 버린 것 같았다.

페이지가 뒤죽박죽 섞인 소설 같았다.

—악몽 같았다.

『이쯤에서 악령왕이 여러분께 안내 말씀 드립니다~!』

묘하게 아니꼬운 목소리가— 최악의 현실을 잇달아 보여

줬다.

『이 투술장 내 한정으로! 현재「무혈진」이 꺼져 있습니다~!! 얼른 죽어 주세요~!!』

뭐? 결계가 꺼졌다고……?

『그런고로! ……지금부터 몰살시킬 건데, 괜찮죠?』

개회식장이 쥐 죽은 듯 고요해졌다.

……몰살……?

방금, 그렇게 말한 건가……?

『저항은 무의미해요! 곧 담당자가 다 죽이러 갈 테니 잠시 그대로 기다려 주세요! 그럼 이만!!』

그렇게 고하고서 방송은 끝났다.

—그 순간, 목소리가 폭발했다.

노호.

비명.

울음.

하지만 비율은 노호가 가장 컸다.

얼굴 없는 목소리를 향해, 풀 길 없는 분노를 터뜨렸다.

"얕보지 말라고오오오오오!!"

"오늘 여기에 얼마나 많은 정령술사가 있는데!!"

"영세영왕도 있어!! 그렇게 간단히—."

『—아, 하나 깜빡했네요.』

노린 것처럼 돌아온 목소리가, 별일 아니라는 듯 말했다.

『아레나 중앙에 있는 예선 규칙 깃발을 봐 주세요!!』

다시 방송이 꺼지고— 직후, 날카로운 비명이 울려 퍼졌다.

목소리가 시킨 대로 무대 중앙에 피팅룸처럼 배치된 천을 보고, 그 이유를 알았다.

천 아래쪽이…… 빨갛게 물들어 있었다.

커다란 천 네 장으로 둘러싸인 그 안쪽에서.

새빨간 피 웅덩이가…… 서서히, 퍼지고 있었다.

풀썩, 갑자기 천이 전부 쓰러졌다.

안쪽에 숨겨져 있던 것이, 사람들의 눈앞에 나타났다.

그건— 긴 은발의 소녀였다.

아니, 소녀 모습을 한, 여성이었다.

하플링과 엘프의 혼혈.

학원장. 영세영왕. 최강의 정령술사.

튤라 클리즈가—.

—바닥에서 솟아난 긴 말뚝에 가슴을 꿰뚫려 꼬치가 되어 있었다.

가슴에서 왈칵 솟은 피가, 말뚝을 타고 흘러내려서, 바닥 위에 둥글게 퍼지고 있었다…….

갑자기 어딘가에서 찾아온 까마귀가 피에 젖은 작은 몸에 몰려들었다.

부리가 함부로, 폭력적으로 살을 쪼아도—.
—최강의 정령술사의 몸은, 미동조차 하지 않았다.

◆

기다렸나요?
고대했나요?
오래 기다리셨습니다~!!
전 인류가 기다린 대망의—.

—The★여동생 타~임!!

이야~ 상당히 시간이 걸리고 말았어요.
하지만 덕분에 준비는 완벽해요! 안전한 리셋을 약속합니다!
예? 리셋이라니 무슨 얘기냐고요? 그게 말이죠~ 이번 인생에서는 오빠와의 애정을 제대로 키워 나갈 생각이었는데…….
조금, 마음에 안 드는 일이 있었거든요.
게다가 이제 와서 수정할 수도 없는지라…….
—그래서 전부 죽이고 다시 시작하기로 했어요!
그 왜, 게임의 온라인 대전에서도 질 것 같으면 랜선을 뽑아서 없었던 일로 만들잖아요? 그런 느낌이에요, 그런 느낌! 남들도 다 하는 일이니까 저도 해도 되겠죠.

……아, 미안해요.

혹시 기대했나요?

다양한 의도를 가진 귀족들의 파워 게임이라든가.

라비니아 피츠헤르베르트와의 대결이라든가.

최강급 정령술사들의 엄청난 배틀이라든가.

왕태자에 대한 엘비스의 하극상이라든가.

그런 걸— 기대해 버렸나요?

죄송합니다~! 저는 오빠 말고는 전혀 관심 없는지라☆.

아, 맞다! 장의 제목도 제대로 고쳐 둬야겠네요!

영왕 결전편 따위의 구린 제목이 아니라—.

—좋아, 됐다!

그럼 다시 정식으로!

쓸데없는 배역을 일소하는 아찔한 뒷정리!

학원 몰살편, 시작합니다~☆

〈TO BE REVISED TO— 황금의 소년기 · 최종장:
학원 몰살편〉

Contents

Even if you can escape with reincarnation, my brother?

그리하여 겨우 눈치챈 것이다. 사후에 가는 곳은 지옥임을.

황금의 소년기
· 최종장:
학원 몰살편

Even if you can escape with reincarnation, my brother?

황금의 소년기:
~~영 왕 결 전~~ 편
학 원 몰 살

Character List
등장인물 일람

- 잭 리버 .... 전생자
- 필리네 포스포드 .... 잭의 소꿉친구 · 사매
- 라켈 .... 정령술 학원 교사 · 잭의 스승

- 엘비스 쿤츠 윈저 .... 라에스 왕국 제3왕자 · 잭의 클래스메이트
- 아젤레아 오스틴 .... 잭의 클래스메이트
- 루비 버그슨 .... 잭의 클래스메이트
- 가웨인 맥도넬 .... 잭의 클래스메이트

- ~~틀라 클리즈 정령술 학원 학원장 · 영세영왕~~
- ~~클라이브 클리즈 틀라의 남편~~

- 칼럼 리버 .... 잭의 부친
- 매들린 리버 .... 잭의 모친
- 체르노 포스포드 .... 필리네의 부친

- ~~라비니아 피츠헤르베르트 라에스 왕국 후작 · 원로원 의원~~
- 아론 .... 라비니아에게 고용된 정령술사
- ~~메이지 사우스올 9단술사 · 『신멸기살』~~
- 브래들리 모그리지 .... 9단술사 · 『무투신사』
- 덴홀름 바스테도 .... 9단술사 · 『철의 장군』 · 가웨인의 스승
- 호제아 버그슨 .... 8단술사 · 루비의 스승
- 앨빈 마그난티 .... 8단술사 · 염신천조류 사범 · 아젤레아의 스승
- ~~에드워즈 윈저 라에스 왕국 왕태자~~

- 비프론스 .... 정체불명 · 암흑가의 브로커

- ■■■■ .... 잭의 전생에서의 여동생

Welcome to Nightmare World

다들 멍한 채였다.

무대 중앙에 나타난, 영왕 툴라 클리즈의 시체.

나도 그 광경에 현실감을 느끼지 못하고 있었다.

이건, 진짜 현실인가?

악몽을 꾸고 있는 게 아닐까?

사실 나는 아직 침대 속에서 무탈하게 쿨쿨 자고 있는 게 아닐까…….

무의식적으로 도피하는 내 눈앞에서, 현실은 한층 더 현실미를 잃기 시작했다.

무대 중앙, 꼬치가 된 학원장의 주위가 늪처럼 꿀렁거렸다.

그 안에서 기어 나온 것은, 수많은 이형의 괴물이었다.

고블린. 오크. 나가. 가고일. 슬라임.

스켈레톤. 키마이라. 샐러맨더. 그리폰. 트롤.

인간에게 그것들은 위협의 결정체. 관객석의 인간들을 둘러보는 사나운 눈에는 이유 없는 흉포성만이 담겨 있었다.

그럼에도 불구하고— 왠지, 그림책의 삽화를 보고 있는 느낌이었다.

이쪽에는 아무 일도 없을 거라는 근거 없는 낙관이 있어서…….

괴물들이 관객석으로 밀어닥칠 때까지 한 발짝도 움직일 수 없었다.

비명조차도, 현실을 쫓아가지 못하고 뒤처졌다.

불타는 도마뱀— 샐러맨더가 입에서 화염을 토했다.

관객석의 맨 앞줄에 있던 사람이 불덩이가 되었고, 머지않아 움직임을 멈췄다.

이후 남은 것은…… 새까맣게 탄 시체뿐이었다.

그걸 보고 겨우 알아차렸다.

아아— 이건, 농담이 아니다.

악몽 같은 게 아니다.

이건— 틀림없는, 현실이다.

『—미궁의 법을 따르라. 법은 만인에게 평등하다.』

첫 번째 법칙: 목숨은 모두 평등하다. 유일하다는 점에서.

두 번째 법칙: 시간은 모두 평등하다. 과거가 된다는 점에서.

세 번째 법칙: 짐승은 항상 무리를 유지한다. 미혹을 몰아내지 않는 한.

네 번째 법칙: 거수를 토벌하라. 그리하면 미혹은 사라진다.

비명이 폭발했다.

파도처럼 밀려드는 몬스터들. 허둥지둥 도망치는 관객들. 마치 파도에 쓸려 가는 해변의 모래 같았다. 삼켜지고, 떠밀리고, 농락당할 뿐. 누구도 제대로 도망치지 못했다. 그런 인간들을 비웃듯 몬스터들이 이형의 환호성을 질렀다.

"이게 뭐야?! 대체 뭐야?!"

"몰라, 모르겠다고!! 젠장, 저 괴물은 뭐야?!"

"【시련의 미궁】이야! 〈모락스〉의【시련의 미궁】이 사용된 거야!!"

혼란스러워하는 인파를 헤쳐 나가며, 아젤레아와 루비에게 그렇게 외쳤다.

"【시련의 미궁】이라고?!"

"그런 게 실재했던 거야?!"

"……그렇구나."

어디선가 라켈의 냉정한 목소리가 대답했다.

그리고 혼돈에 빠진 인산인해 속에서 그 모습이 날아올랐다.

정령술【신의의 접수】로 모방한【자립의 투익】을 사용해 떠오른 것이다.

"저 괴물에게는 교사가 대응하겠어. 너희는 일단 도망쳐."

"하지만!"

"잔말 말고 얼른!"

일방적으로 말하고서, 라켈은 몬스터 쪽으로 날아갔다.

관객에게 달려드는 몬스터들을 【여명의 등불】로 만든 불로 태워 나갔다.

동시에 다른 교사들이 관객의 피난을 유도하기 시작했다. 역시 천하의 정령술 학원이다. 비상시의 대응도 재빨랐다.

그 솜씨를 보고 나도 즉결했다.

"이곳은 어른들에게 맡기고 대피하자!"

"응!", "알았어……!", "예이예이!", "알겠다!"

대답은 들리지만 모습은 보이지 않았다. 이 인파 속에서 굳이 합류할 여유는 없었다.

교사진의 피난 유도 덕분에 조금은 나아진 인파에 몸을 맡기고서 투술장의 출구로 향했다.

인원수에 비해 너무 좁은 복도를 어떻게든 빠져나가 홀에 도착하니 필과 클래스메이트들의 얼굴을 마침내 확인할 수 있었다.

"괜찮아?! 다들 있어?!"

"괜찮아, 지 군. 모두 있어……!"

필, 아젤레아, 루비, 가웨인— 모두의 모습이 확인되었다.

하지만 방심하기엔 일렀다. 가웨인이 투술장 쪽을 돌아보며 말했다.

"선생님들이 괴물들을 잘 막고 있는 모양이야……."

"하지만 그 많은 수를 계속 상대할 수 있나?"

하기 어려운 말을 루비가 간단히 말해 줬다.

그랬다. 몬스터를 막고 있는 교사는 열 명도 채 안 된다. 전부 뛰어난 실력을 가진 정령술사들이지만, 그 많은 몬스터를 완벽히 섬멸시킬 수는 없을 것이다.

……아니, 틀렸다. 애초에 섬멸 따위 불가능하다. 눈을 감으면 네 가지 미궁 법칙이 앞에 떠오른다. 거기에 확실하게 적혀 있었다.

―짐승은 항상 무리를 유지한다.

몬스터의 수에는 제한이 없다. 아무리 해치워도 일시적인 일일 뿐이다.

"잭! 필리네!"

갑자기 누군가가 불러서 돌아보니, 아빠와 엄마, 그리고 포스포드 씨가 달려오고 있었다.

"다행이야. 모두 무사했나!"

"아버지랑 어머니도……!"

"아빠……!"

"필……! 다행이야……! 정말로……!"

포스포드 씨는 울먹이며 딸을 부둥켜안았다.

필은 위로하듯 부친의 둥근 등을 토닥였다.

"합류하게 돼서 정말 다행이야……. 대체 무슨 일이 벌어진 건지……."

곤혹스러운 표정으로 말하는 엄마에게, 나는 애써 냉정

히 알렸다.

"……정령술을 이용한 공격이에요. 정령 〈모락스〉, 【시련의 미궁】."

"【시련의 미궁】이라고……?!"

아빠가 눈을 부릅떴다.

"설마 실재했던 건가……?! 아니, 하지만 그렇게 생각하면 납득은 가……."

"저는 만난 적이 있어요. 이 정령술을 쓰는 술사와!"

"뭐……?!"

야, 하고 루비가 어깨를 잡았다.

"설마 그거, 저번에 왕자님이랑 같이 갔던……."

"맞아. 너한테 협력받았을 때 만났어."

"누구지?! 이런 짓을 일으킨 족속은!"

의분이 담긴 가웨인의 질문을 받고, 나는 씁쓸한 표정을 지었다.

"자세히는 몰라. 얼굴 절반을 가면으로 가린, 서른 초반쯤 되어 보이는 남자였어. 이름은, 분명…… 그래, 고용주가 아론이라고 불렀었어."

"아론……? 처음 듣는 이름이군. 가명인가?"

아빠가 미심쩍어하며 중얼거렸다. 가명일까, 혹은 표면적으로 나선 적이 없는 걸까.

"잠깐만. 방금 고용주라고 했어?"

아젤레아가 내 말꼬리를 잡았다.

"그 말은 누군가에게 고용된 술사란 거야? 혹시…… 귀족에게……?!"

"……그래."

내가 고개를 끄덕이자, 다들 심각해 보이는 얼굴이 되었다.

"심상찮은 얘기가 됐잖아."

루비가 드물게도 심각한 음성으로 말했다.

"그럼 그 고용주란 녀석이 바로 『악령왕 비프론스』라는 웃기는 녀석의 정체인 거야? 그 고용주가 대체 누구야?"

"—라비니아 피츠헤르베르트."

간결히 짧게 대답하자 어른들이 낮게 술렁거렸다.

"현직 원로원 의원 중 한 명 아닙니까……!"

"안 좋은 소문은 이것저것 들었지만……."

"썩었어도 후작가의 일원이에요. 설마 이런 폭거를 저지를까요?"

라비니아의 의도는 알 수 없다. 하지만 아론이라는 술사가 연관되어 있는 이상, 그 여자가 무관계하지는 않을 것이다. 라비니아의 신병을 확보할 수 있다면 여러 가지로—.

"……아! 맞다, 엘비스!"

엘비스가 라비니아를 잡으러 갔다는 것을, 나는 마침내 떠올렸다.

그 녀석은 무사한가? 바야흐로 지금 주모자와 만나고 있는 거잖아……!

"얼른 엘비스가 무사한지 확인해야—."

"—난 여기 있어, 잭 군."

목소리와 함께 엘비스가 인파를 뚫고 나왔다.

관성 때문에 넘어질 뻔한 것을, 가웨인이 달려가서 부축했다.

"전하! 무사하셨군요……!"

"너희야말로. 다들 여기 있어서 다행이야……. 찾아다녔어."

엘비스는 어딘가 초췌한 모습이었다.

몬스터 군세를 목격하고 서둘러 도망친 우리보다도 훨씬 더…….

"그쪽에서도…… 뭔가 일이, 있었던 거야?"

"……있었어."

엘비스는 어두운 목소리로 고했다.

"라비니아 피츠헤르베르트가 죽었어."

……뭐?

어안이 벙벙해진 듯한 공백이 공간을 지배했다.

"우리가 제2귀빈실을 덮쳤을 때는 이미 전멸 상태였어……. 민주파 귀족과 그 경호원들의 시체가, 피바다를 이루고 있었어."

"피바다, 라니…… 정말로……?"

"직접 눈으로 본 나도 아직 반신반의 상태야……. 누가 죽어 있었는지 자세히 들을래? 분명 더 믿을 수 없게 될 거야……."

라비니아 피츠헤르베르트뿐만 아니라, 『신멸귀살』 메이지 사우스올, 게다가 왕태자 에드워즈 윈저까지— 엘비스가 봤다는 시체의 이름은 전부 간단히 죽을 것 같지 않은 자들뿐이었다. 엘비스가 말한 대로, 들을 때마다 현실감이 멀어졌다…….

"하아……."

아빠가 머리를 부여잡고 무거운 한숨을 쉬었다.

"대체…… 뭐가 어떻게 되어 가고 있는 거야……."

몇 번째인지 모를 물음이었다.

모든 것이 갑작스럽고 맥락이 없었다. 감기 걸렸을 때 꾸는 악몽처럼…….

상황을 간신히 쫓아가고 있는 수준이 아니었다. 우리는 완전히 상황을 이해하지 못하고 있었다.

"그 얘기가, 사실이라면……."

가장 냉정하게 말을 꺼낸 사람은 엄마였다.

"이 투술장 내의 『무혈진』이 무효화됐다는 얘기는, 진짜인 거네……."

본래 이 학원 안에서는 『무혈진』에 의해 온갖 살상 행위가 무효화되었다. 왕도 내에서도 안전함으로는 제일이었다. 그래서 테러의 위험을 걱정하지 않고 이렇게 많은 귀족이 모일 수 있었던 것이다.

하지만 이제 결계의 가호는 없다.

한시라도 빨리 이 투술장에서 나가지 않으면 희생자는 늘어날 뿐이다.

"밀지 마세요! 피난소로 안내하겠습니다! 안달 내지 마세요!"

학원의 교사가 목이 쉬어라 피난을 유도하고 있었다.

하지만 대혼란에 빠진 관객들을 완벽히 수습하고 있다고는 도저히 말할 수 없었다.

"도…… 도움을 구해야 해!"

아젤레아가 살짝 떨리는 목소리로 말했다.

"선생님들이 있긴 해도 일손이 너무 부족해……! 살롱에 사범님이 계셔! 사범님에게 괴물 퇴치를 도와달라고 하면……!"

"맞아…… 살롱에는 바스테도 각하도 계셔. 그 밖에도 정령술사가 모여 있을 거야!"

"우리 영감탱이도 어딘가에 있을 거야. 그리고 우리도 가세하면 저딴 괴물 따위 상대도 안 되겠지!"

가웨인과 루비도 아젤레아의 의견에 찬동했다.

살롱은 투술장 안에서도 끄트머리 쪽에 있다. 어쩌면 거기 모여 있는 술사들은 아직 이 사태를 눈치채지 못했을지도 모른다. 그들의 협력을 얻을 수 있다면, 분명 이 혼란스러운 상황도 개선될 터다.

반론은 떠오르지 않았다.
……그런데, 이 찜찜함은 뭐지…….
"너희의 말은 타당해."
어른을 대표한 것인지 아빠가 그렇게 말했다.
"하지만 괴물들이 어디에 있을지 몰라. 아이들에게만 맡길 수는 없어. 나를 포함해서, 정령술을 익힌 어른들을 모으자."
"어느 세월에 그러고 있으려고?! 우리가 가는 게 빠르잖아!"
"안 돼요! 아이들끼리만 움직이는 건—."
대드는 루비를 우리 부모님이 설득하려고 했을 때였다.
"꺄아아아아아아아악—!!"
날카로운 비명이 어디선가 터져 나왔다.
무슨 일인가 싶어서 돌아본 순간, 원인을 알 수 있었다.
인간의 것도 동물의 것도 아닌 이형의 울음소리가 들렸기 때문이다.
몬스터다……! 교사들을 피해 이 홀까지 쫓아온 건가!
"젠장!"
정신 차렸을 때는 몸이 움직이고 있었다.
【자립의 투익】으로 떠올라 인파 위를 날았다.
그러자 이형의 괴물들이 복도에 넘쳐흐르고 있는 것이 보였다.

허리에서 『새벽의 검』을 뽑았다. 나는 새벽빛을 내는 칼날을 몬스터들의 머리에 때려 박았다. 완전 해방은 불가능했다. 실내인 데다가 근처에 사람이 너무 많았다. 일부만 해방된 초중량이 몬스터 네다섯 마리를 한꺼번에 날려 버렸다.

하지만 이 정도 일에 무슨 의미가 있을까? 몬스터들은 복도 안쪽에서 잇따라 솟아나고 있는데……!

“잭! 비켜!!”

뒤에서 아젤레아의 목소리가 들려서, 나는 반사적으로 뒤로 빠졌다.

직후, 진홍색 불꽃이 눈앞을 뒤덮었다. 화염벽이 몬스터 무리를 단숨에 삼키며 단말마의 비명조차 불살랐다. 남은 몬스터들은 벌벌 떨며 한 걸음 물러났다.

바로 그 순간. 바늘구멍에 실을 넣는 듯한 정확한 타이밍에.

복도를 틀어막는 형태로 갑자기 벽이 나타났다. 마치 처음부터 복도 따위 없었던 것처럼, 몬스터들의 모습과 소리가 벽 너머로 사라졌다.

“일단 정리됐네.”

바로 옆의 허공에서 루비가 갑자기 나타났다. 【홑겹의 안계】로 벽의 환영을 만들었나.

“말해 두는데, 오래는 못 버텨. 안계막은 실체가 있을 뿐인 환영— 결국 짝퉁이야. 쾅쾅 꽝꽝 두들기면 얼마 안 있어서 부서져."

"피난할 시간을 벌기에는 충분해."

일단 몬스터의 모습이 안 보이게 된 덕분인지, 관객들은 차분함을 조금 되찾았다. 이대로 가면 머지않아 피난이 완료될 거다.

인파 속에서 필과 엘비스와 가웨인이 따라붙었다.

"지 군! 괜찮아?!"

"이것 참. 우리가 나설 기회가 없었네."

"너희들! 멋대로 앞지르지 마!"

"엉~? 뭐 어때. 결과적으로 다들 살았잖아."

"가르쳐 줄 테니 잘 들어. 너 같은 녀석이 있으면—."

"그만~!! 싸우고 있을 때가 아니야!!"

루비와 가웨인이 평소처럼 싸우려 들자, 아젤레아가 순식간에 중재했다.

고맙다. 이 녀석이 없었다면 진짜 어떻게 됐을지.

"루비. 우리 전원을 안계막으로 투명하게 만들 수 있어?"

"여섯 명은 좀 힘들어. 전신을 숨길 수 있는 건 기껏해야 두 명이야."

"그런가. 그럼 필, 색적할 수 있겠어?"

"괜찮아. 지금『친구들』을 모으고 있어."

"좋아. 엘비스의『왕안』과 병용하면 꽤 정밀하게 색적할 수 있을 거야. 위치를 알 수 있다면 몬스터는 그렇게까지 무섭지 않아."

와인관에서 얻은 경험칙이다. 몬스터는 그렇게 강하지 않다. 무서운 건 기습이다.

"가웨인은 맨 끝을 맡아 줘. 방어력은 네가 제일 높아."

"너한테 지시받는 건 조금 납득할 수 없지만…… 알겠다."

"엘비스는 정중앙. 왕안으로 색적하는 데 집중해 줘."

"알겠어. 좁은 복도에서 신기루 검을 휘두를 수도 없으니 말이지."

"나, 나는……?!"

"아젤레아는 앞장서 줘. 방해되는 몬스터를 섬멸하는 데는 네가 가장 적임이야."

"아, 알았어."

"나도 같이 선두에 설게. 만에 하나 몬스터가 접근하면 너 혼자서는 대처하기 어렵잖아?"

"괘, 괜찮아! 네가 나설 차례는 없을 거야!!"

아젤레아는 약간 경황이 없어 보였지만, 본인이 괜찮다고 하니 믿자.

지시를 끝냈을 무렵에 어른들이 황급히 우리를 따라잡았다.

"잭! 그만둬! 위험해!!"

"괜찮아요! 몬스터는 별로 강하지 않아요! 아버지랑 어머니는 포스포드 씨와 함께 대피하세요!"

계속 만류하는 부모님의 목소리를 무시하고, 우리는 방금 정한 진형으로 살롱으로 향했다.

아젤레아의 화력. 필과 엘비스의 색적 능력.

이만큼 갖춰지면 몬스터를 무찌르며 나아가는 것은 어렵지 않았다.

머지않아 우리는 살롱 앞에 도착했다. 주변에 몬스터는 보이지 않았고 조용했다. 대혼란에 빠진 홀과 똑같은 건물 안이라는 생각이 안 들었다. 역시 살롱에 있는 술사들은 이 사태를 눈치채지 못했나? 그렇다면 얼른 알려서 도움을 구해야 한다……!

살롱 안은 고요했다.

사람 실루엣 하나 보이지 않았다. 이곳에는 정령술사 십여 명이 모여 있었을 텐데…….

"아무도, 없네……."

"그렇게 크게 난리가 났잖아. 역시 알아차린 거 아닐까?"

"엇갈렸나……."

싸운 흔적도 없었다. 역시 이곳에는 몬스터가 오지 않은 듯했다. 동료들이 말한 대로, 긴급 사태를 알아차리고서 다들 나갔다고 생각하는 것이 타당하리라.

"……어쩔 수 없지."

어쩌다 보니 리더 같은 역할을 맡게 된 나는 이후의 행동을 결정했다.

"헛걸음이 됐지만, 일단 어른들이 있는 곳으로 돌아가자. 그런 다음에 필요할 것 같으면 몬스터 퇴치를 돕는—."

—쿵!

뭔가 무겁고 단단한 것이 낙하한 소리가 갑자기 울려 퍼져서, 우리는 어깨를 흠칫했다.

소리가 난 방향을 보았다.

갑옷 하나가 나뒹굴고 있었다.

조금 전에는 존재하지 않았던 갑옷이…….

—쿵!

이어서 하나 더.

은색 갑옷이 다른 곳에 떨어졌다.

대체 뭐지? 어째서 갑옷이 떨어지지? 천장에서……?

의문이 들어서.

별생각 없이.

아무런 준비도 하지 않고.

우리는.

천장을, 보았다.

—끼, 기, 긱……

—끼, 기, 긱……

—끼, 기, 긱……

—끼, 기, 긱……

—끼, 기, 긱……

—끼, 기, 긱……

—끼, 기, 긱……

—끼, 기, 긱……

—끼, 기, 긱……

――끼, 기, 긱……

――끼, 기, 긱……

――끼, 기, 긱……

――끼, 기, 긱……

――끼, 기, 긱……

――끼, 기, 긱……

――끼, 기, 긱……

――끼, 기, 긱……

――끼, 기, 긱……

——끼, 기, 긱……

——은색 갑옷을 입은…… 인간이.

——아니.

——은색 갑옷.

——매달려 있었다.

——대롱, 대롱……

——무수히, 무수히, 무수히.

——달반자 같았다.

——마치 석회동굴 같았다.

—뜯기는 소리 따위.

——피부가.

——살이.

—들어선 안 된다.

——투두둑, 하는 소리가 났다.

—뚝, 하는 소리가 났다.

——그 끝은…… 갑옷을 입은 인간들의, 목에 감겨 있었다.

——그 원인은, 천장에서 늘어뜨려진, 쇠사슬.

————삐걱거리는 소리가 났다.

쇠사슬에 감긴 채 공중에서 흔들리고 있었다……

―대롱대롱.

소실된 목 위쪽은―.

그래서 맨 처음에 우리는 갑옷 안에 뭔가 들어 있다고 생각하지 않았던 것이다.

목 위쪽은, 완전한 공백.

그 목 위에 투구는 없었다.

갑옷을 입은 인간 한 명이, 낙하했다.

―쿵!

—끼, 기, 긱…….

—쿵!

—투둑투둑, 뚝!

—끼, 기, 긱…….

—쿵!

—투둑투둑, 뚝!

—끼, 기, 긱…….

갑옷을 입은 자신의 무게를 버티지 못하여—.

쇠사슬에 감긴 목이—.

몇 번이나, 몇 번이나.

똑같은 일이 계속됐다.

—쿵!

—쿵!

—쿵!

—투둑투둑, 뚝!

목 없는 갑옷이, 내렸다.

비가 오듯이.

비가 오듯이.

―낙하했다.

피부가 뜯겨서―.

살이 끊어지고―.

뼈가 부러지고―.

황금의 소년기:

~~영왕 결전~~ 편

학원 몰살

Character List

등장인물 일람

- 잭 리버 ································· 전생자
- 필리네 포스포드 ······················ 잭의 소꿉친구 · 사매
- 라켈 ······································ 정령술 학원 교사 · 잭의 스승

- 엘비스 쿤츠 윈저 ······················ 라에스 왕국 제3왕자 · 잭의 클래스메이트
- 아젤레아 오스틴 ······················ 잭의 클래스메이트
- 루비 버그슨 ···························· 잭의 클래스메이트
- 가웨인 맥도넬 ························· 잭의 클래스메이트

- ~~틀라 클리즈 정령술 학원 학원장 · 영세영왕~~
- ~~클라이브 클리즈 틀라의 남편~~

- 칼럼 리버 ································· 잭의 부친
- 매들린 리버 ······························ 잭의 모친
- 체르노 포스포드 ························ 필리네의 부친

- ~~라비니아 피츠헤르베르트 라에스 왕국 후작 · 원로원 의원~~
- 아론 ·· 라비니아에게 고용된 정령술사
- ~~메이지 사우스올 9단술사 · 『신멸기살』~~
- ~~브래들리 모그리지 9단술사 · 『무투신사』~~
- ~~덴홀름 바스테드 9단술사 · 『철의 장군』 · 가웨인의 스승~~
- ~~호제아 버그슨 8단술사 · 루비의 스승~~
- ~~앨빈 마그난티 8단술사 · 염신천조류 사범 · 아젤레아의 스승~~
- ~~에드워즈 윈저 라에스 왕국 왕태자~~

- 비프론스 ··································· 정체불명 · 암흑가의 브로커

- ■■■■ ···································· 잭의 전생에서의 여동생

아젤레아, 루비, 가웨인은 앞을 가로막는 몬스터를 차례차례 쓸어 버렸다.

복수에 불타는 세 사람을 몬스터 따위가 어떻게 할 수는 없었다.

가웨인이 방송실 문을 걷어차 요란하게 부쉈다. 실내로 우르르 들어가는 세 사람을, 나와 필, 엘비스도 뒤늦게 따라갔다. 투술장 내에 방송을 틀 수 있는 곳은 이곳뿐이다. 악령왕 비프론스가 이 투술장에 있다면, 있을 곳은 이 방송실뿐이다.

“이게 누구신가요! 다 같이 오셨네요!”

명랑하고 쾌활한 목소리가 우리를 맞이했다.

방송실은 발코니처럼 되어 있었다. 한가운데에 방송자용 책상과 의자가 있고, 거기서 아레나를 내려다볼 수 있게 만들어져 있었다. 다양한 종의 몬스터와 그것을 공격하는 교사들의 모습이 난간 너머로 작게 보였다.

방송자용 책상에 한 여학생이 기대고 있었다. 우리보다 다섯 살은 더 많은, 밝은 분위기를 풍기는 쇼트커트 여자였다. 오른손에는 날카롭고 뾰족한 레이피어가 들려 있었다.

책상 옆에는 밧줄로 묶인 성인 여성이 있었다.

분명 교사다. 소리 계열 정령술을 가져서 방송 쪽을 담당하고 있었을 터. 저 사람이 없다면 장내에 방송을 틀 수 없다.

어떻게 된 상황이지?

내가 그걸 확인하기 전에, 루비가 한 걸음 내디뎠다.

"……너구나? 비프론스인가 뭔가 하는 웃기는 녀석이……."

"네에~? 제가요? 악령왕님? 그럴 리가요~! 너무 황송하네요!"

여학생은 갑자기 빙글 돌더니 손을 V자로 만들어서 척 들었다.

"제37기 지원과 B반, 에밀리 오하라입니다~! 이름만이라도 기억하고 돌아가 주세요!"

에밀리 오하라— 익숙한 이름이다. 단급위전의 실황 중계를 자주 담당하는 학생이었다. 나와 엘비스가 처음으로 싸웠던 시합도, 분명 이 사람이 중계했었다.

아까 나왔던 방송의 목소리도, 가공되어 있긴 했지만, 젊은 여자의 목소리이긴 했다…….

"기억할 생각 따위 없다."

딱딱한 목소리로 가웨인이 말했다.

"비프론스란 녀석은 어디 있지."

"아~ 어쩔까요~."

아젤레아가 손바닥에 불꽃을 만든 순간.

"어이쿠! 스톱, 스톱~!!"

에밀리 오하라의 오른손이 움직였다.

레이피어의 날카로운 칼끝이, 아무런 망설임도 없이, 묶여 있는 교사의 허벅지를 찔렀다.

"악! 아아아아아아아아아악!!"

교사가 고통스럽게 비명을 질렀으나, 에밀리 오하라는 신경 쓰는 기색도 보이지 않았다.

휘적휘적, 휘적휘적.

귀 청소라도 하듯이, 교사의 허벅지를 레이피어로 쑤셨다…….

"캐스터를 공격하는 건 반칙이에요~ 지키지 않으면 이 사람이 죽을 거예요!"

"비겁해!! 그 선생님을 풀어 줘!!"

"이 학원에 비겁이란 두 글자는 없답니다~! 잘 아실 텐데요?"

"크……."

"그런고로! 알았으면 얌전히—."

"알 바 아니야."

루비가 단검을 들고서 에밀리 오하라의 앞으로 갔다.

"그 녀석이 죽든 말든, 어찌 되든 좋다고!!"

"으악……!"

에밀리 오하라는 황급히 레이피어를 뽑아 단검을 막았다.

하지만 루비의 공격은 끝나지 않았다. 끊임없이 계속해서 단검을 찌르고, 휘두르고, 내리찍었다. 전부 레이피어에 막혔지만, 에밀리 오하라는 방어 일변도였다.

기회다—! 나는 묶여 있는 교사 곁으로 달려갔다. 에밀리 오하라가 루비를 상대하느라 정신없는 사이에 구해 내는 거다!

교사에게 가서 정령술로 체중을 없앴다. 밧줄은 나중에 풀자!

"미안해……. 너희를 지켜야 할 교사가, 이런 꼴이라니……."

안아 들자, 교사가 당장에라도 울 것 같은 목소리로 말했다.

대답할 여유는 없었다. 당장 되돌아간다.

"아! 그건 안 되죠! 어딜—!"

교사를 운반하는 나를 발견한 에밀리 오하라가 레이피어를 던졌다.

크……! 한창 싸우는 와중에 무기를 던지는 거냐……?!

레이피어의 칼끝이 눈앞으로 다가왔고—.

"그렇겐 못 해!!"

—사이에 끼어든 가웨인이 갑옷으로 막았다.

레이피어는 딸그락거리는 가벼운 소리를 내며 바닥을 굴렀다. 살았다……!

"미안, 가웨인……!"

"나야말로. ……너의 행동을 보고 조금 정신이 들었어."

냉정함을 되찾은 건가!

가웨인이 호위해 준 덕분에, 나는 엘비스가 있는 곳까지 교사를 데려갈 수 있었다.

교사를 입구 옆의 벽 쪽에 앉히고 밧줄을 풀었다. 그러는 동안에도 허벅지에 뚫린 구멍에서 피가 줄줄 흘렀다.

"출혈이 심해……! 얼른 지혈해야 해! 손수건 있는 사람?!"

나는 엘비스에게 손수건을 건넨 뒤, 일단 교사를 맡기고서 몸을 돌렸다.

빈손이 된 에밀리 오하라는 살의에 지배된 루비에게 압도당하고 있었다. 연상이고 체격도 차이가 나지만, 무기 없이 루비를 상대할 수 있을 리가 없었다.

루비는 에밀리 오하라를 아레나 쪽 난간까지 몰아붙였다. 오하라가 퍼뜩 뒤돌아 퇴로가 없음을 알아차린 순간, 그 목에 단검을 바싹 들이댔다.

오하라의 움직임이 멈췄다.

이 이상 물러나면 10미터 아래의 아레나로 곤두박질친다.

앞에는 단검, 뒤에는 허공.

전후의 죽음 사이에 에밀리 오하라를 끼운 루비는 어둡고 무거운 목소리로 물었다.

"대답해. 비프론스는 어디 있지."

"히히…… 히히히히……."

"대답해!!"

"히히히히히히— 히히히히히히히히히히히히히히!!!!"

경련하듯이 웃으며.

에밀리 오하라는 뒤로 자빠지듯 공중으로 몸을 내밀었다.

“무슨, 이봐—!”

“우리의 목숨은, 악령왕님의 사랑을 위해!!”

앞으로 뻗은 루비의 손은— 닿지 않았다.

“이상, 에밀리 오하라가 중계해 드렸습니다아아아아—.”

에밀리 오하라의 모습이— 난간 너머로, 사라졌다.

아주 잠깐 정적이 감돌았고.

곧…… 털썩, 무거운 소리가 들렸다.

루비가 아래를 보더니 「젠장!!」 하며 짜증스레 난간을 때렸다.

우리는 황급히 난간으로 달려가 아래를 보았다.

그곳에는, 머리에서 어마어마하게 피를 흘린, 에밀리 오하라가 있었다.

높이는 10미터 이상— 심지어 머리부터 떨어졌다.

살 수, 있을 리가 없다…….

“뭐냐고, 젠장!! 보통 떨어지냔 말이야! 죽는다는 걸 알고 있었을 텐데!! 이상하잖아!!”

몇 번이고 계속해서 난간을 때리는 루비의 팔을, 가웨인이 잡았다.

“버그슨, 진정해!”

“이거 놔, 놓으라고!! 나는 흥분하지 않았—.”

찰싹!! 가웨인이 루비의 얼굴을 양손으로 세게 치며 감쌌다.

깜짝 놀라서 얼떨떨해하는 루비의 눈을, 가웨인의 성실한 눈이 정면으로 응시했다.

"진정됐나."

"으, 응……."

"정말이겠지?"

"저, 정말이야! 이제 놔!"

루비가 가웨인의 손을 뿌리쳤다.

꽤 세게 맞아서 그런지 루비의 뺨은 살짝 빨개져 있었다.

"하지만…… 역시, 정말 이상하긴 해……. 이렇게…… 스스로……."

아젤레아가 에밀리 오하라의 시체를 내려다보며 말했다. 아젤레아는 진정됐다기보다— 의기소침해진 것 같았다.

"이것도, 비프론스의 정령술일까……."

"그렇다면 틀림없이 사상 최악의 정령술이야."

엘비스의 중얼거림에 씁쓸하게 대답했을 때.

"어라?"

필이 뒤를 보더니 고개를 갸웃했다.

"있지, 애들아…… 아까 구한 선생님, 어디 갔지?"

어? 하고.

다들 뒤돌아보았다.

입구 바로 옆의 벽에 앉혔을 터인 교사의 모습이— 어디에도 없었다.

그 대신—.

—허벅지에서 흘렀을 핏자국이, 방송실 밖 복도로 이어지고 있었다.

“말도 안 돼……! 그렇게 다쳤는데 대체 어디로?!”

“쫓아가자!”

우리는 활짝 열린 문으로 황급히 나갔다.

"♪ 쎄쎄쎄 노 요이요이요이 ♪"
"♪ 오기 전보다도 깔끔하게 치워야지 ♪"
"♪ 베고 찢고 으깨서 쓰레기통에 ♪"
"♪ 랄라랄라 랄랄랄라 ♪"
"♪ 랄라랄라 랄랄라 ♪"
"♪ 랄라랄라 랄랄랄라 ♪"
"♪ 랄랄랄랄라…… ♪"

노래가, 들렸다.
이제 다시는 들을 리 없었던, 노래가.
"이게 뭐야……? 노래……?"
환청이— 아니다.
필도, 아젤레아도, 엘비스도, 루비도, 가웨인도.
노래가 들리는 곳을 찾으려고 주위를 둘러보고 있었다.
"그럴…… 리가……."
그럴 리가, 없다.
그럴 리가 없다.
그럴 리가 없다!
그 녀석은…….
그 녀석은……!
그 녀석은, 그 녀석은, 그 녀석은!!

"……그 녀석은, 이미 죽었다고……!!"

"어? 잠깐! 잭?!"

나는 달렸다.

복도에 점점이 남은 핏자국을 따라갔다.

그 녀석은 죽었다.

내가 죽였다!! 틀림없다!! 시체도 확인했다!!

살아 있을 리가, 없다……!!

핏자국을 쫓아 모퉁이를 돌고.

그렇게 조금 더 간 곳에서, 핏자국은 끊겼다.

아까 구한 교사가, 그곳에 있었다.

—발이 살짝, 바닥에서 떠 있었다.

—신발 끝에서, 피가 뚝뚝 떨어져서, 바로 밑에 피 웅덩이를 만들고 있었다.

허벅지의 상처, 따위, 이제 의식도 되지 않았다.

조금 전까지 에밀리 오하라에게 인질로 잡혀 있었던 여교사는.

한심해서 미안하다고, 내게 사과했던 여성은.

벽에 걸린 촛대에, 연수를 깊이 관통당하여, 매달려 있었다.

마치 거대한 태피스트리 같았다.
인테리어용으로 쓰는 곰의 모피 같았다.
그런 생각이 들 만큼, 인간으로서의 의미를, 완전히 상실해 있었다…….
동료들이 쫓아와서 「힉」 하고 짧게 비명을 흘렸다.
이건 역시, 환각이 아니었다.
현실이었다.
악몽 같은…… 현실이었다.
그 5년간.
내 눈앞에서 차례차례 살해당했던 사람들의 모습이, 태피스트리처럼 걸려 있는 교사의 모습에 오버랩되었다.
"아아……."
악몽은, 아직— 끝난 게, 아니었다…….

Nightmare Escape

"다들 괜찮아?!"

뒤에서 쫓아온 목소리가 우리의 경직을 풀었다.

복도를 달려온 사람은 라켈이었다.

"방송실에서 사람이 떨어지는 게 보였는데, 무슨 일이—아……."

벽걸이 촛대에 목을 관통당한 교사를 보고, 라켈은 말을 잇지 못했다.

다들 고개를 숙일 뿐이었다.

그래서 내가— 이 악몽을 남들보다 좀 더 겪어 본 내가, 설명할 수밖에 없었다.

살롱에 있던 술사들의 전멸. 에밀리 오하라와의 실랑이와 자살. 그리고 이 선생님의 시체를 발견하기까지— 나는 애써 담담히 설명했다.

라켈은 그걸 멍하니 듣고 있었다. 그리고 제2귀빈실에 있던 민주파 귀족들의 전말까지 엘비스에게 듣자, 두통을 참듯 이마를 짚었다.

"이해가, 안 돼……."

매우 동감이었다.

그 목소리— 악령왕 비프론스가 등장한 이후로 세계의

나사가 하나도 남김없이 빠져 버린 것 같았다…….

그래도 라켈은 현실을 파악하려고 계속해서 머리를 굴렸다.

"제2귀빈실, 살롱, 방송실, 그리고 이곳— 너희가 확인한 시체는 전부 자살이었던 거지?"

"맞아……. 그때와—『진홍의 고양이』 때와 똑같아, 스승님."

라켈의 눈초리가 냉엄해졌다.

"너희의 추측이…… 옳았던 거야……."

나와 엘비스는 고개를 끄덕였다.

『진홍의 고양이』 뒤에는 비프론스가 있었다. 이 사건도 그때처럼 비프론스가 일으켰다. 이 이상한 집단 자살이 그 증좌다.

고개를 든 라켈은 우리 사이를 지나, 벽걸이 촛대에 목을 관통당한 교사에게 다가갔다.

"촛대의 아랫부분에 한 손이 걸쳐져 있어……. 턱걸이를 하듯 직접 올라가서……."

자살……한 건가. 그 노래가 들렸을 때부터, 어쩌면 그 녀석이 죽인 게 아닐까, 하는 생각도 했지만…….

곰곰이 생각해 보면…… 복도에 나왔을 때 들렸던 그 노래는 이 교사가 불렀던 게 아닐까……? 딱 한 번 들었던 목소리와 비슷했던 것 같다…….

그렇다면 그 노래를 했던 순간까지 교사는 살아 있었던

거다.

그 직후에, 자살했다.

……비프론스의 정령술은 사람의 정신을 강탈하는 종류인 걸까.

그렇더라도, 이런 끔찍한 자살을 강요할 수 있다니—.

—만약.

만약에.

그 악마 같은 동생이, 아직 살아 있다면.

……이럴 수 있다.

그 녀석이라면, 이럴 수 있다.

근거도 증거도 없이, 그런 생각이 들었다…….

"믿을 수 없어……. 자살이라니……. 아마벨 씨……. 오랜만에 고향에 가서 가족과 만났다고, 바로 얼마 전에 기뻐하며 얘기했었는데……."

이 교사는 라켈과 아는 사이였나. ……아니, 학원은 큰 것 같지만 좁다. 교사끼리 안면이 있는 건 당연하다…….

고개를 숙이고 있던 라켈은 뭔가를 떨쳐 내듯 머리를 흔들었다.

그리고서 얼굴을 들고 우리를 돌아보았다.

"……어쨌든 너희도 일단 대피해. 몇몇 방으로 나뉘어서 농성하기로 했을 테니까."

그 얼굴에는 공포도 두려움도 없었다. 하지만 학생들 앞이라서 꿋꿋하게 행동하고 있다는 것을, 나는 훤히 알 수 있었다.

그렇지만…… 나도, 다른 애들도, 모두 완전히 지쳐 있었다.

몸이 아니라, 마음이.

라켈이 힘껏 보여 준 믿음직한 어른의 모습에…… 어리광을 부릴 수밖에 없었다…….

테이블과 의자, 선반 등을 있는 대로 긁어모아서 입구를 단단히 막았다.

이 정도로 바리케이드를 쳤으면 몬스터도 그리 간단히는 들어올 수 없다.

우리는 마침내 한숨 돌렸다. ……하지만 아직 한시름 놨다고는 할 수 없었다.

우리가 농성하는 곳은 내장객용 살롱 중 하나였다. 영왕전이라는 큰 이벤트가 열린 날인지라 식량도 다소 준비되어 있었다. 하지만 그것도 대피한 수십 명이 며칠이나 굶지 않을 만한 양은 아니었다.

가장자리에 놓인 벤치 위에, 몬스터에게 공격받아 다친 사람들이 눕혀져 있었다. 의술을 익힌 자 몇 명이 마치 다대일 장기를 두듯이 바쁘게 돌며 그들을 치료하고 있었다.

이따금 방 밖에서 피에 굶주린 울음소리가 들렸다.

쿵, 쿵, 묵직한 발소리도.

그럴 때마다 살롱 안은 바짝 긴장됐다.

몇 번씩 긴장을 되풀이하며, 걷잡을 수 없는 불안이 조금씩 앙금처럼 쌓였다.

그래도 이렇게 한곳에 자리 잡은 것에는 의미가 있었을 것이다. 복수심에 불타던 아젤레아, 루비, 가웨인도 이제 많이 진정된 모습이었다. 하지만 언제까지고 틀어박혀 있을 수는 없다……. 탈출할 방법을 생각해야 한다…….

"라켈."

나는 짬이 생긴 것을 보고 라켈에게 말했다.

"탈출할 방법은 생각해 냈어?"

"……그에 관해서 너와 엘비스에게 얘기를 듣고 싶어. 이 정령술을 체험한 적이 있다고 들었거든."

부모님에게 들었나.

우리 부모님과 포스포드 씨도 이 살롱에 대피해 있었다. 다행히 다치진 않은 것 같았다. 멋대로 행동했다고 꽤 심하게 혼났지만.

나는 라켈에게 고개를 끄덕이고서 엘비스를 불러왔다.

다른 교사들도 함께 빙 둘러앉아서 대책 회의가 열렸다.

"—이 미궁을 나가려면 거수라고 불리는 괴물을 해치워야 해요."

얘기를 시작하는 역할은 왕자인 엘비스에게 맡겼다.

교사들은 진지한 얼굴로 엘비스의 말에 귀를 기울였다.

"아마 여러분도 확인할 수 있을 거예요. 눈을 감으면 이 미궁의 규칙이 앞에 떠오를 테죠. 그 네 번째 줄— 네 번째 법칙이 미궁에서 탈출하는 조건이에요."

"이 법칙은 틀림없는 거야?"

눈을 감고 미궁 법칙을 확인한 라켈이 눈을 뜨고 말했다.

「틀림없을 거야」라고 내가 대답했다.

"이 미궁에서 목숨을 어떻게 다루는지 첫 번째 법칙에 적혀 있지? 우리 때는 그게 『목숨에 제한은 없다』였는데……."

"뭐? ……잠깐만. 죽어도 되살아난다는 거야?"

"맞아. 실제로 되살아났어."

그 순간, 라켈이 매우 엄격한 눈으로 나와 엘비스를 노려보았다. 『위험한 짓을 하다니!』라는 뜻이겠지. 우리는 주춤하면서 말했다.

"아, 아마 『무혈진』과 비슷한 거였을 거야. 그치? 엘비스."

"으, 응. 맞아, 맞아. 이론적으로는, 아마도."

"……미궁 측에 불리한 법칙이어도 예외 없이 이행된다는 거구나."

나중에 혼내기로 했는지, 라켈은 한숨을 쉬며 얘기를 진행시켰다. 셀 수 없이 많이 죽었다고 말하면 더 걱정할 것 같다.

"맞아. 그러니까 거수를 해치우면 미궁에서 나갈 수 있어. 이건 틀림없을 거야."

"거수는, 저희 때는 어마어마하게 큰 촉수 덩어리였어요. 구체적으로는…… 코끼리의 대여섯 배 정도."

"응. 촉수 한가운데에 커다란 눈이 있었고, 거기서 숲 하나는 간단히 불태울 만한 광선을 발사했어."

우리가 말하는 『거수』의 개요를 듣고 교사들의 표정이 더 심각해졌다.

태연하게 굴고 있는 사람은 라켈뿐이었다.

"다만— 이건 【시련의 미궁】의 술사 본인이 말한 건데, 미궁은 반드시 공략할 수 있게 만든다고 했어요."

"……적이 한 말이잖아. 믿을 수 있는 거야?"

"완전히 믿을 수는 없지만, 있을 수 없는 얘기는 아니야. 실제로 우리는 공략할 수 있었고— 이 정도 규모의 정령술이잖아. 설령 루스트더라도, 뭔가 제약이 강한 루틴이 없으면 완벽히 제어할 수 없어."

"흠……."

라켈은 입가에 손을 올리고 생각에 잠겼다.

라켈은 제대로 된 단위를 안 가지고 있지만, 학원에서도 정상급으로 우수한 정령술사다. 그러나 그 강대한 힘을 안정적으로 발휘하기 위한 루틴은, 본인이 말하길 『배부르게 먹는다』라는 느슨한 것이라고 했다. 루틴의 중요성이 라켈에게 와닿지 않을 가능성은 있었다.

“극단적으로 말해서, 만약 미궁도 괴물도 자유롭게 설정할 수 있다면『우리 모두를 순식간에 확실히 죽일 수 있는 최강의 괴물』을 만들어 버리면 돼. 그러지 않는다는 것은 역시【시련의 미궁】에는 제한이 있는 거야.”

“……그러네. 일리 있어.”

라켈은 납득한 듯 고개를 끄덕였다.

“미궁은 늘 공략 가능하다는 얘기가 사실이라면……. 그 난이도는 어떻게 설정된다고 생각해?”

“그건 술사가 마음대로 정하는 걸 거예요. 그치? 잭 군.”

“응. 미궁을 거의 다 공략하자 술사 본인이 나왔었어. 우리를 얕봤다고 하더니 미궁 법칙을 변경했지. 아마―.”

“―술사가 공략자 앞에 모습을 드러내는 걸 조건으로, 난이도를 조정할 수 있다는 거구나.”

내가 하고 싶었던 말을 라켈이 바로 선수 쳐서 말했다. 역시 대단하다.

그때 아론이 우리 앞에 모습을 드러낼 이점은 없었다. 허를 찔려서 죽는다면 분명 미궁도 풀릴 테고. 그렇다면 모습을 보이는 것에 뭔가 의미가 있었다고 생각할 수밖에 없다. 그때는 우리에게서 무한한 생명을 빼앗기 위해 위험을 감수하고 대면할 필요가 있었던 거다.

“그렇다면…….”

라켈이 시선을 살짝 들며 말했다.

"……우리가 간단히 미궁을 공략해서, 초조해져 난이도를 변경하려고 모습을 드러낸 술사 본인을 속공으로 해치운다. ……이게 가장 빠르려나?"

"그렇죠."

"문제는 현재 난이도야. 『목숨은 하나뿐』, 『시간은 현실과 똑같이 경과』, 『몬스터는 해치워도 줄어들지 않음』— 지금도 상당히 높게 설정되어 있다고 생각해."

"그렇지……. 굳이 따지자면 몬스터가 지금보다 더 늘어나진 않을 것 같다는 게 다행이려나. 우리 때는 꾸물거리면 종이 댕댕 울려서 점점 늘어났잖아?"

"그러고 보니 그런 일도 있었지."

몇 번째였는지 잊어버렸지만, 그런 일이 있었기에 최대한 빨리 공략해 나가기로 했었다. 만약 이번에도 그 규칙이었다면 이렇게 여유롭게 작전 회의를 할 여유도 없었을 거다.

……그렇게 생각하면 이번 미궁은 만에 하나라도 몬스터가 전멸하지 않도록 방어적으로 만들어졌다고 할 수 있을지도 모른다.

"무기 반입이 허용된 것 같은 것도 다행이지. 정령술의 제한도 약한 편인 것 같아."

"그러고 보니 잭 군, 평범하게 【자립의 투익】을 썼지? 내 『왕안』은 저번과 똑같아……."

미궁 법칙에는 적혀 있지 않지만, 그 부분으로 밸런스를 잡는 걸지도 모른다. 반대로 말하면, 내 『새벽의 검』이나 정령술은 문제가 되지 않을 만한 적이 이 투술장 어딘가에서 기다리고 있다는 뜻이다…….

"뭐, 어쨌든."

무거운 분위기를 잘라 내듯 라켈이 태연하게 말했다.

"거수를 찾아내서 해치운다. 그러면 밖에 나갈 수 있다. 이 말이지?"

……그래, 맞다.

어려운 쪽으로만 생각해 봤자 소용없다. 심플하게 가자.

"우리가 해결해야 할 과제는, 어떻게 거수를 찾아내고, 어떻게 거수를 쓰러뜨릴지, 그걸 고민하는 거야. ……경험자 두 명은 뭔가 생각 있어?"

나와 엘비스는 잠시 입을 다물고 생각했다. 거수가 있다면…….

"……맨 처음 이변이 생긴 아레나에 있지 않을까?"

"응. 나도 그렇게 생각해."

나와 엘비스의 의견은 일치했다.

"왜 아레나가 수상한데?"

"만약 그렇다면, 막연한 느낌이지만, 와인관 때와 **연출**이 비슷해."

"연출이라. 그러네. 그 표현이 맞는 것 같아."

"연출……?"

나는 고개를 갸웃하는 라켈에게 내가 느끼는 막연한 감각을 설명했다.

"와인관 때 우리는 처음에 가장 안쪽까지 안내받았어. 그 후 입구 근처로 돌아왔고, 미궁으로 변한 뒤, 다시 새롭게 가장 안쪽으로 향했어. 그런 다음에 보스에게 쫓기며 입구로 돌아왔어. 즉— 똑같은 길을, 난이도만 바꿔서 두 번이나 왕복한 거야."

엘비스가 고개를 끄덕거리며 동의했다.

"우리는 맨 처음에 아레나에 있었고, 거기서 여기까지 도망쳤어. 그러니까 만약 거수가 아레나에 있다면 또 같은 길을 돌아가게 돼. 그『똑같은 길을 난이도만 바꿔서 몇 번씩 왕복시킨다』라는 연출이 와인관 때와 판박이야."

흠, 하고 라켈은 생각에 잠겨 입가에 손을 올렸다.

"미궁을 만드는 버릇, 이라고 할까…… 작풍 같은 걸지도 몰라."

작풍— 절묘한 말이었다.

"일단 정찰하자. 정말로 아레나에 거수가 있는지 확인하고. 그다음에 토벌팀을 꾸려서—."

라켈의 목소리를 차단하듯 땅이 울렸다.

산발적으로 비명이 터져 나왔지만, 땅울림은 잠시 후 알아서 가라앉았다.

방금 그 땅울림은 뭐지……. 마치 뭔가가 무너진 것 같았는데…….

의아하게 여겼을 때였다.

—털썩.

—털썩, 털썩, 털썩.

방 곳곳에서 몇몇 사람이 갑자기 쓰러졌다.

술렁거림이 일었고, 그것은 이내.

"꺄아아아아아아아아아아아악!!"

이라는, 이제는 지긋지긋한 비명으로 바뀌었다.

나와 라켈이 달려갔을 때, 쓰러진 사람들은 이미 피바다에 잠겨 있었다.

다들 하나같이 배에서 대량의 피를 흘리고 있었다.

그리고…… 오른손에는, 과일칼.

—자살.

"죽었어……."

라켈이 맥박을 확인하고서 고개를 저었다.

다른 사람들도 똑같이 확인했지만, 숨이 붙어 있는 사람은 한 명도 없었다.

……이렇게 틀어박혀 있어도 안 되는 건가.

어디에 있든 상관없이 자살시켜 버린다.

이걸 대체 어떻게 하라는 거야……?!

이를 갈았을 때, 나는 의심스러운 점을 알아차렸다.

배에서 옷에 밴 빨간 피…… 그 배어든 방식이, 좀, 이상한 것 같은데…….

나는 시체에 다가갔다. 찰박, 피 웅덩이를 밟았다. 신발이 더러워지지만, 신경 쓰고 있을 때는 아니었다.

시체의 옷을 걷어서 복부를 확인했다.

"이거……."

복부에는 상처가 있었다.

과일칼로 냈을 상처에서 피가 철철 흐르고 있었다.

기묘한 것은 그 상처였다.

"이거— 글자야."

상처가 글자를 형성하고 있었다.

내 중얼거림을 듣고 확인한 라켈이 끔찍하다는 듯 인상을 썼다.

그리고 다른 교사와 눈짓을 주고받아 다른 시체의 상처도 서둘러 확인했다.

그 결과…… 모든 시체의 상처가 글자를 형성하고 있음을 알 수 있었다.

그리고 그 모든 글자를 잇자, 하나의 메시지가 되었다.

어느 누구도 도망칠 수 없다
—『NO ONE CAN ESCAPE』.

"……아무래도."

라켈은 씁쓸하게 중얼거렸다.

"여유 부릴 시간은 없는 것 같아……."

정찰하고 있을 시간은 없다.

그렇게 판단한 교사진은 시급히 토벌팀을 꾸려야 했다.

하지만 이 피난소를 비울 수는 없었다. 밖에 나갈 수 있는 교사는 한 명이 최대였다.

의논 끝에 라켈이 밖에 나가게 되었다. 여기 모인 교사 중에서는 가장 전투력이 높다고 판단된 것이다.

라켈은 정말로 혼자 갈 생각이었지만, 당연히 그건 내가 허락하지 않았다.

"경험자가 있는 편이 여러모로 편리하잖아?"

라켈은 못마땅해했지만, 그 논법을 억지로 밀어붙여서, 나와 엘비스를 데려가는 데 합의하게 했다.

그 이후가 성가셨다.

"저희도 데려가 주세요!"

"이대로 끝낼 수 있을 리가 없잖아!"

"부디 원수를 갚을 기회를……!"

"지 군이 간다면 나도 갈래!"

시간이 지나 머리가 식긴 했지만, 스승을 살해당한 원한이 사라지는 것은 아니었다.

아젤레아와 루비, 가웨인이 동행하길 바라는 것은 자연스러운 일이라고 할 수 있었다.

그리고 내가 가는 이상, 필이 따라오고 싶어 하는 것도 자연스러운 일이었다.

……나는 지금까지 필을 파트너 삼아 단급위전을 이겨 왔다. 그런 의미에서 보면 필이 따라와 주는 것은 매우 든든하다.

하지만 동시에 필을 위험하게 만들고 싶지 않다는 마음도 있었다.

정령술사로서의 파트너고 소꿉친구지만, 그 이상으로 지금의 나에게 필은 소중한 약혼자였다.

"지 군."

필은 못마땅한 표정을 짓는 나를 진지한 목소리로 불렀다.

"같은 인생을 살 거잖아?"

……그래.

같은 인생을 살아 달라고, 나는 필에게 말했다.

기쁜 일뿐만 아니라 힘든 일도 포함해서, 모든 것을 함께 짊어져 달라고 했다.

그렇다면 나는 필의 동행을 거절할 수 없다.

남은 세 명도, 라켈이 못마땅해하는 표정을 지어도 아랑곳없이 끈질기게 물고 늘어졌다.

이 녀석들도 물러날 수 없는 거다.

그 마음은 분명 라켈도 알고 있다.

라켈도, 10년을 함께 지냈다고 한 학원장을, 잃었으니까.

"……알았어."

그래서 결국엔 꺾일 수밖에 없었다.

"단, 내 지시를 반드시 따를 것. 알겠지?"

세 사람이 씩씩하게 대답했다.

이렇게 결성된 미궁 공략팀은 바리케이드를 일시적으로 풀고 밖으로 나갔다.

엘비스와 필이 즉시 색적했지만 반응은 전혀 없었다.

"……몬스터가 없다고?"

"뭘 꾸미고 있는 거야……!"

아젤레아가 물어뜯을 듯이 중얼거렸다.

아직 적도 없는데 이래서야 여차할 때 에너지가 고갈될 것 같지만…… 분명 분노를 태우지 않으면 마음을 유지할 수 없는 거겠지.

나는 대피했을 때와 복도가 달라졌음을 알아차렸다.

"……아레나로 가는 길이 막혀 있어."

"이래서 아까 땅이 울렸던 건가……."

천장이 무너져서 아레나로 가는 복도가 막혀 있었다.

하지만 막힌 것은 어디까지나 최단 루트뿐이었다.

"돌아가라는 건가."

"그런 거지. 이동 거리를 늘림으로써 난이도를 높— 아야?!"

"아야!"

갑자기 라켈이 엘비스와 나에게 촙을 먹였다. 느닷없이 뭐야?!

"적의 의도에 간단히 넘어가지 마."

그렇게 말하며, 라켈은 복도를 막은 잔해 앞에 섰다.

잔해를 향해 양손을 들었다.

"—합령술 《폭진(爆塵)》."

진홍색 폭발이 쌓여 있는 잔해를 감싸더니 흔적도 없이 날려 버렸다.

라켈은 뚫린 길 너머에 몬스터가 없음을 확인하고서 우리를 보고 말했다.

"확실히 이 미궁은 우리의 정령술을 어느 정도 제한하는 힘이 있어. 평소라면 부술 수 있는 것을 못 부수기도 하겠지. 하지만 천장을 무너뜨릴 수 있었다는 건, 그 잔해를 파괴할 수도 있다는 거야. 이곳은 적의 영역이야. 통찰력을 최대한으로 발휘해."

평소처럼 수업하듯, 라켈은 담담히 말했다.

엘비스가 내게 슬쩍 질문했다.

"있잖아. 방금 라켈 선생님이 뭘 했는지 알아?"

"……아마, 분진 폭발일 거야."

"분진 폭발?"

“먼지는 불을 전달하기 쉬워. 그래서 흙이나 돌을 다루는【대지의 손끝】으로 먼지를 모으고, 불을 다루는【여명의 등불】로 점화시킨 걸 거야.”

라켈의 정령술【신의의 접수】는 타인의 정령술을 모방할 수 있다. 라켈은 그 정령술과 긴 수명을 이용하여 전 세계의 정령술을 수집하며 다녔다. 그렇게 만든 방대한 라이브러리 안에서 임의로 최대 두 개까지 선택해 자유롭게 쓸 수 있었다.

주된 결점이나 약점은 두 가지.

첫째, 출력은 루스트보다 못하다.

둘째, 숙련도는 전문적인 달인보다 못하다.

하지만 동시에 두 가지 정령술을 행사할 수 있다는 어드밴티지가 있으면 지금처럼 출력의 결점은 커버할 수 있었다.

그리고 숙련도가 떨어진다고 해도, 처음 만났을 때 라켈은【자립의 투익】을 나보다 훨씬 잘 다뤘다. 솔직히 지금도 따라잡았다고는 단언할 수 없었다. 긴 수명을 가져서 얼마든지 훈련에 시간을 쓸 수 있는 엘프에게 숙련도라는 결점은 없는 것과 같을지도 모른다.

처음 들었을 때도 생각했지만…… 아닌 말로 반칙(치트)이었다.

솔직히 어떻게 하면 라켈을 이길 수 있을지 상상도 안 갔다. 정령술사 길드를 가까이하지 않고 단위전에도 나가지 않아서 무명일 뿐, 라켈은 아마 학원장과도 정면으로 싸울 수 있었을 거다. 악령왕 비프론스에게 오산이 있다면, 가장 먼저 라켈을 처리하지 않은 것이리라.

우리가 따라올 필요가 있었나 불안해질 정도였다.

"가자."

라켈은 잔해를 폭파해 뚫은 길을 유유히 걸어갔다.

우리는 안심조차 느끼며 그 뒤를 쫓아갔다.

아레나를 뒤덮었던 몬스터는 한 마리도 보이지 않았다.

그저 도망치지 못한 관객의 시체만이 여기저기 나뒹굴고 있었고.

아레나 중앙에 조장(鳥葬)당한 학원장의 시체가 있을 뿐이었다.

"읏……."

나는 라켈이 한순간 얼굴을 와락 일그러뜨린 것을 보았다.

하지만 곧장 무표정을 되찾았고.

"……경계를 게을리하지 마."

그렇게 말하고서 아레나에 발을 들였다. 우리도 뒤따랐다.

아레나에는 중앙이 올라오는 형태로 무대가 설치되어 있었다. 학원장의 시체가 있는 것도 그 중심이었다……. 라켈이 그곳으로 올라가는 계단에 발을 올렸지만, 보스의 기척은 어디에서도 느껴지지 않았다.

예상이 빗나갔나?

그렇게 생각한 순간— 스테이지의 바닥 타일이 일제히 전부 벗겨졌다.

"물러나!!"

날카롭게 외치며 라켈도 재빨리 스테이지에서 뛰어내렸다.

황급히 뒤로 물러난 우리는 공중으로 높이 날아오른 무수한 타일을 아연하게 올려다보았다.

"이게 뭐야……?!"

"뭔가…… 타일 너머에, 있어……!!"

루비가 가리킨 곳을 보고, 나는 눈을 크게 떴다.

공중을 나는 타일에 숨듯, 커다란 눈이 있었다.

타일 사이를 누비듯이 새까만 촉수가 꿈틀거리고 있었다.

저건…… 저 녀석은……!

본 적 있는 촉수 생물을, 무수한 타일이 덮었다.

타일은 퍼즐처럼 짜 맞춰져 순식간에 어떤 형태를 만들었다.

—거인이었다.

타일로 이루어진 거인은 머리 부분에 드러난 거대한 외눈으로 우리를 내려다보았다.

관절부에는 검은 촉수가 있었다. 저것이 타일을 이어 붙여서 조종하고 있는 것이다.

"패러건트……!!"

우리는 하늘을 덮은 어두운 돔에 닿을 듯한 거구를 올려다보며 몸을 긴장시켰다.

"라켈 선생님! 저희가 싸웠던 거수는 이 녀석이에요!"

"약점은 눈이야! 우리가 접근해서—."

"너희는 물러나 있어."

그렇게 말한 라켈이 한 걸음 앞으로 나갔다.

어, 농담이지……?! 아무리 라켈이 강해도, 혼자서는 이 녀석을—.

내가 제지하는 것보다도 패러건트의 외눈이 번쩍인 것이 더 빨랐다.

"큰일—."

빔이 온다!

피하기엔 늦었다.

엘비스의 굴절도— 제때 만들 수 없을 것 같다.

나는 반사적으로 눈을 감았다.

"—【절적의 허혈】."

하지만 잠시 시간이 지나도 내 몸은 증발하지 않았다.

조심조심 눈을 뜨니—.

우리의 머리 바로 위에서…… 굵직한 빔이, 소실되고 있었다.

마치 보이지 않는 구멍 속으로 빨려 들어가듯이—.

"돌려줄게…… 다섯 배로."

라켈이 담담히 말한 직후, 조금 전보다 몇 배는 더 눈부신 섬광이 주위를 물들였다.

굵직한 빔이— 총 다섯 개. 패러건트 주위에 갑자기 나타나, 타일로 이루어진 거구를 꿰뚫었다.

비키가…… 그 여도적이 했던 일과 똑같았다.

【절적의 허혈】은 떨어져 있는 공간과 공간을 잇는 웜홀을 만드는 정령술이다.

기본적으로 입구와 출구는 하나씩.

하지만 라켈은 하나의 입구에 출구를 다섯 개나 만든 것이다.

그 결과, 하나의 입구로 웜홀에 들어간 빔은 다섯 개의 출구로 동시에 나왔다.

즉, 위력은 그대로 가지고서 다섯 개로 분열했다…….

자신의 필살 공격을 다섯 방이나 맞은 패러건트의 몸은 순식간에 산산이 부서졌다.

본체인 촉수 생물은 잔해를 긁어모아 몸을 재구축하려고 했지만, 라켈은 그걸 허락하지 않았다.

슥— 하늘을 가리켰다.

"【뇌정의 군배】."

그 순간, 그 손끝에서 번개가 용솟음쳤다.

번개는 하늘에 도달하기 전에 소실됐다. 【절적의 허혈】에 들어간 것이다. 그렇다는 건—.

—콰징!!

하는 소리가, 훤히 드러난 촉수 생물의 바로 위에서 터졌다.

다섯으로 분열된 번개가 하나로 합류하고—.

"합령술《우레망치》."

—굉음이, 귀청을 찢었다.

위력이 너무 어마어마해서 나는 나동그라졌다. 뇌가 날아가 버리는 줄 알았다. 눈도 섬광에 당해서 시야가 하얗게 물들어 있었다. 나는 연신 눈을 깜빡이며 겨우 일어났고—.

검은 연기를 피워 올리는 촉수 괴물을 보았다.

그 커다란 외눈에는…… 의지가 깃들어 있지 않았다.

툭, 하고 타일이 벗겨진 스테이지에 떨어졌다.

그리고 그대로 바닥에 스며들듯, 패러건트는 소멸했다…….

"……진짜로……?"

"이렇게, 간단히……."

나와 엘비스는 그저 멍하니 있을 수밖에 없었다. 그렇게나 고전했던 패러건트가, 이렇게, 순식간에……?

심지어 라켈은 최초의 위치에서 한 발짝도 움직이지 않았다.

완승이자 낙승. 싸움조차 되지 않았다.

나는 이때 내 스승의 압도적인 강함을 처음으로 목격했다.

“아직 경계는 풀지 마. ……가자.”

라켈은 자랑스러워하지도 않고, 아무 일도 없었던 것처럼 걷기 시작했다.

다시 스테이지에 올랐다.

중앙에는 아직 말뚝에 가슴을 꿰뚫린 학원장의 시체가 있었다.

우리가 그리로 다가가자, 몰려들어 있었던 새들이 달아났다.

“툴라…….”

라켈이 조용히 중얼거리고서 피에 젖은 뺨을 만졌다.

……역시, 죽어 있었다.

더미 같은 것도 아니었다.

영왕 툴라 클리즈는, 확실하게 사망한 상태였다…….

학원장도 역시, 자살한 걸까.

아니…… 곰곰이 떠올려 보자. 개회식 도중에 갑자기 캄캄해진 그때. 분명 학원장의 목소리가 들렸었다.

『이봐! 뭐냐, 네 녀석—!』

그건 학원장 앞에 범인이 나타났다는 증좌이지 않을까.

죽은 방식도 도저히 자살 같지 않았다. 학원장만큼은 타살인 걸까……?

—그때였다.

생각에 잠기려던 나를 현실로 되돌리듯, 어디선가 박수 소리가 들렸다.

짝짝짝— 하고 건조한, 어딘가 비웃는 듯한…….

아무도 없는 관객석에, 그 녀석은 당당히 앉아 있었다.

얼굴 절반을 가면으로 가린, 서른 초반쯤 되어 보이는 남자—【시련의 미궁】의 술사 · 아론.

“브라보. 터무니없는 녀석이 숨어 있었군. 학원의 교사가 떼로 덤벼도 이길 수 있을 줄 알았는데 말이야…….”

“당신이 이 미궁을 만들었어?”

“악령술사 길드 소속, 아론 블루이트.”

반가면을 쓴 남자는 처음으로 직접 이름을 밝혔다.

“단위는 일단 **종단(終段)**이야. 잘 부탁해, 농담처럼 강한 아가씨.”

……종단? 단위라고?

정령술사 길드의 흉내라도 내는 건가. 이렇게나 우리를 바보 취급하고서……!

“그럴 생각은 없어.”

라켈은 잘라 내듯 말하고, 아론을 향해 가녀린 손가락을 들었다.

“—당신과 만나는 건 이번이 처음이자 마지막이니까.”

번개가 솟구쳤다.

뱀처럼 꿈틀거리며 비상한 그것은 여러 갈래로 분열되어 아론에게 쇄도했다.

하지만— 아론의 모습은 어느새 전혀 다른 곳에 있었다.

"어휴, 위험했네."

의아해하며 눈썹을 찌푸리는 라켈을 향해, 아론은 표표하게 어깨를 으쓱였다.

방금 그건 뭐지……. 순간이동? 혹시 저 녀석은 미궁 안에서라면 자유롭게 이동할 수 있나? 확실히 저번에도 갑자기 나타나고 사라졌었다…….

"이것 참. 나 같은 녀석보다도 조심해야 할 것이 있다고 생각하는데 말이야, 아가씨."

"……무슨 말이야?"

"너는 온갖 정령술사 중에서도 정상급으로 강해. 최강이라고 해도 지장이 없어. 경험이 풍부한 아저씨가 보증해 줄게. 그러니—."

아론은 히죽 웃더니…… 다리를 꼬며 한곳을 가리켰다.

라켈의 바로 옆에 있는, 학원장의 시체를.

"—최강에게는 최강을 부딪치기로 했어. 그게 공평하지."

나는 목격했다.

학원장의 시체의, 귓구멍에서—.

주르륵, 하고.

—촉수의 끝부분이, 나온 것을.

"스승님!!"

직후였다.

시체일 터인 학원장이, 움직였다.

양손이 들리고.

자신의 가슴을 꿰뚫은 말뚝의 끝부분을 잡아서.

—콰직! 하고…… 간단히, 싱겁게, 말뚝을 으스러뜨렸다.

학원장은.

아니, 학원장의 시체는.

말라붙은 피 웅덩이 위에, 자신의 발로 섰다.

가슴에는, 말뚝에 꿰뚫려서 생긴, 커다란 구멍이 있었다.

그곳에, 뒤루룩…… 커다란 외눈이, 나타났다.

"이름하여— 그래, 《기생 시령왕(屍靈王) 패러툴라》는 어때?"

마치 노는 것처럼 말하는 아론을, 라켈은 눈빛만으로 사람을 죽일 듯이 격앙하여 노려보았다.

"—태어난 걸 후회하게 해 주겠어."

"그거 기대되네."

학원장의— 아니, 저건 학원장이 아니다.

패러툴라의 뒤에, 아지랑이처럼 일렁이는 불사조가 나타났다.

정령 서열 37위— 〈덧없는 불멸의 페넥스〉.

우아하고 아름다운 화염의 불사조가, 지금은 추한 촉수

에 결박되어 있었다.

촉수에 묶인 〈페넥스〉가 비명을 지르듯 포효했다.

그것이, 학원장과 라켈의— 왕국 최강의 정령술사와 그 첫째 제자의.

너무 늦은 대결의 개막을 선언했다.

Too Late for Goodbye

정신 차리고 보니 나는 숲속을 헤매고 있었다.

이곳이 어디인지 알 수 없었다. 어째서 이곳에 있는지도 알 수 없었다. 어디로 가고 있었는지도 불명이었고— 알 수 있는 것은 머리가 욱신욱신 아프다는 것뿐이었다.

거의 무의식 상태로, 통증에 부추김당한 듯 계속 헤매다가 이윽고 탁 트인 곳으로 나갔다.

나무들이 두려워서 자리를 비운 듯 뻥 뚫린, 숲의 공백.

그 한가운데에 커다란 나무가 있었다.

지붕처럼 펼쳐진 가지와 잎 사이로 햇빛이 반짝반짝 쏟아졌다.

천국 같다고 생각했다.

그래서 거목의 밑동에서 은색 머리 여자아이의 모습을 발견했을 때, 천사나 요정일 거라고 생각했다.

꾸벅, 꾸벅— 따뜻한 햇빛 속에서 졸고 있는 은발 소녀.

그 모습에 이끌린 것처럼— 저벅, 한 걸음 앞으로 내디뎠다.

『……응.』

내려와 있는 긴 속눈썹이 떨렸다.

그리고 천천히 들렸다.

보석처럼 예쁜 눈이 내 모습을 포착했다.

『……응?』

갸웃, 하고.

소녀가 고개를 살짝 기울임과 동시에— 내 의식은 끊겼다.

『별일이구나. 그런 데서 쓰러지다니.』

소녀는 툴라라고 자신을 밝혔다.

당연히 천사도 요정도 아니었고, 엘프와 하플링의 혼혈이라고 했다. 겉모습은 소녀지만, 이미 몇백 년이나 살았다고 했다.

두통이 너무 심해서 의식을 잃었던 나는 툴라의 집의 침대에서 깨어났다. 나무로 만든 아담한 집이었다. 가족과 함께 살기에는 좁지만, 혼자 살기에는 충분할 것 같았다.

『그렇게 송구스러워하지 않아도 된다. 낮잠이 일과인 한낱 할망구이니. 그저 시간을 잡아먹으며 보내는 매일이다.』

툴라는 그렇게 겸손하게 말했지만, 내가 보기에 『그저 시간을 잡아먹으며 보내는 매일』이란 것은 아주 존귀하다는 생각이 들었다.

어째서일까?

머릿속을 뒤져 봐도 아무것도 나오지 않는데.

툴라는 기억을 잃은 나에게 친절하게 대해 줬다.

『100년에 한 번 만날까 말까 한 동족이다. 소홀히 대하면 정령이 내게 실망할 거다.』

툴라 자신은 농담처럼 말했지만…… 그 표정에 진짜 다정함이 있다는 것 정도는…… 기억이 없는 나도 간단히 읽을 수 있었다.

그 후 줄곧 계속되던 두통이 낫자, 나는 툴라 곁을 떠나기로 했다.

『좀 더 느긋하게 있어도 될 텐데. 엘프답지 않은 녀석이구나.』

여전히 아무것도 떠올릴 수 없는데…… 텅 빈 머릿속에 남은 무언가가 나를 재촉했다.

빨리.

빨리.

서둘러야 해.

목적지도 모르면서, 아무튼 움직여야 한다는 마음이 내 안을 채우고 있었다.

『기억도 온전치 않은 채로 다니는 건 위험하다. 속세는 일반 상식만으로 살아갈 수 있을 만큼 녹록지 않아.』

내가 입을 다물자, 툴라는 장난스럽게 웃고서 손가락을 하나 세웠다.

『그러면 이렇게 하자. 정령술로 싸워서 내게 이겨 봐라.』

곤혹스러워하는 나에게, 툴라는 일방적으로 고했다.

『「안녕」은 그때까지 보류다.』

◆

가슴의 구멍에 커다란 외눈을 담은 학원장이 라켈과 대치했다.

그 뒤에는 검은 촉수에 결박당한 불사조가 있었다.

저렇게 정령의 아바타가 나와 있다는 건…… 단순히 시체를 조종하고 있는 게 아닌가.

이곳은【시련의 미궁】으로 만든 미궁— 일종의 이공간이다. 본래 일어날 수 없는 일도 술사의 재량으로 얼마든지 일어난다.

최강의 정령술사, 영왕 퉅라 클리즈 자체가 저곳에 부활해 있더라도…… 이상하지는 않았다.

한 발짝 앞으로 내디딘 라켈이 팔을 옆으로 들어 우리를 제지했다.

"너희는 물러나 있어."

"하지만……!"

아젤레아가 주장을 내세우려고 했지만, 내가 어깨를 잡아서 제지했다.

나는 뒤돌아본 아젤레아에게 고개를 젓고 말했다.

"우리가 따라갈 수 있는 차원이 아니야."

"……?!"

나도 일단은 술사다. 라켈의 실력을 지척에서 봤고— 그리고 지금 라켈의 표정을 보면. ……지금부터 시작될 싸움이 우리에게 버거우리라는 것은 쉽게 알 수 있었다.

나는 이를 갈았다.

분하다. 아아, 분하다. 라켈도 내가 지키고 싶은 사람 중 한 명이라고— 얼마 전에 그렇게 선언한 참인데. ……그럴 힘이, 지금의 나에게는 없다. 지금의 나는 오히려 보호받는 어린아이이다…….

우리 여섯 명은 말없이 스테이지에서 내려갔다.

라켈과 학원장— 아니, 패러퉅라만을 스테이지에 남기고서.

바람이 불었다.

모든 바닥 타일이 벗겨진 스테이지에서 흙먼지가 일었다.

"——."

라켈이 뭔가 중얼거린 것 같았다.

하지만 그 목소리는 우리가 있는 곳까지 전해지지 않았다.

그 말을 들은 것은 분명— 이제 이곳에는 없는, 라켈의 스승뿐이리라.

그리고 차원이 다른 싸움이 시작됐다.

"—— ——!!"

금속을 긁는 것 같은, 목소리라고 할 수 없는 목소리가 울려 퍼졌다.

—노래다.

이전의 맑았던 노래와는 딴판인 이형의 노래였다.

스테이지가 거미줄 모양으로 갈라졌다.

그 속에서 넘쳐흐른 것은 파괴신의 혀 같은 진홍색 불꽃이었다.

—《홍염》.

틀라 클리즈의 정령술【청정의 성가】는 진동을 조종한다. 그걸 응용해서 바닥을 대규모로 파괴하는 것도, 분자를 진동시켜 열을 발생시키는 것도 마음대로 할 수 있었다.

진홍색 불꽃이 스테이지를 두루두루 핥았다. 도망칠 곳은 없었다. 순식간에 스테이지는 지옥의 화장터로 변했다. 하지만 당연히 라켈은 얌전히 해골이 되지 않았다. 지상에 있을 수 없다면 하늘로 도망치면 그만이다. 바닥을 박차 높이 비상하고, 그대로 공중에서 불꽃으로 가득 찬 스테이지를 내려다보았다.

"큰일이야……!"

"어? 뭐, 뭐가……?!"

내가 침음을 흘리자, 아젤레아가 당혹스러워했다.

"스승님은 정령술을 동시에 두 개까지만 쓸 수 있어. 부유하는 데【자립의 투익】을 쓰는 한, 정령술을 하나밖에 못 써……!!"

"아……!"

라켈이 쓰는 정령술은 루스트와 비교하면 출력이 떨어진다. 라켈은 그 약점을 정령술 두 개를 조합하는 것으로 보완했다.

그런데 그게 불가능해지는 것이다. 발 디딜 곳을 화염이 덮고 있는 한……!

스테이지를 뒤덮은 진홍색 불꽃은 패러툴라 주위만 솜씨 좋게 피하고 있었다.

패러툴라는 불바다의 중심에서 쇠부채를 꺼냈다.

영세영왕이 가진 유일한 무기이자 최대의 무기가 촥! 펼쳐졌다.

"—— ——!!"

다시 이형의 노래가 울려 퍼졌다.

동시에 패러툴라는 하늘에 있는 라켈을 향해 쇠부채를 부쳤다.

그렇게 일어나는 돌풍은 평범한 바람이 아니다. 닿은 자를 마비시키는, 보이지 않는 진동파다.

『왕안』을 가진 엘비스조차 이《공진》을 피하지 못했었다.

전혀 보이지 않기 때문이다. 속도도 범위도 전혀 알 수 없다.

그게 바로『대기』라는 무기의 가장 성가신 점이었다.

하지만— 라켈은 허공을 박차《공진》을 완벽히 피했다.

패러툴라는 두 번 세 번《공진》을 날려서, 고속으로 공중을 달리는 라켈을 잡으려고 했다. 하지만 라켈은 그럴 때마다 절묘하게 궤도를 바꿔서 피했다.

완벽히 간파하고 있었다. 바람이 눈에 보이는 것 같았다. 대체 어떻게……?!

"아아……! 불티야!"

엘비스가 불쑥 외쳤다.

"불에서 튀는 불티의 흔들림을 통해 바람을 보고 있는 거야……!『왕안』으로도 읽기 어려운 바람의 궤도를 그런 사소한 정보로 읽어 내다니……!!"

스테이지를 뒤덮은 화염에서는 별 같은 불티가 확실히 여럿 날리고 있었다. 하지만 그것들은 금세 불타서 사라져 버렸다. 바람의 궤도를 불티가 가르쳐 주더라도 그건 한순간이다.

그 한순간을, 라켈은 한 번도 놓치지 않았다.

불티는 모래알보다도 작은데— 결코 놓치지 않았다.

패러툴라가 쇠부채를 쳐들었다. 동시에 라켈이 뒤로 물러났다.

불티가 물고기 떼처럼 일제히 나부끼고 바로 흩어졌다. 그건 진동파의 궤적이었다. 쇠부채가 만들어 낸 의지를 가진 바람이, 뒤로 물러난 라켈을 쫓았다. 불티가 라켈의 앞머리를 스쳤고, 그리고.

—멈췄다.

불티가, 라켈의 눈앞에서, 사뿐히 정지하고, 흩어졌다. ……도달하지 못한 것이다. 그것이 패러툴라가 날린 진동파의— 사정거리였다.

《공진》의 사정거리를 읽어 낸 라켈은 관객석 위에 차양처럼 만들어진 지붕에 착지했다.

하늘을 덮은 어두운 돔을 등지고, 라켈은 스테이지 위에 있는 패러툴라를 멀리서 내려다보았다.

피아의 거리는 직선거리로 50미터 이상은 됐다.

하지만— 라켈은 이제 【자립의 투익】을 쓸 필요가 없었다.

반짝, 라켈의 양손이 빨갛게 빛났다.

직후, 패러툴라가 화염 속으로 사라졌다.

아무런 제약도 없는 완전한 라켈에게 거리라는 개념은 없는 것과 같았다. 【절적의 허혈】로 만든 웜홀을 이용하면 어디로든 공격을 전달할 수 있으니까.

휘오오!! 맹렬한 돌풍이 스테이지에 휘몰아쳤다.

스테이지를 뒤덮었던 불꽃이 소용돌이치더니 흩어지고, 그 안에서, 마치 알에서 부화하듯, 옷 일부가 탄 패러툴라가 나타났다.

앳된 발이 화염의 잔재를 밟았다.

패러툴라가 처음으로 발을 움직여서, 갈라지고 불탄 스테이지 위를 달리기 시작했다. 그건 회피 행동이었다. 도망칠 곳을 확보하기 위해, 자신이 만들어 낸 불꽃을 없앤 것이다……!

하지만 도망칠 수 있을 리가 없다.

라켈의 【절적의 허혈】은 하나의 입구에 여러 개의 출구를 만들 수 있다. 누구보다도 내가, 몸소 겪어서 알고 있다. 분기 웜홀에 의한 포화 공격에는 빠른 속도도 의미가 없다……!

라켈의 양손이 다시 빨갛게 빛났다. 【여명의 등불】로 만들어진 불꽃이 웜홀을 통과하는 과정에서 몇 배로 분열했고—.

—그때, 패러툴라가 불현듯 멈춰 섰다.

그리고 그 자리에서 춤추듯 빙글 회전했다.

휘오오!! 바람이 소용돌이쳤다.

패러툴라를 중심으로 한 회오리가 맹렬한 기세로 하늘을 찔렀다. 나는 얼굴을 가리고 발에 힘을 줘서 버텼다. 멀리서 보고 있는 우리조차, 긴장을 늦추면 날아갈지도 몰랐다……!

강렬한 위력의 회오리였으나, 그것은 금세 싹 사라져 버렸다.

마치 어딘가로 빨려 들어가 버린 것처럼—.

—빨려 들어갔다?

"스승님!!"

외치며 얼굴을 들었을 때, 라켈은 높이 하늘을 날고 있었다.

카운터다.

웜홀은 단순한 구멍— 이쪽에서 통과시킬 수 있다면 반대쪽에서도 통과시킬 수 있다.

라켈이 웜홀의 출구를 여러 개 만든 순간, 그 모든 출구에 《공진》을 집어넣은 것이다. 여러 출구에서 동시에 역류한 《공진》은 입구에서 하나로 뭉쳐 라켈 근처에서 작렬했다……!

유인에 제대로 걸렸다. 도망칠 곳을 만든 것처럼 행동한 것은 포화 공격을 유도하기 위함이었다!

위로 날아간 라켈은 공중에서 우뚝 정지했다.

【자립의 투익】으로 관성을 멈췄나. 하지만 그 이상은 움직일 수 없다. 《공진》의 효과로 전신이 마비되었을 터다. 지금 라켈은 손가락 하나조차 까딱할 수 없다. 둥실둥실 공중을 떠다니는 것이 고작이다. 그야말로 도마 위에 오른 잉어였다.

"—— ——!!"

이형의 노래가 울림과 동시에, 우웅, 하고 쇠부채가 진동하기 시작했다.

그것은 대기조차 가르는 고주파 블레이드. 그 위력이 라켈이 있는 곳까지 도달한다는 것은 엘비스와의 엑시비션 매치로 증명되었다.

—스잉.

조용한 소리였다.

패러툴라가 쇠부채를 휘둘렀다.

갈라진 스테이지에 더 큰 균열이 생겼다. 아니, 스테이지뿐만이 아니었다. 관객석이 양단되고, 벽에 슬릿이 생기고, 지붕이 케이크처럼 나뉘고—.

라켈한테까지, 도달했다.

힘없이 공중에 뜬 라켈의 몸이—.

—둘로, 양단되었다.

◆

『아직 멀었구나.』

들판에 드러누워 거친 숨을 내쉬는 나를 내려다보고, 툴라는『히히히』웃었다.

『너는 자신이 하고 싶은 것만 생각한다. 그래서 유도에도 간단히 걸리지. 좀 더 전체를 봐라. 적이 하고 싶어 할 일을 생각하고, 두세 수 앞까지 상정해 두는 거다. ……뭐, 지금 당장 실천하는 건 어렵겠지만 말이다.』

당신은 몇 수 앞까지 생각하고 있어?

그렇게 묻자, 툴라는 짓궂게 웃으며 말했다.

『천 수. ……라고 하면 믿겠느냐?』

……믿는다.

내가 매우 진지하게 고개를 끄덕이니, 툴라는 깔깔 웃었다.

『역시 천 수는 과장이다. ……하지만 나는 늘 승리의 형태를 상상하며 싸운다. 그 형태로 만들기 위한 포석을, 싸우면서 여러 개 준비해 두지. 최후까지 읽어 내고 있다는 의미에서는 천 수 앞을 보고 있다는 것도 아예 거짓말은 아니다.』

상상을 뛰어넘는 영역이었다.

나는 한숨을 쉬었다. 그 영역에 도달하는 때가 오긴 할까?

『너 하기에 달렸느니라. 재능은 있다. 고작 10년 만에 그렇게 많은 정령술을 달인급의 정밀도로 구사하게 됐으니 말이다.』

그렇게 툴라가 말해도 자신감은 생기지 않았다. 최근 10년간 수없이 도전했으나, 나는 여전히 툴라에게 일격조차 먹이지 못한 상태였다.

『정진하거라. 한 수라도 나를 앞지른다면 이기는 것이니 간단하지 않으냐?』

툴라는 그렇게 말하고서 도발하듯 웃었다…….

결국 나는 툴라를 이기지 못한 채 떠나게 되었다.

『뭐, 이제 충분하겠지. 네게 필적할 정령술사는 온 세상을 둘러봐도 흔치 않을 거다.』

툴라는 상냥하니까…… 나날이 더 초조해하는 나를 배려해 준 것이다. 나로서는 심히 불만스럽게도.

『왜 그러느냐. 불만스러워 보이는구나.』

툴라는 어딘가 기쁜 듯이, 떠나려고 하는 내게 말했다.

『세계를 봐라, 라켈. 이런 깊은 산속에서 나 같은 할망구하고만 얼굴을 맞대고 있어서야 성장할 수 있는 것도 못해. ……그렇게 또 강해지면 상대해 주마.』

……약속이야.

그렇게 말하자, 툴라는 히히 웃으며 고개를 끄덕였다.

나는 툴라에게 등을 돌리고, 10년간 지낸 아담한 목조주택을 떠났다.

나도.

툴라도.

안녕이란 말은 하지 않았다.

◆

—높은 하늘에서, 라켈의 몸이 둘로 양단되었다.

아젤레아와 엘비스가 짧게 비명을 질렀다.

우리는, 아무 말도 못 했다.

몸통 한가운데를, 채소처럼 썰려서— 상체와 하체가, 나뉘어 있었다.

"……거—."

거짓말.

—하고 중얼거리려던 내 말이 마치 현실이 된 것처럼.

두 동강이 난 라켈의 몸이, 휙 사라졌다.

"어……?!", "무슨……!"

사라졌어?!

설마— 환영? 그렇다면 어째서 바람에 날아갔지? 어째서 두 동강이 났지?

아니다. 단순한 환영이 아니라— **실체가 있는 환영**이다!

"저거! 내 정령술……!"

【홑겹의 안계】— 실체가 있는 환영을 만들어 내는, 루비의 정령술.

그렇다면 대체 언제부터? 공격받기 직전? 아니, 《공진》을 맞고 마비되면 환영을 두더라도 본체가 도망칠 수 없다.

그렇다면, 혹시— 그 전의, 원거리전을 벌이던 때부터?!

【홑겹의 안계】가 만들어 내는 환영은 일단 설치하면 한동안 지속된다. 환영을 두고서 다른 정령술을 써도 당장 사라지지는 않을 터다.

즉, 라켈은 지붕에 착지한 순간, 그 자리에 자기 자신의 환영을 둔 것이다.

그리고 본체인 자신은 그 자리를 벗어났다.

【여명의 등불】의 불꽃은 본체의 손에서만 만들어 낼 수 있지만, 【절적의 허혈】의 웜홀을 경유하면 환영의 손에서 만들어진 것처럼 꾸밀 수 있다.

만약 이 추측이 옳다면…… 지금, 라켈은, 어디 있지?

나는 직감적으로 시선을 스테이지로 되돌렸다.

개전 직후, 라켈을 하늘로 쫓아냈던 화염은— 패러툴라 자신이 이미 없애 버렸다.

—탁, 발소리가 났다.

장소는, 패러툴라의 등 뒤.

【홑겹의 안계】로 투명화한 라켈이 그곳에 있다!

"—— ——!!"

패러툴라의 반응은 빨랐다. 뒤돌면서 펼친 쇠부채를 휘둘렀다.

—《공진》.

방사형 진동파는 상대가 보이든 안 보이든 상관없이 라켈의 발소리가 난 일각을 통째로 쓸어 버린다.

그 직전에, 라켈이 모습을 드러냈다.

그와 동시에 라켈은 전방에 두꺼운 물의 벽을 만들었다.

—【원어의 어수】. 공기의 진동은 물을 뚫을 수 없다!

《공진》을 막아 낸 물의 벽이 터지고, 무수한 물방울 속을 라켈이 가로질렀다.

언제 준비했는지, 그 오른손에는 검 한 자루가 있었다.

라켈은 물리적으로는 낼 수 없을 듯한 질풍 같은 속도로 달렸다.

《우익의 품새 · 현조》— 패러툴라와의 거리를 좁히는 데는 눈 깜짝할 새도 필요 없었다.

심장에 칼끝이 닿을 거리. 상대의 생명에 닿을 수 있는 거리.

라켈이 검을 치켜듦과 동시에 이형의 노래가 울려 퍼졌다.

"—— ——!!"

쇠부채가 초고속 진동을 재개했다.

라켈의 검이 패러툴라의 가슴에 있는 외눈을 향해 날카롭게 나갔다.

쇠부채가 노리는 것은 라켈의 목.

칼끝이 노리는 것은 패러툴라의 외눈.

서로가 필살.

꼴사나운 소모전 따위는 있을 수 없다.

최강의 두 사람은, 최강이기에 일격으로 결판을 내려고 했다.

바로 앞에서 기다리는 승리를 향해, 서로의 필살이 앞다퉜다.

뾰족한 칼끝이.

진동하는 쇠부채가.

상대의 외눈에.

상대의 목에.

빨려 들어가고.

끌어당겨져서.

—도달하기 직전에, 정지했다.

쇠부채는, 라켈의 목 앞에 있었다.

검은, 패러튤라의 가슴에 있는 외눈 앞에 있었다.

아주 조금이라도 움직이면…… 자신의 급소를 상대에게 내주게 된다.

우리는 마른침을 삼키며 지켜보았다.

이제 아무것도 예상할 수 없었다.

이 싸움은 내가 상상할 수 있는 영역을 진즉에 넘어서 있었다.

그래서— 생각도 못 했다.

지금, 겨우.

전투 준비가…… 끝난 참이라는 것을.

라켈의 발밑에서 바닥이 갈라졌다.

직후에 그 속에서 진홍색 불길이 솟구쳤다.

쇠부채가 목 앞에 있는 라켈은 도망칠 수 없다.

불길에 먹힌다!

—그렇게 생각한 순간이었다.

어디선가 대량의 물이 쏟아져, 갈라진 땅에서 솟구친 불길을 진압했다.

하얀 수증기가 폭발적으로 솟아올랐다.

그 일부가 얼음 칼날로 모습을 바꿔 패러퉅라에게 쇄도했다.

—하지만 꽂히기 직전에, 바람이 휘몰아쳐 증기와 함께 없앴다.

라켈도.

패러퉅라도.

손가락 하나 까딱하지 않았다.

그런데 현상만이 저절로 움직였다. 필살의 공격이 어디선가 나타나고, 어디선가 나타난 다른 현상에 상쇄되었다. 마치 천재지변과 천재지변이 싸우고 있는 것 같았다.

라켈의 파란 머리가, 패러퉅라의 은색 머리가, 상하좌우로 마구 나부꼈다.

두 사람은 미동조차 하지 않았다.

각자의 무기를 들이댄 채 상대의 눈만을 응시하고 있었다.

그 주위에서 천재지변 같은 현상이 일어났다가 사라져

갔다.

“잭 군…….”

엘비스가 떨리는 목소리로 중얼거렸다.

“우리는, 지금…… 뭘 보고 있는 거야……?”

—아아.

생각이 안일했다.

상상이 부족했다.

아까 벌였던 싸움도 우리에게는 충분히 수준 높아 보였지만— 그딴 것, 우리가 이해할 수 있었던 시점에 두 사람에게는 저차원의 싸움이었던 거다.

예전에 고향 다임쿠르드에서 필과 함께 라켈의 수행을 받았을 때, 라켈에게 이런 가르침을 받은 적이 있다.

『자신의 승리의 형태를 항상 머릿속에 그려. 상대의 승리의 형태보다 한발 앞서서. 이기는 것은 늘 그 상상이 아주 조금이라도 더 깊었던 쪽이야. 지금은 어려울지도 모르지만, 훈련을 쌓으면, 싸움이 시작됐을 때부터 결판이 날 때까지, 그 전부를 머릿속에서 시뮬레이션할 수 있어.』

나는 지금 그 말의 의미를 마침내 이해했다.

그 가르침은, 마음가짐 같은 게 아니었다. 라켈은 정말로 그렇게 싸우고 있는 것이다.

—그래.

싸움은, 이미 끝나 있다.

우리도 이해할 수 있을 정도의 전투를 연기하며, 라켈과 패러툴라는 결판을 내기 위한 필살 공격을 무수히 준비하고 있었다.

때가 무르익은 지금, 그것이 일제히 해방되고 있었다.

몇 수.

몇십 수.

몇백 수.

몇천 수.

철저히 읽어 내서 도달한 자신의 승리.

두 사람의 머릿속에서만 이루어지고 결판이 난 전투.

기보라고도 할 수 있을 듯한 그것이, 이렇게 지금 현실에 선보여지고 있었다.

두 사람 다 자신의 승리를 의심하지 않을 터다.

하지만 이기는 것은 둘 중 한 사람.

어느 한 명의 상상이, 아주 조금 부족하다.

즉, 이 시점에.

아직 현실이 되지 않았을 뿐이지.

결판은— 이미 나 있는 것이다.

이것이 정상.

이것이 최강.

우리의 실력이라면 영왕이 되는 것도 꿈이 아니라고— 어떻게 그런 생각을 했는지 지금은 믿을 수가 없었다.

차원(스테이지)이 다르다.

싸움이라는 개념 자체가 근본적으로 다르다.

산을 날려 버리는 힘이 있어도, 바다를 달릴 수 있는 각력이 있어도, 이 두 사람은 절대 이길 수 없을 것이다. 그런 표층적인 강함으로는 두 사람의 스테이지에 발을 들일 수도 없다.

나는, 그걸 알게 되었다.

최강이라는 이름의 꼭대기가 대체 어떤 장소인지— 우리는 보게 되었다.

나는 무슨 상황인지도 잊고서, 이 싸움을 가까이에서 볼 수 있다는 것에 진심으로 감사했다…….

바람이 거세게 불고, 폭풍이 휘몰아치고.

불꽃이 미쳐 날뛰고, 번개가 난무했다.

신이 서로를 잡아먹고 있는 듯한 천재지변의 격돌.

두 최강이 읽어 낸 몇천 수의 재현.

그것도, 이윽고 끝에 이르렀다.

세찬 바람과 화염 폭풍이 서로를 잡아먹고 소멸했다.

아주 잠깐, 공백이 생겼다.

—아니, 공백 따위 있을 리가 없다.

라켈의 발밑에서 뭔가가 튀어나왔다.

눈에는 보이지 않는, 투명한— 아마도, 칼날.

바닥에서 튀어나온 칼날의 목표는 라켈이 아니었다.

라켈이 오른손에 든 것.

급소인 가슴의 외눈 앞에 있는, 패러툴라의 움직임을 구속하고 있는 검이었다.

—그 도신이, 잘렸다.

끝부분만이 빙글빙글 공중으로 날아갔다.

가슴의 외눈 앞에, 이제 날카로운 칼끝은 존재하지 않았다.

움직임을 구속하는 것이 사라진 지금, 목 앞에 들이댄 쇠부채를 휘두르면 끝이다.

패러툴라의 얼굴이 웃는 형태로 일그러졌다.

그건 감정이 아니었다.

선언이었다.

장군.

쇠부채를 든 패러툴라의 손가락에 힘이 들어갔다.

초고속으로 진동하는 칼날이, 라켈의 목을—.

—자르기 직전에.

라켈의 입가가 살짝 일그러졌다.

어딘가 쓸쓸해 보이는, 웃는 형태로…….

"내가…… 이겼어."

—푹.

맥없는 소리였다.

패러퉅라의 자그마한 몸이 충격으로 살짝 흔들렸다.

그 등에는—.

조금 전에 잘려서 공중으로 날아갔던 칼끝이, 깊이 박혀 있었다.

우연이 아니었다.

마치 인도된 듯한 저 부자연스러운 궤도는—.

【불요의 주석】.

가웨인의, 금속을 다루는 정령술…….

라켈은 처음부터.

패러퉅라가 검을 자를 것을, 알고 있었다…….

쇠부채를 들고 있던 팔이 힘없이 늘어졌다.

등 쪽에서 꿰뚫린, 기생체의 본체인 외눈은—.

—뚝, 하고.

눈물처럼, 피를 한 방울 흘렸다.

패러툴라의 몸이— 아니, 툴라 클리즈의 몸이, 휘청거리며 앞으로 기울었다.

라켈이 온몸으로 다정하게 학원장을 안았다.

학원장의 가슴에서, 외눈이 사라져 갔다.

아지랑이처럼 자리한 불사조도 촉수로부터 해방되어 무산되듯 사라졌다.

남은 것은 단 하나.

은색 머리의, 어린 소녀 모습을 한— 이전에 툴라 클리즈라고 불렸던, 시체뿐이었다.

이제 거기에 영혼은 없다.

이제 그것에 의미는 없다.

그래도— 라켈이 은발 시체의 귓가에 뭐라고 속삭이는 것이 보였다.

내 눈이 잘못된 게 아니라면.

옛 스승에게, 은인에게.

라켈은, 이렇게 말했다.

—고마워.

—안녕.

From Teacher to Students

하늘을 덮은 어두운 돔이 무너지는 것이 보였다.

거수 패러툴라가 쓰러지면서, 투술장을 격리했던 【시련의 미궁】이 해제된 것이다.

라켈은 여전히 학원장의 시체를 끌어안고 있었다.

우리는 스테이지로 올라갔지만, 말을 걸 수 없었다.

지금 두 사람을 방해할 수 있는 것은— 멀쩡한 신경을 가지지 않은 악당뿐이다.

"이야…… 굉장한 것을 봤어."

반가면을 쓴 남자— 아론 블루이트가 관객석에 다시 나타났다.

아론은 정말 감탄한 표정으로 짝짝 박수를 보냈다.

"그게 바로 정점의 영역이란 건가. 나도 어쨌든 술사로서 느끼는 바가 있었어. —이야, 이 나이를 먹고 이렇게 감동할 줄이야. 인생 참 알 수 없다니까."

"입 다물어."

라켈은 학원장의 시체를 바닥에 눕혔다.

가슴에 커다란 구멍이 뚫린 그것을 내려다보며…… 라켈은 중얼거리듯이 말했다.

"당신만큼은…… 절대 용서 못 해."

아론은 유쾌하다는 듯 휘파람을 불었다.

"조금 전의 싸움을 봤더니 그런 말조차 영광이란 생각이 드네. 나한테 이런 기특한 면이 남아 있었다니 놀라워. ―하지만 뭐, 아쉽게도."

아론은 비아냥거리듯 입술을 비틀고서 스테이지의 가장자리를 가리켰다.

"네 상대는 내가 아니야."

손끝을 따라 시선을 옮긴 직후― 그곳에서 나무 말뚝 같은 것이 튀어나왔다.

날카로운 끝부분이 노린 것은 라켈의 안면이었다. 하지만 라켈의 반응은 빨랐다. 빛처럼 번뜩인 오른손이, 날아온 말뚝을 잡았다.

"이, 말뚝은……."

라켈이 눈을 크게 떴을 때, 말뚝이 날아온 곳에서, 배어나오듯 여자가 나타났다.

"에이…… 모처럼 모습을 숨기고 있었는데 까발리지 마."

"기습은 페어플레이가 아니야. 미안하지만 내 방식에 따라 줘야겠어."

"그래그래. 알고 있어. 지금의 나는 당신의 펫이니 말이지."

강한 향기가 풍겼다.

기생 같은 요염함을 가진 흑발 여자였다.

호화로운 드레스는 귀부인이 입을 법한 것이었으나― 대

담하게 피부를 드러낸 모습은 창부 같았다. 그리고 아론처럼 오른쪽 눈을 가면으로 가리고 있었다.

콰직!! 라켈이 말뚝을 으스러뜨려 가루로 만들었다.

요염한 여자는 그걸 보고 눈썹을 올렸다.

"어머, 경망스러워라. 그러고도 여자야?"

"당신, 이 말뚝……!"

"아아, 미안. 자기소개를 아직 안 했던가."

여자는 풍만한 가슴을 과시하듯 인사했다.

"악령술사 길드 소속, 루크레치아 그라치아니. 단위는 거기 있는 남자와 똑같은 종단. 특기는, 흠—."

히죽— 루크레치아라고 이름을 밝힌 여자는 뺨을 찢듯이 웃었다.

"—사람한테, 말뚝을 박는 거려나?"

루크레치아의 발밑에서 갑자기 긴 말뚝이 솟았다.

그건— 아아, 틀림없다. 학원장의 가슴을 꿰뚫었던 말뚝과, 똑같았다……!

"여자라고 해서 남자한테 박히기만 하는 것도 좀 아니꼽지 않아? ……아, 혹시 경험이 없나? 그렇다면 미안?"

"이봐, 루크레치아. 음담패설은 자제해. 꼬맹이들도 있다고. 전 연령 대상으로 부탁해."

"키득키득…… 아쉽다. 캐릭터가 죽어 버렸어."

꽉 쥐어진 라켈의 주먹이 희미하게 떨리고 있는 게 보였다.

"당신이…… 당신이……?"
"어머, 그럼 안 됐나?"
키득키득…….
키득키득키득키득…….
여자는 웃었다.
"그치만 남편도 있었잖아? 생긴 건 어려도 할 건 다 했을 거야. 그럼 괜찮잖아, 한 번쯤. 처녀막을 찢은 것도 아니고."
키득키득키득……!
키득키득키득키득키득키득키득키득키득키득키득키득!
여자는 비웃었다.
"너도 해 보면 어때? 아주 기분 좋았어, 툴라 클리즈의 몸은."
진홍색 불꽃이 요란하게 휘몰아쳤다.
【절적의 허혈】을 통해 열 배로 커진 업화가 루크레치아 그라치아니를 삼켰다. 인간 따위 순식간에 재가 될 화력이었다. ―하지만.
"정열적이네. 얌전하게 생겨선, 분명 밤엔 격렬한 쪽일 거야."
루크레치아를 지키듯 무수한 말뚝이 벽을 만들고 있었다.
나무 말뚝― 식물을 다루는 힘―【교명(教命)의 삼림】인가?!
"하지만 나한테만 열중해 있어도 괜찮겠어? 슬슬 폐점

시간인 것 같은데?"

……폐점?

직감적으로 하늘을 올려다보았다. 어두운 돔이 재차 하늘을 닫으려 하고 있었다.

"스승님! 다시 미궁이!!"

"큭……!"

라켈의 움직임을 제지하듯 바닥에서 무수한 말뚝이 솟았다.

세찬 화염이 폭격처럼 연쇄하여 그것들을 순식간에 파쇄했다.

하지만 말뚝의 맹공은 그것으로 끝나지 않았다.

상공에서 쏟아지듯이.

옆으로 쓸어 버리듯이.

바닥 밑에서 잡아먹으려는 듯이.

—흡사 말뚝 지옥 같았다. 도망칠 곳이 없는 꼬치 밀실이었다.

라켈은 그것들을 무시무시한 정령술 솜씨로 요격했다.

하지만— 라켈은 패러툴라와의 초월적인 사투를 조금 전에 막 끝낸 참이었다.

"아윽……?!"

"라켈!!"

날아온 말뚝이 라켈의 옆구리를 스쳤다.

찢어진 옷 사이로 하얀 피부가 드러나고, 길게 생긴 상처에 빨간 물방울이 맺혔다.

"역시 지쳤나 보네?"

"윽……!"

라켈은 옆구리를 누르며 이를 갈았다.

어떡하지? 고민하고 있을 때야?! 가세해야지!

결심한 순간.

"잭!!"

라켈이 나를 부르며 이쪽을 흘낏 보았다.

직후, 짤그랑 소리를 내며 뭔가가 바닥에 튕겼다.

열쇠였다. 작은 열쇠가 허공에서 갑자기 나타난 것이다. 라켈이【절적의 허혈】로 보낸 것이 틀림없었다.

"구 감시탑의 지하!! 결계를!!"

말이 너무 적었다. ……하지만 내게는 충분했다.

―『무혈진』을 복구시켜라.

―그걸 위한 시설에는 학원 끄트머리에 있는 구 감시탑의 지하를 통해 갈 수 있다.

관객들을 투술장 밖으로 대피시킬 수는 없더라도, 결계가 복구된다면 안전은 확보할 수 있을 터다. 라켈은 그 역할을 우리에게 맡긴 것이다.

어두운 돔은 당장에라도 하늘을 닫을 것 같았다. 파란 하늘은 중천에 아주 약간 남아 있을 뿐이었다.

……망설이고 있을 시간은 없다!

나는 열쇠를 줍고 동료들을 돌아보았다.

"다들 손을 잡아!! 내가 옮길게!!"

다섯 명은 곧장 고개를 끄덕였다.

원형으로 손을 맞잡은 후, 나는【자립의 투익】으로 여섯 명의 체중을 소거했다.

그리고 다 같이 바닥을 박차, 닫히고 있는 푸른 하늘을 향해 단숨에 비상했다.

"루크레치아!!"

"알고 있어. 성격도…… 급하네!"

중천을 향해 비상하는 우리를 노리고서 루크레치아가 말뚝을 날렸다.

피하고 있을 여유는 없었다.

조금이라도 궤도를 바꾸면 돔이 닫히기 전에 도달할 수 없다!

"그렇겐 못 해……!!"

라켈의 목소리가 들렸다.

돌아보니 라켈의 등이 바로 앞에 있었다.

마치— 우리의 방패가 되듯이.

날아온 말뚝이 라켈의 어깨를 꿰뚫었다.

새빨간 비말이 공중에 튀었다.

「으윽……!」하는 억눌린 목소리가 내 귓전을 때렸다.

"스, 스승님……!!"

"가!!"

라켈은 진땀이 맺힌 얼굴로 우리를 향해 웃었다.

"……맡길게. 나의 자랑스러운 학생들."

우리는 닫히고 있는 돔을 간발의 차이로 빠져나갔다.

곧장 아래를 보았지만, 돔의 구멍은 이미 사람이 통과할 수 있을 만한 크기가 아니었다.

간신히 라켈의 얼굴만이 보였다.

아주 약간 남은 구멍이 빠르게 막혀 갔다.

말을 걸 새도 없이.

고통을 억누른 웃는 얼굴이.

어두운 벽 너머로.

—사라졌다.

"……가자."

겨우 여섯 명, 돔을 빠져나와 푸른 하늘에 부유한 동료들은 누구도 내 말에 이의를 제기하지 않았다.

우리에게 맡겼다.

그렇다면 그걸 완수해야만 한다.

투술장 안에 남겨진 라켈과 아빠, 엄마, 포스포드 씨—많은 사람의 목숨을, 악령왕의 마수에서 구하는 것이다.

—그렇게 새로이 결의한 순간이었다.

이 악몽은 끝까지 우리에게 좋은 쪽으로 진행되질 않았다.

"—오오오오오오오오오오오오오오오오오오오오오오—."

별안간 바람 소리 같은 소리가 들렸다.

"—오오오오오오오오오오오오오오오오오오오오—!!!!"

그것이 사람의 목소리임을 깨달았을 때, 그 녀석은 이미 우리의 눈앞에 와 있었다.

하늘 저편에서, 마치 유성처럼.

거대한 메이스를 든 여자가 날아온 것이다.

"—오오오오오오랴아아아아아아아아아아아아아아!!!!!!"

반응할 방도가 없었다.

수목 같은 크기의 메이스가 우리를 한꺼번에 때렸다.

부유한 상태였기에 대미지는 흘릴 수 있었다.

하지만— 맞잡고 있던 손이, 풀렸다.

"필!!"

"지 군!!"

마치 당구 같았다.

세 방향으로 날아간 우리는 넓은 학원 부지에 제각각 추락했다—.

〈TO BE CONTINUED〉

황금의 소년기: ~~영웅 결전~~ 편 학원 몰살

Character List 등장인물 일람

- 잭 리버 ································· 전생자
- 필리네 포스포드 ······················· 잭의 소꿉친구 · 사매
- 라켈 ····································· 정령술 학원 교사 · 잭의 스승

- 엘비스 쿤츠 윈저 ······················ 라에스 왕국 제3왕자 · 잭의 클래스메이트
- 아젤레아 오스틴 ······················· 잭의 클래스메이트
- 루비 버그슨 ···························· 잭의 클래스메이트
- 가웨인 맥도넬 ·························· 잭의 클래스메이트

- ~~틸라 클리즈 정령술 학원 학원장 · 영세영왕~~
- ~~클라이브 클리즈 틸라의 남편~~

- 칼럼 리버 ······························· 잭의 부친
- 매들린 리버 ···························· 잭의 모친
- 체르노 포스포드 ······················· 필리네의 부친

- ~~리비니아 피츠헤르베르트 라에스 왕국 후작 · 원로원 의원~~
- ~~메이저 사우스올 9단술사 · 『신멸귀살』~~
- ~~브래들리 모그리지 9단술사 · 『무투신사』~~
- ~~덴홀름 바스테도 9단술사 · 『철의 장군』 · 가웨인의 스승~~
- ~~호제아 버그슨 8단술사 · 루비의 스승~~
- ~~앨빈 마그난티 8단술사 · 염신천조류 사범 · 아젤레아의 스승~~
- ~~에드워즈 윈저 라에스 왕국 왕태자~~

- 아론 블루이트 ·························· 악령술사 길드 멤버
- 루크레치아 그라치아니 ················ 악령술사 길드 멤버
- 비프론스 ································ 악령술사 길드 수령

- ■■■■ ································· 잭의 전생에서의 여동생

전생 따위로 도망칠 수 있을 줄 알았나요, 오빠? 3

초판 1쇄 발행 2024년 1월 10일

지은이_ Kyosuke Kamishiro
일러스트_ Kirin Kakeru
옮긴이_ 송재희

발행인_ 최원영
편집장_ 김승신
편집진행_ 권세라 · 최혁수 · 김경민 · 최정민
편집디자인_ 양우연
관리 · 영업_ 김민원

펴낸곳_ (주)디앤씨미디어
등록_ 2002년 4월 25일 제20-260호
주소_ 서울시 구로구 디지털로 26길 111 JnK디지털타워 503호
전화_ 02-333-2513(대표)
팩시밀리_ 02-333-2514
이메일_ lnovellove@naver.com
L노벨 공식 카페_ http://cafe.naver.com/lnovel11

TENSEIGOTOKI DE NIGERARERUTODEMO, NIISAN? Vol.3

ISBN 979-11-278-7387-5 04830
ISBN 979-11-278-6537-5 (세트)

값 8,500원

왕의 프러포즈 1~3권

타치바나 코우시 지음 | 츠나코 일러스트 | 이승원 옮김

쿠오자키 사이카.
300시간에 한 번 멸망의 위기를 맞이하는 세계를
항상 구해온 최강의 마녀이자,
마술사가 다니는 학원의 수장.
"—너에게, 내 세계를 맡기겠어—."
그리고—
쿠가 무시키에게 신체와 힘을 물려주고, 죽음을 맞이한 첫사랑 소녀.
무시키는 사이카의 종자인 카라스마 쿠로에로부터
사이카로서 누구에게도 들키지 말고 학원에 다니란 지시를 받지만…….
클래스메이트와 교사에게도 두려움을 사고,
재회한 여동생에게서는 오빠를 좋아한다는 상의를 받는
파란만장한 생활이 기다리고 있었다!
게다가 긴장을 풀면 남성으로 돌아가기 때문에,
여성과의 키스가 필수 불가결한데?!

신세대 최강의 첫사랑!

의매생활 1~5권

미카와 고스트 지음 | Hiten 일러스트 | 박경용 옮김

고교생 아사무라 유우타는 부모의 재혼을 계기로,
학년 제일의 미소녀 아야세 사키와 남매로서 한 지붕 아래 살게 됐다.
너무 다가가지 않고, 대립하지도 않으며, 적절한 거리감을 유지하자고 약속한 두 사람.
가족의 애정에 굶주린 고독 속에서 노력을 거듭해왔기에
다른 사람에게 어리광 부리는 방법을 모르는 사키와,
그녀의 오빠로서 어떻게 대해야 할지 몰라 당황하는 유우타.
어쩐지 닮은 구석이 있는 두 사람은,
같이 생활하면서 차츰 편안함을 느끼게 되는데…….
이것은 언젠가 사랑에 빠질지도 모르는 이야기.

완전한 남이었던 남녀의 관계가 조금씩 가까워지며
천천히 변해가는 나날을 적은, 연애 생활 소설.

NOVEL

라이트노벨의 새로운 빛! L노벨의 신간은 매월 10일에 발매됩니다. http://cafe.naver.com/lnovel11